源氏物語をいま読み解く 4

天変地異と源氏物語

三田村雅子　河添房江　編

翰林書房

源氏物語をいま読み解く❹天変地異と源氏物語❁もくじ

序にかえて……4

＊

【座談会】保立道久＋三田村雅子＋河添房江

平安時代の天変地異と『源氏物語』……7

＊

源氏物語の㊟

平安文学と震災の記憶をめぐるエスキス　伊藤守幸……40

＊

震える『源氏物語』―テクストのレジリエンシー―　安藤　徹……51

陰陽道から見た『源氏物語』の災害・天変と怪異
―神国の天譴と桐壺朝非聖代観の可能性―　中島和歌子……77

＊

祟る陵墓—須磨・明石巻の桐壺院の霊— 吉野瑞穂……103

朱雀帝御代の天変—仁王会・雷・物の怪から— 浅尾広良……127

「薄雲」巻の天変と天文密奏—冷泉帝の対応と「源氏物語」の独自性— 藤本勝義……151

＊

描かれた須磨の暴風雨 水野僚子……173

〈荒ましき〉川音—平安貴族における危険感受性の一面— 北條勝貴……207

＊

〈天変地異〉を読むための文献ガイド 麻生裕貴……241

天変地異年表（文学史対応） 麻生裕貴……265

序にかえて

『源氏物語をいま読み解く』のシリーズは、源氏研究における先鋭的なテーマを設定し、掘り下げるもので、これまで『描かれた源氏物語』『薫りの源氏物語』『夢と物の怪の源氏物語』の三巻を刊行してきました。そして此度、シリーズの第四弾として、天変地異に関する特集を企画いたしました。

昨年の東日本大震災以来、放射線漏れ、揺れやまない大地に加えてさまざまな災害の予測や放射能被害の深刻さが文字通り私たちを揺すぶってきました。さらに、異常気象の影響か、温暖化のためなのか、大雨、洪水、大風、竜巻、雹の被害がかつてないほど深刻化してきたことも、私たちの落ち着かない不安の思いを増殖してきました。このような「くらげなすただよへる」国で、あらためて思い起こされるのが、災害の反復の中で追い求められた文学の営みのありようです。

益田勝実氏の『火山列島の思想』がいみじくも喝破していたように、近時では保立道久氏の『かぐや姫と古代王権』の書が刺激的に問題提起していたように、日本列島の火山と地震の連続は、文学の世界にも明らかな影響を及ぼし、災害との緊張関係の中で追求される秩序について、さまざまな示唆を提供してきました。平安時代の『伊勢物語』『竹取物語』『古今集』など日本文学史の原型を作ったと言われる規範的作品群の成立はまさにその地震と火山噴火の激動のさなかに成立したものでした。平安時代と呼ばれる時代は決して「平安」ではなく、むしろその揺れ動く日々における「平安」への希求が切実に求められた時代でもあったのです。

『源氏物語』においても、須磨の嵐、雷、高潮、野分巻の暴風、薄雲巻の天変地異、疫病の流行など、物語の合間に挿入される災害と天変地異がいかに人々を揺さぶり、政治のあり方について反省を促したかを繰り返し問題としてきました。それらの異変の「意味」を占う天文博士や陰陽師の活躍がめざましいものとなってきたのも、疫病への恐怖が一段と増したのも、『源氏物語』を生み出した花山・一条朝のことでした。

一見、平穏な日常を脅かすこの世ならぬものの「力」をどう解釈するか。どう物語の論理として生かして『源氏物語』の皇統簒奪を語るか。『源氏物語』は光源氏による皇統簒奪の必然性を数々の予兆によって指し示しながら、同時にその行為が孕む罪深さへのおののきとおびえを自然災害のすさまじさで伝える物語でもあります。

物語はどう天変地異を描いたのか、というより、どのように天変地異によって物語を推進したかを問うべきなのかもしれません。平安時代という災害の時代にあって、数々の災害に『源氏物語』がどのように向き合い、それを乗り越えようとしたか。疫病や火事や怨霊などの現象も含めて、時代の「怯え」の構造そのものの中から追究する特集にしたいと考えました。

以上のような特集の趣旨にそって、保立道久氏を迎えた座談会では、九世紀から十一世紀の天変地異の資料を見渡し、平安期の天変地異の概況を押さえた上で、『源氏物語』の天変地異がいかなる物語世界を拓いているかに迫りました。そこから明石の地と播磨地震、藤壺と正子内親王崩伝の符合、地震を鎮める祇園社信仰といった論点が浮上しました。

続いて伊藤守幸氏のエッセイは、東日本大震災により貞観大地震で歌枕「末の松山」を波が越えたことが証された点に言及し、巨大な天変地異が頻繁に繰り返される、この列島の特殊な自然条件を、古典文学研究者が軽視してきたのではないかと警鐘を鳴らしています。それと連動するかのように、安藤徹氏は、一見して揺るがぬ大地と揺らぐ世の中、うち震える人々の身と心が織りなす物語社会を読み解き、さらに源氏絵風の漫画『原子力物語絵巻』に注目して、「震えの思考」により添いながら、原発の安全神話に利用された《源氏物語神話》の解体を説いています。続いて中島和歌子氏は、『源氏物語』の災異が「物のさとし」として機能し、神祇信仰や仏教思想を踏まえつつ、「漢才」による理想世界が追求されていることを明らかにしています。

以上を総論とすれば、各論として吉野瑞恵氏は、九〜一〇世紀における陵墓の霊の系譜から、桐壺院の陵墓の霊が須磨・明石巻で彼の遺志に背いた人々に祟りをなすことが必然化されたことを指摘しています。続いて浅尾広良氏は、仁王会の歴史上の性格の変化に注目しつつ、朱雀朝の仁王会が予防ではなく、現前の災異を祓うために行われたものの、災異が続いたため、落雷による朱雀崩御を避けるべく光源氏召還の宣旨が発せられたという物語の道筋を明らかにしています。さらに藤本勝義氏は、薄雲巻の天変は冷泉帝の内外の学問の没頭を導き、熟考の末に退位の決断となり、天の許しを得て天変が収まるという物語独自の論理に言及しています。

また美術史の立場から、須磨の暴風雨の絵を分析した水野僚子氏は、光源氏に同情的な物語内容と源氏絵とのイメージの落差を指摘しています。一方、明石巻をめぐる源氏絵が、業平の東下りの伊勢絵と似通うことから、そこに光源氏の死と再生という、視覚的イメージの別の〈物語〉を見ています。さらに古代の自然環境と心性の関わりを注視する歴史学の北條勝貴氏は、宇治十帖における宇治川の水音描写から、平安貴族たちの洪水に関する危険感受性を探り、その背後に隠れている野生の自然への認識に迫ろうとしています。

以上、それぞれ問題提起にみちた論考の後に、文献ガイドと文学史に対応した天変地異年表も添えました。天変地異をめぐる源氏研究と歴史学、美術史などコラボレーションが、今後、異領域との対話、交流を深める契機となれば、編者としても、これにまさる喜びはありません。

最後に、シリーズの刊行に際して、今回も図版や年表の掲載など、細やかなご配慮をいただいた翰林書房に深く感謝いたします。

二〇一三年四月吉日

三田村雅子
河添　房江

【座談会】

保立道久＋三田村雅子＋河添房江

平安時代の天変地異と『源氏物語』

はじめに

河添　今日は保立道久さんをお迎えしました。最近、岩波新書から『歴史のなかの大地動乱―奈良・平安の地震と天皇』を刊行され、今このテーマで最も話題の方をお迎えして、平安時代の地震を含む天変地異といったものを背景に見通しながら、あらためて『源氏物語』に描かれた天変地異を見直していきたい、そういう趣旨で座談会を始めたいと思います。

　それではまず岩波新書について、保立さんからご自身がいちばんアピールしたかった点、この本での問題意識についてお話しいただければと思います。

保立　『六国史』には大量の地震、噴火関係の資料があります。そしてその地震の実態については石橋克彦さんをはじめ地震学の人が相当に史料を読み込んでいます。ところが、歴史学の側にはそれをふまえた地震史の研究がありませんでした。文学研究では、益田勝実さんが噴火の問題を取り上げて、それとの関係で地震についても取り上げています。ですから神話論との関係でもやろうと思えばできたはずなのになかった。

それでともかくも研究をしてみようというところから出発しました。

　もちろん、三、一一と原発事故はショックで、過去の地震を人々がどういうふうに経験したかについて復元することは、どうしても必要だろうと思いました。直接には、天皇と貴族たちが地震をどういうふうに感じ、対応したかをとにかく復元するということで、歴代の天皇の政治と経験を追っていく作業をまずしてみました。そうすると、地震や噴火が、奈良時代から平安、つまり八世紀から九世紀の政治史に大きく影響していることがすぐにわかりました。これは歴史学としてやらねばならない仕事ですし、意外と簡単な仕事だと。というと怒られるんですけれども（笑）、そういう分析がないのは驚くべきことだというのがいちばん最初の印象でした。

河添　確かに王権との関係で地震の歴史を眺めるという視点は、これまでの地震史の本にはあまりなかったことですね。天譴思想とか、天皇の責任の在り方とか、王権がどうその地震に対応したかという視点で、これだけ丁寧にこの時代を見ていただいたというのは、文学研究の側にとっても非常に参考になる、興味深いものだったと思いますが、三田村さん、いかがですか。

三田村　私も阪神・淡路の大震災の後に、地震についていろいろな本を読み、その中で『伊勢物語』や『竹取物語』の背景に非常に地震の問題がかかわっているということを自覚して、江戸時代の地震も非常に興味深く読むようになりました。そういう状況で何となく興味、関心があったところに、保立さんの『かぐや姫と王権神話』を読んで、新しい体験をさせてもらったという感じがしました。

あの本は私にとって驚きで、素晴らしい刺激を与えていただいたと思っていたんですが、『歴史のなかの大地動乱』は、さらにそれを王権の歴史ともかかわらせていらっしゃる。王権の歴史それじたいの捉え方も保立さんの方法は魅力的で大好きなんですけれども、その王権の歴史のある部分が地震に相関して、ぐっと大きくせり出してくるところを非常に面白く読ませていただきました。

さらにかぐや姫の本と比べると、地層の中でそれがどう表れているかについての言及が非常に綿密にされていて、一方で仮説という形で推測をほしいままにして、どんどん読んでいくところと、一方で地層歴史学の裏付けがあるんですね。そういう方向性の成果がいっぱい盛り込まれていて、まさにそれが確実な歴史資料として立ちあらわれてきて、そのことの意味が問われているという点ですごく刺激的だったですね。

河添　仁明朝とか、文徳朝、清和朝をわれわれ文学研究者がちゃんと捉えていなかったというか、こんなに悲惨な時代だったという。（笑）これだけ大地動乱で、本当に大変な時代だったということが、もう一つぴんと来ていなかったんですね。それをつぶさに辿っていただいて、こんなにひどい時代だったのか、むしろ王権が安定している時代という幻想で見ていたので、まさに王権の危機というものをリアルに感じさせてくれた、本当にスリリングな本でした。

保立　地震と、それ以外に疫病と飢饉ですね。その背景には温暖化があったわけです。つまり地震、パンデミック、温暖化に、王権と社会が対応した。これは自然史の問題としても、現在との関係を考えざるをえない問題だと感じました。その中で、今、河添さんが言われたような側面から見ると、王権と国家の在り方ががらっと変わって見えるという経験をしました。

その場合、いちばん疑問に思っていますのは、地震の研究がないだけでなくて、疫病・飢饉についての研究もない。飢饉についての研究は、ハワイ大学のファレルさんがハーバードから本を出しているだけなんですね。

温暖化についても、今、少しずつ研究が進んでいますけれども、特に七、八世紀を専攻とする歴史研究者の中では研究が行われていなかった、これは何ということだと、いわゆる古代の研究者に会うたびに、君たちは一体何をやっていたんだ、民衆のことはどうでもよいと思っていたとしか思えないといっています。国家社会はすべての人々が、同じ自然に対応するわけですから、そこでどういうふうに対応しているかを正確につかまえることは、研究の出発点として絶対に必要です。象徴的なのは東大寺の大仏の造営の背景に地震の影響があったんではないかということです。

聖武朝の先例

河添 聖武朝ですね。

保立 聖武朝には長屋王の怨霊が地震を起こしたというトラウマがあったのではないかという訳です。東大寺の方々は、地震とあの時代の大変な疫病と飢饉の中で大仏を造ったんだといわれています。僕は、これは正しいと思うんですね。大仏に地震を鎮静を期待するというのは、釈迦は地震を自由に起こしたり抑止したりできるという華厳経の思想です。

二番目に象徴的なことは祇園の御霊会で、九世紀に祇園の御霊会が、播磨国地震の翌年、つまり東北で起きたいわゆる貞観地震の直後に始まった。これも地震との関係があるのではないかということです。歴史の基本的な常識にかかわるような問題で、地震が大きく影響しているということになりますが、その時の天皇が聖武と清和ですから、八、九世紀における最も象徴的な天皇二人について、そういう問題があるということになります。

河添 聖武朝というのが確かに疫病と飢饉ですか、本当にいろいろなことがあって、聖武じたい遷都をどんどんしていくということもありますね。彷徨の天皇とか言われたりするわけですけれども、保立さんの視点でいちばん特徴的なのは、疫病とか飢饉を長屋王の怨霊として見るかどうかという点だと思うんです。そういう見方はある種、平安からの逆照射的な見方でもあって、古代の研究者がそういう捉え方をするかどうか。怨霊というと、早良親王以降みたいな感じで、そこが問題になってくると思うんです。

三田村　平安時代の中期の女性の歌人で、賀茂保憲女という人がいるんですね。賀茂保憲女は自分の歌集に非常に長い序文を書いていて、その中にちょうど彼女がもがさ（疱瘡、天然痘）を病んだんですけれども、それは聖武天皇のときから始まったというふうに、当時の人々はみんな言っている。聖武天皇のときが大流行期だったんですけれども、彼女が病気になった正暦年間が第二の大流行期だったわけで、まさに今それを病んでいるということを書いていて、聖武天皇のとき以来、疫病がはやったということが民間に言われていたことを感じさせる資料だと思います。聖武というのは、仏教的にすごく大きな人間であるけれども、同時にそういう危機というものに立ち向かった人という記憶が残存しているというふうに見えますね。

保立　九世紀の地震のときは、常に天平の例に立ち戻りますし、鎌倉時代になっても、それは同じです。ですから、天平の地震のときの施行などの徳政が一つのパターンになっていて、それが振り返るべきものになっているということです。

三田村　そうですね。それは災害史の原点。

保立　災害史の原点ですね、確かに。とくにこれは、日本に仏教が根付いていく上で、非常に大きなことだったと思います。同時に、もう一つ伝承されているのは貞観の時期で、この時期についても干ばつと飢饉ということが、京都だけでなく、たとえば丹波の伊由庄という地域のレヴェルでも、鎌倉時代まで伝承されています。意外なことかもしれませんが、八世紀から十四世紀ぐらいまでの人々も、歴史的記憶を強固に維持している部分があるということですね。

われわれは、それに対して関東大震災も、阪神大震災も本当に歴史として記憶することができていないのかもしれない。歴史意識の中に、自然の動きをどうやって入れ込んできたらいいのかということを、そこのところで学ぶ必要があるというふうに、僕なんかは思ったわけです。

その場合に、逆照射といわれましたが、平安から奈良時代を見ていくというのは非常に重要だというふうに思いました。ですから、聖武の段階である到達があるわけですけれども、称徳の後に光仁、桓武が出てく

保立道久

る。いわゆる天武系から天智系へという事態なわけですけれども、光仁の登場というのは、非常に意味が大きいと考えるようになりました。

『源氏物語』の研究者が、「光」という名前が付く天皇の位置が大きいと言われるわけですが、まさに光仁からその問題は始めなければいけなくて、光仁という男をきちんと見ないといけない。

三田村　光という名前のつく天皇に注目した源氏の研究者というのは私のことですね。

保立　『続日本紀』には、政治状況がきびしい中で、光仁は酒を飲んで韜晦をしていたと出るわけですけれども、それなりのきちんとした手を打って、称徳の王権の中に食い込んでいるんですね。つまり、称徳の拠点の西大寺の北の秋篠寺の辺りに、光仁も拠点を設けて、同時に渡来系の人々との関係も深めていく。系統的に次を見た仕事を光仁はやっていて、即位したとたんに、蝦夷戦争を始めるわけです。

蝦夷戦争は、今の通説ですと偶然に始まったかのように言われるんですけれども。つまり抵抗が向こうであって、反乱が起きたから攻めたと言われているんですが、そうではなくて、つまり王権の交代期に宮廷内部を固めていくために、意図的に戦争を挑発したのだと思います。

同時に、いわゆる宝亀の遣唐使を派遣する訳で、光仁はそれなりの政策と戦略を持って行動しているという感じです。ですから、光仁を間に置いて、清和から聖武を見ることということになります。聖武も清和も弱い天皇と言われていますけれども、光仁を間に置いてみると、決してそんなことはない。国家が、八世紀、九世紀に強化され、一種の小さな帝国になっていく時代ですから、彼らは、その権威を最大限に表現した天皇であるというように、当時の人たちは思っていたと思うんです。こういう意味で、平安からさかのぼって、文学と歴史学総掛かりで奈良時代を見なおしていくということが可能になるし、必要だというふうに僕なんか思うようになりました。

河添 そういう意味で貞観の先例というものを、こちらはしっかり受け止めて、現代に生かさなければいけないんですよね。

保立 経過からすると、そう考えるきっかけを地震学の人に言われたというのが、すごい話しなわけです。

（笑）

河添 保立さんのお仕事が歴史の記憶というか、先例を再解釈しながら、現代を捉え直していく、そういうメカニズムが大事なんですね。

保立 恐らく後で話になると思うんですけれども、益田勝実さんが『火山列島の思想』で、八丈島のほうの海底噴火の石を机の上に置いていた。

三田村 明神礁のね。もう海底に沈んでしまった、その遺跡の石を机の上に一つ置いて、書いた。

保立 書いたという話ですけれども、そういう視線というのは、われわれの世代で、どういうふうにしたら可能になり、どういうふうに受け継げるのかということをすごく考える気持ちになりましたね。

三田村 阪神・淡路の大震災の後には、山本ひろ子さんが、伊豆諸島の三宅島に伝えられた火山噴火の記録というのが、近世の記録であるにもかかわらず、古代的な想像力がはたらいていて、新しい神話として生成されていく過程を『日本文学』に書かれていて、非常に衝撃的な研究だったと思いますね（「火の島の神話と祭祀―『三宅記』を読む―」）。

保立 申し訳ない。それは知らなかったです。これは読まないといけない。

河添 そういう文学研究の成果を、保立さんが歴史学者として受け止めて再生していただけるというのは、益田さんのお仕事も含めて、大変ありがたいというか、協同していかなければいけないんですよね。

保立 平安の十世紀以降をやっているものは、大量の日記資料と大量の文学資料と大量の文書によって、九世紀を想像できるわけですよね。九世紀を想像したところから八世紀を見ることが可能になるはずなので、それを結局のところ文学と歴史学で両方で合わさってやらないとできないというふうに思います。それが大地動乱の時代と重なっていたわけで、そこをどういうふうに攻めていくかという場合、今度勉強しろと言われて、『源氏物語』を少し読んで、これは大きい意味をもっているというのがよく分かった気がします。

三田村　かぐや姫の物語でも、富士山が「士（つわもの）に富む山」というふうにわざわざ言われるのは、普通で考えれば、煙が尽きないし、不死の薬という、そっちのほうが普通の掛詞なのに、わざわざ「士に富む」というふうに言うのは、あの時代の王権が関東に覇権を広げていく、そういう意識というものを感じさせる天皇の在り方だと思いますし、さっきの光仁天皇が蝦夷に対してどういうふうな振る舞いをするかということも、王権の覇権の広げ方なんだというふうに感じますね。

保立　もちろん、この時代の国家は、六、七世紀から東国の舎人と言いますか、東国を武力の供給源として捉えていて、これは続くわけですけれども。ただ、はっきりと蝦夷に対する侵略と、抑圧の体制をつくり出すのは、光仁、八世紀後半からだと私は思うんです。ですから、石母田さんがよく小帝国と言われるわけですけれども。

三田村　東夷の小帝国。

保立　それが、むしろ九世紀に実質化してくる。その中で初めて東国を全国的な支配と社会システムの中に位置付けるわけです。ですから、東国における火山と山々の信仰がスポットライトを浴びるということにも、『竹取』の位置はあると思うんですね。阿蘇が中心の火山信仰から、富士が中心の火山信仰、デュアルというか、二つの火山を両方とも、国家の文化と自然に対する態度の中に入れ込んでくる、そういう時代なわけですよね、おそらく。

三田村　この本の中でも、富士山がいろんな火山帯のいちばん中枢に位置している新しい火山として据え直されてくるとか、ずっと北の鳥海火山みたいなものがランドマークとして、遣唐使の問題にも非常に深くかかわっている。火山の位置・道筋・かくされた火山帯がにわかに光り出してくるというところはとても面白かったですね。

保立　子供たちに、プレートテクトニクスを教えなければいけないですよね。プレートテクトニクスを教える上で、日本の文化の中に大量の素材があるわけですから、火山と地震との関係で文化をどう捉えるか、『竹取』をどう読むかということは可能になると思うんです。これは人文科学に関係するものの非常に大きな役割だというふうに思うわけです。

河添　確かに『竹取物語』もありますけど、歌物語で『伊勢物語』がありますよね。業平の東下りがあって、東というものが都と対比的に捉えられてきて、さらにその後、男は陸奥まで行くわけですよね。そこまで行動圏に一応入ってくるという形で、文学の領域が一挙に広がっていく、そういう時代を『伊勢物語』も象徴しているんだと思うんです。

三田村　歌枕もそうですね。地名を所有するという概念ですから。平安の歌枕では東北地方の歌枕がいちばん多いんですね。歌枕は、最初は大和の古い都の名前が多かったんですが、東北が非常に多くなって、日本国のいちばん北の輪郭線をどう所有するかということを、名前によって象徴的に所有したいという観念から、歌枕が成立するんだと言われていますね。

保立　平安時代の富の相当部分は、黄金と北海の産物を交易することによって得ているわけですから、日本の国家の最奥の秘密、いちばん根っこのところにある秘密は、東北・北海道に対する支配と収奪だと思うんです。平安時代の富というものは、それによってできているということを踏まえて、『竹取』を評価するというようなことが議論として成立してくるといいと僕は思うんです。『竹取』から『うつほ』にかけての、それから『源氏』にもあるような、河添さんがやられているような唐物の問題というのは、結局あの時代に発生する。

河添　源氏千年紀に『歴史評論』で、保立さんと木村茂光さん、服藤早苗さんと座談会をさせていただいたときも、唐物が問題になるのは、逆に国風というか、国の中の物がその時代にかなり流通して、それによって富が築かれるという構造とペアになっている、そのことと合せて考えるべきだということが問題になりましたね。

保立　そうですね。ですから、言われた歌枕ですとか、地名の所有という問題と、社会の変遷の仕方は必ず関係するはずで、歴史学は、そういう社会の細かな話しと分かりにくい経済史をとにかく詰めていく役割ですので、大きな話は文学にお任せしますというのが正しい。（笑）

河添　私は保立さんの想像力の方向性というのは、非常に文学研究に向いていらっしゃると。歴史学者にし

ておくのはもったいないと。（笑）

三田村　今の文学研究ってまさに保立的なものを志向している感じです。（笑）

河添　本当にそういう意味で、細かい資料を見るだけでなく、上から森のように見渡すというか、何をそこに見いだすかという、見いだし方が文学研究者に似ているということを感じますね。

保立　資料が語ることを、連想ゲームのようにして追っていくわけですね、われわれは。それは文献資料と日記資料が主な対象になりますので、それを文学を使って、文学の資料を読み込みながら、連想を展開するわけですけれども、そういう意味での文学研究と歴史学研究の相違というのは、平安時代についてはほとんどなくなっているという感じをこのごろ受けますよね。

河添　お互い近づきつつあると思いますけれども。

保立　特にデータベースが出たり、活字化しているということもあって、すごく連接してきているという感じがします。その上で、歴史学の役割はそれこそ経済にかかわるような細かな歴史事実を組み立てていく作業になるので、そういうものが歴史学の役割なんだというふうに、文学の側から言ってもらわないと困ります。（笑）

源氏物語と地震

河添　そろそろ本題の、十世紀、十一世紀の地震資料を見渡すと、『源氏物語』がどう読めてくるのか、というところへ行きましょうか。

三田村　『源氏』の時代は、地震資料がありましたでしょうか。

保立　『源氏』の時代も相当地震の記録が残っています。明治以来、あまり京都には地震がないので、地震が少ない地方だと思われがちだけれども、特に平安時代の京都は、相当揺れた時代のように思います。地震資料のデータベースを引いてみますと、大地震、「大いになゐふる」という言葉が十年置きぐらいには必ず出てくるように思います。

地震資料だけを比べていくと、九世紀と十世紀はほとんど変わらない時代という感じがします。最近、鈴木哲雄さんが将門の反乱を論じる中で言われていることなんですけれども、九三四年（承平四）から九三八年に連続した地震の衝撃が大きかったようで、九三八年の場合には内膳司の建物が壊れて、死者が四人出ています。

承平から天慶への改元はそのために起きたものです。この改元の理由は地震と兵乱の予測で、実際に地震の翌年に純友と将門の反乱が起きて、朝廷では東西の兵乱が気脈を通じて発生したということで、大変な危機感を持っています。

これに引き続いて、天延、貞元の改元も天変地震が理由で、九七六年の地震も激しくて、死人が出ています。九世紀の地震はそんなに死人が出ていないんですけれども、十世紀のほうがむしろ人死によく出るという感じです。それから天慶の乱の発生は、朱雀の後継者がいないという問題が大変大きな影響があったわけですけれども、その中に、地震の問題がはらまれていたということになります。

問題はさらに十一世紀後半になりますと、一〇七〇年、延久二年の地震が大きくて、これは後三条院のときの地震は激しかったという記録として残っています。『栄花物語』には、一〇七〇年、延久二年の十月に祇園社が焼失して、直後に地震が起きたとあります。翌年八月に祇園天神は造り直されて、新造の社ができて、その翌年に後三条が祇園に行幸します。後三条の祇園への行幸は、この地震との関係があるのではないかと思っています。

ちょっと長くなりますけれども、特に十一世紀の九十年代には、一〇九一年、一〇九三年、一〇九六年、一〇九九年と大地震が続きまして、同時に疫病の流行も問題になっています。例えば、一〇九三年二月の地震は、疫病の予兆であると占われていますが、五月には奈良の春日山が鳴動したという記録が残っています。このとき、近江の国司とちょうど春日の神人が争っておりまして、この地震を神意の表れとして、強訴に及んで、春日の神木が初めて都に動座したのはこのときだと。

翌々年の一〇九五年にも地震があって、実はその中で叡山の山僧の強訴、つまり神輿を京都に持ってくるというのが始まります。春日の神木の動座と、叡山の神輿の移座は、院政期の政治史の大問題なんですが、これが両方とも地震に関係して起きているという訳です。そして、このときに祇園の御霊会を場として永長の大田楽が展開するわけですが、すぐその直後、一〇九六年と一〇九九年の地震は、おのおの東海大地震、南海トラフの大地震と言われて、大変大きなものだったわけです。

河添 瀬田の橋が落ちるんですね。

保立 特に南海トラフの大地震と言われている一〇九九年の南海地震では、時の関白後二条師通の突然の死去と重なりまして、政治史的にも重大な問題になっています。死んだ師通はオオモノヌシ（＝オオクニヌシ）が宿るという比叡山の牛尾山の岩盤の下に押し込められたという噂が広がりました。こういうふうに、平安時代の末期まで、政治史に、たいへんに大きな影響はあったということは言えるだろうと思っています。

ただ、そう考えると、ぎゃくに『源氏』の執筆期間と言われる十一世紀の初期は、ある意味では地震の中だるみの時期で、地震は多かったけれども、建物の崩壊はなかった。安易な言い方かもしれませんが、「高度成長期」と同じ地震の休みの時期であると。『源氏物語』に地震は描かれていませんよね。調べたんですけれども。

三田村 地震はないと思います。

河添 ほかはいろいろあるんですけれど。

保立 これは記憶としての地震を最も不祥のものとして語ることを避けたんでしょうか。いずれにせよ、時代の状況の影響もあって、地震についての叙述が少ないのかなと思いました。

三田村 そうですね。『うつほ』が『源氏』より十年か二十年前に成立しています。『うつほ』には地震記事があるわけですから、それは体験の記憶がまだ生きていたのでしょうね。

河添 天譴というか、天の諭しみたいな形で結構描かれていますね、『源氏』は。地震を天の諭しというのに結び付けることがなかったんでしょうか。

三田村 雷はあります。

河添 雷は道真を意識した。

三田村 津波のような感じもしますよね。須磨の嵐はずっと波がすぐそこまで来るわけですから。

河添 越えてくる感じですよね。

三田村 「海面は遠くて」と書いてあって、海から光源氏の山荘まではかなりあったというふうに描かれているにもかかわらず、海が押し寄せてきて、すぐ目の前の垣根の所で止まったというわけですから、津波ですよね。

河添　あそこだけ津波的ですよね。でも地震が特化されているという感じはないですよね。

保立　天変地異は『源氏物語』の中では実際には相当、位置が大きかったように思うんですけれども、ただ、その中に地震は入っていないというのは、どういう意識なんだろうと思いました。

河添　謎ですね。

保立　先ほど三田村さんが言われた、『うつほ』との関係は重大で、まさに将門の乱の。

三田村　将門の乱の状況を受けているように見えますね。

保立　先ほどの話に戻れば、もちろん、文学に世相の影響をすぐに見てしまうのは限界があると思うんですけれども、ただ天変地異にこれだけ興味を持っていながら、地震という大地の中の竜を持ってこないというのは、面白い問題だと思いました。須磨でも竜ですよね。あそこに出てくるのは。

河添　竜神ですね。

三田村　嵐を起こすという意味での竜神。

河添　『源氏物語』の女楽で光源氏が『うつほ』を批判しているところがありますね。奇瑞が起こるのはどうと、音楽論で。

三田村　『うつほ』は音楽の物語ですから、こう揺れてくるというか、すべてが震えるみたいな、音楽の奇瑞それじたいが揺れの感覚で描かれます。琴と地震の関係についても、保立さんが書いていらっしゃいますけれども、まさに神話的な琴がそこで再生されたという形で、『うつほ』はその振動の問題を取り上げているわけですが、『源氏』にはあまりそういうことを感じないですね。

保立　地震の神がスサノオであり、オオナムチであるということをいちばん最初に言われたのは、小川琢治さんという、湯川秀樹さんのお父さんです。その後、神話学の吉田敦彦さんが二、三行触れてはいられるんですけれども、詳しくは誰も論じてなくて、小川さんの仕事では、要するに琴が決定的な意味を持っている。オオナムチがスセリ姫を肩に担いで逃げ出すとき、琴が木に触れて、地がどんと揺れたというふうに出てきます。今の話ですと、『うつほ』には、神話から直接入っているわけでしょうか。私、見のがしていましたが、『うつほ』の話は重大です、

三田村　ペルシャからもたらされたという、いちばん

秘密の南風を弾いた、そのときにね。

河添　「若菜下」の巻を確認しましたが、天を揺り動かしたとはあっても、地はないようですね。「明らかに空の月星を動かし、時ならぬ霜雪を降らせ、雲、雷を騒がしたるためし」とあります。

三田村　いかずちは鳴るのね。

河添　いかずちは出てくるけれども、地を揺り動かしたという部分の引用は『源氏』の中にはないですね。

須磨・明石の地をめぐって

三田村　須磨というのも、この間の阪神・淡路大震災が須磨のところで動いたということを考え合わせられるような気がします。あそこが大きな地殻変動の場所であるということの記憶が、わざわざ光源氏を追放するのに、あの須磨の地を選んだということにつながるのでしょう。ちょうど須磨が畿内と畿外の境界であるという意味も含めて、平安時代に何回か起こった地震では、あそこら辺が動いたこともありますから、そういう過去の記憶に引きずられるようにして、境界線である須磨の地が光源氏の場所として選ばれたことはあるかもしれない。

保立　あれは桐壺帝がよみがえってと言いますか、黄泉の国から……。

三田村　向こうから来るわけですね。よみの国との通路が開けたわけですから。そういうイメージがどうしてもあるんじゃないかという感じがしますね。

保立　怨霊なり、人間の物の怪が地震を動かすという観念を踏まえていたとしますと、地震は直接描かれていないけれども、世界観の背景に持っていたということなんでしょうか。あらわには出ていないけれども、何らかの形で踏まえて、由来を意識している。ないし意識しないままでもその世界に近づいているというところは大変面白い。明石はまさに『竹取』でも、風が吹いてやってくるわけですよね。

河添　大伴の大納言が、御行が、吹き流されちゃう。

三田村　大伴御行がどこかさまよって、漂着するところがまさにあそこですから。

『源氏』の明石の浦というのは、異界と通じている、何か不思議な構造線のまさに境目であるという、そういう観念があったんじゃないでしょうかね。

保立　船弁慶だったと思いますけれども、義経が船出して難破するのは、六甲からの山おろしで、平家の怨霊によって吹いた風だというふうに言われてます。ですから、それはもう『竹取』から、『源氏』から、謡曲までつながっているのかもしれない。本当にそこに野島断層と、あそこら辺の播磨の断層の影響があるのでしょうか。

三田村 あるのかどうか分からないけれども、何か記憶の底にあるのではないかと。

保立 もしそうだとすると、それは大変重大な。

三田村 『平家物語』にも、建礼門院が屋島のほうで捕まって、ずっと義経に連れられて、都へ戻ってくるときに、明石の沖で安徳天皇の夢を見ている。竜宮城に亡くなった人が全部ずらっと揃っていて、その竜宮の王として安徳天皇がいたということを見た。つまり明石が竜宮の入り口だという夢なんですね。これも私は『源氏物語』の影響だと思っているんですが。光源氏が竜王の娘のような明石の君と結婚するという話と、『平家物語』の「大原御幸」の語りの基本構造というのはどこかで重なっている。清盛自身の竜王幻想もちょっとダブっているかもしれない。平家の人々全員を竜王の眷属としてみていくようなそういう問題があるんじゃないかと思うんですね。

保立 歴史学のほうから行きますと、清盛は祇園だけでなく、やはり地震神と思われる播磨の広峯社をにぎり、福原にも祇園社をおき、さらに厳島まで握る訳ですね。これは龍神信仰なのですが、龍は地震神でもある。こういうネットワークが現実の平氏権力の在り方と深く関係している。瀬戸内海を握り、中国に対する対外貿易を握るという関係の中に、須磨、福原を握るということがはっきり位置付いているように思います。そう考えると清盛の幻想の問題は外せませんね。

三田村 福原の都というのはちょっと感じますね。

保立 三田村さんは、『源氏物語絵巻の謎を読み解く』で、院政期において、『源氏物語』のドラマが「現実と照応してなまなましい衝撃と関心を呼び寄せる」、つまりいわばフィクションが現実をつくり出すという趣旨のことを言われていたと思うんですけれども、これもそういうことでしょうか。ただ、平家権力になると、そこに軍事力が強く加わっていて、大変なことになるわけですよ。ですから、『源氏』の時代というのは、とにかくそういうことにならない前の時代という印象がいたします。

河添　確かに清盛って、明石の入道と光源氏を足して二で割ったような。

三田村　そんな感じですよね。皇子でね。

河添　播磨守になって。

保立　白河、後白河と維持されてきた王朝文化の中で、清盛は自分をそういう形で位置付けるのかもしれない。

三田村　そう思っているような感じがしますね。

河添　ご落胤としてね。播磨地震というのは、そういう記憶の中にあるんでしょうかね。播磨の国、どうなんでしょう。

保立　平安時代に祇園の史料が少ないものですから、はっきりしませんが、本来は播磨の広峯社が本社で、祇園は分社だったという史料が、鎌倉時代のはじめにあります。広峯と祇園の本末関係という形で、播磨の地震と京都の関係が意識されていたように僕は思うんです。ただ、問題はそれより前で、広峯はスサノオ社と言われていた可能性があって、播磨はスサノオやオオナムチの活動場所ですので、そういう影響もあるはずです。ただ平安期には何とも史料がないわけです。

三田村　よく陰陽師の活躍場所として明石というのが重要な活動拠点というふうに言われていて、芦屋道満という安倍晴明のライバルも芦屋ですから、そこら辺の出身だというふうに言われていましたし、『平家物語』を語った琵琶法師は明石検校覚一という人から始まったというふうに伝承されます。明石の辺りが、境界の人々の拠点という意味があって、そこら辺が『源氏』に結び付いているんじゃないかなと。

河添　考えてみたら、須磨で大暴風雨が起こったとき、上巳の祓いをするんですけれども、地元の陰陽師が出てきます。

三田村　地元の陰陽師で、あれはいかがわしいとでてきますね。でも、まさに陰陽師が活躍しているところなんですね。

河添　それから、明石入道もにわかに琵琶法師になって、琵琶を弾くという。

三田村　あれは「琵琶法師」という言葉の初出例ですね。『源氏物語』の中で入道が「琵琶の法師になりて」と書いてあるんです。陰陽師や琵琶法師たちという、この世ならぬ存在との通信回路を持っていた人々が集まってしまう境界の土地じゃないか。

保立　播磨の陰陽師の元祖は吉備真備であるという伝承がありまして、播磨の陰陽師の根は相当古いです。

九世紀の六国史には播磨の陰陽師の史料が相当出てきますので、それは点検してみる価値があると思います。ただ、陰陽師や陰陽道をどう評価するかということになりますと、つまり日本の神道、日本の宗教をどう評価するかという問題とイコールになってきてしまうわけです。しかし、御話しをうかがっていて、播磨の地震というのがどういうふうに伝承されていたのかというのは、大変大きいと思いました。

河添　知りたいですね。播磨地震じたいは、例えば怨霊というか、応天門とか、ああいう問題とかかわってくるんですか。

……………三田村雅子……………

保立　伴善男が怨霊になったという資料は、『今昔物語』にしかないわけですけれども、要するに播磨の地震の確か直後に、伊豆で死ぬわけですので、播磨の地震を伴善男が起こしたという観念はあって不思議はないと、僕は考えました。ですから、天平の地震が長屋王で、播磨の地震、それから翌年の東国、陸奥で起きた地震が伴善男ということになると、怨霊の問題というのは、単なるエピソードではなくて、国家全体にとっても地域社会全体にとっても大きな影響があった可能性があると思っているんです。

三田村　ちょうど播磨の辺りというのは、日本神話の中でも、あそこの淡路島を中心に、イザナギ、イザナミが国産みをして、島々ができたという話ですよね。そういう島々のでき方の日本神話の形も、一種の地殻変動というか、日本列島が火山列島としてどんどんできていくイメージを生成する神話だと思いますけれども。そういう土地の記憶みたいなものも多分、あるかもしれませんね。

保立　地震学と地質学が、私たちにもわかるように、播磨から出雲にかけて、それから淡路島にかけての地質構造を示していただければ、もっと具体的な議論ができるかもしれない。播磨の地震の原点にあった山崎断層というのが、日本で初めて地層の中に地震痕跡を探し出した例だったそうです。そこに今でも京大の防災研究所が観測地点を置いているそうです。それだけのことがあり、そして、地震学の人が警告していたにもかかわらず、それを無視して、神戸市は地震は起きないといっていたんですよね、阪神大震災以前は。

三田村 そうですね。過去は全く失われちゃったんですね。不思議ですね。

保立 地震学の方といろいろ話すようになりまして、地震学、地質学の人が言うのは、われわれは長い時間を扱う学問であるというわけですよね。なにか人文学にとっては、最も頼りがいのある学問だというふうに思います。私たちも、長い時間を扱う学問であるという考え方を強く持っていたわけですけれども、だけど、彼らの仕事を学ぶと、いろいろな弱さがあったことが分かります。

河添 明石では確か、『日本書紀』で反逆の兄弟が出てきますよね。

三田村 億計〔おけ〕・弘計〔をけ〕の二人の王子でしょう。あの二王子が結局天皇になるわけですから、

王権から追放された王子が一度は身を隠し、もう一度復活してくるという話ですね。明石の駅(うまや)で歌わされたという億計命と弘計命。まさに『源氏』と重なってきますよね。

保立 そこは神話論から物語論へ、系統的にやらないとならないと課題ですし、できるように思うんです。つまり、六世紀の時代までは少なくとも神話の時代なわけですから、神話の時代から直接物語の時代に移ってくるわけです。神話的な世界が物語の中に入ってくるという連続性を追跡できて、神話というものをある程度逆照射していくことがもし可能になれば、たいへん大きいと僕は思います。

もちろん神話論としていわゆる中世神話の議論がさまざまにあるわけですけれども、その原点は八、九世紀の神話から物語への転換がどうだったかを追跡することでなければなりません。そして、これが益田さんの議論の意図なんだろうと思っているんです。

三田村 仁明天皇の四十の賀のところでも、神話がよみがえっている。お坊さんたちが読んだ、珍しい長歌がありますね。あんな長い長歌で、しかもあれだけの豊かな日本神話のさまざまなことを連ねた長歌という

のは非常に珍しいんですけれども。

河添 天皇家の神話があって、仏教的な要素もあるし、儒教的な要素もあって、いろいろな要素が混合しているんですよね。

三田村 吉野の拓枝伝説なんかも入っていますね。だから、日本神話のそういう有名どころの話だけではなくて、民間信仰も入っている、浦島の話も何かありましたね。

河添 不思議な長歌ですよ。それを僧侶が詠むというのも不思議な感じがするし。

三田村 すごく不思議ですね。

保立 神話と仏教の関係というのは、いろいろな意味で複雑な面白い問題をはらんでいると思います。義江彰夫さんが浄土教というのは、神話の段階からの汚れのイデオロギーが、厭離穢土という形で形を変えたものだというように言われてます。浄土教は日本に、中国よりも、優れた仏教を生み出したという、一種の文化ナショナリズムといえるような言説がありますけれども、むしろ神話からの直接移行によって、あれだけの説得力を人々の間に広めたというのが義江さんの意見です。これは同じようなことが神話から物語への転換の中で言えるのではないかと。自分で言うのは怖いから、益田さんを。(笑)

三田村 『源氏』の災害もほとんど風、嵐、水によって一種の禊みたいな形で、光源氏の罪がそがれていくみたいな、そういう形の嵐が多いですね。野分もそうなんでしょうけれども。激しい水、まさに汚れ祓いの水ですね。

保立 『今昔物語集』に描かれた地神が「気色悪しくて異なる香ある風」を吹かせるというのが、まさに同じ問題だと思います。この本で書いたことですが、この地神が後ろから追ってくるという様子と、夕顔をおそったモノノケが「背後より寄り来る」様子はまったく同じものです。神話的な地震の神のイメージが、『今昔』にしても『源氏』にしても同じように流れ込んできているということだと思います。

薄雲・野分の天変地異

保立 では、「薄雲」の巻についてですけれども、天変地異の議論があって、藤壺の死がもたらされたという展開になっているわけですね。その中で、冷泉帝が光源氏と藤壺の密通という自己の出生の秘密を知ったときの述懐が大変興味深いです。中国王朝の歴史を学んで、「唐土には、現はれても忍びても、乱りがはしき事いと多かりけり。日本は、さらに御覧じ得るところなし」という結論に達したと。ようするに歴史の中で、この種の事件があったとしても、正史には残っていないということで、ほっとした。光源氏と藤壺の密通も、少なくとも公になっていないということを心の支えにしていたというのです。以前、歴研の全体会の報告の時に（保立『歴史学をみつめ直す』所収）、平安時代の王家の実態を考えると、これは彼らの生々しい自己認識を反映していると述べました。

しかし、全体の文脈を考えてみると、この天変地異の原因が王家内部の事情にあるとすると、大変怖いということが出発点になっています。ですから、これは、この時代の王権が天変地異というものを自分の血統の宿命のようなものに関係して意識していたことを示すのかもしれない。そういう意味では稀有な資料だと思います。

しかも、中国との比較でやっているというのが大変重要です。中国の王朝は「乱りがはしき事いと多かりけり」だけれども、日本ではそういうことは明らかになっていなくて、万世一系であるという論理だろうと思うんです。ですから、万世一系の論理というのは、日本の内部で完結するものではなくて、最初から東アジアの諸国の王権と対比する形で語られた国際的なイデオロギーだということになります。

つまり、七世紀から十世紀は東アジアの激動の時代で、唐と新羅の王朝は崩壊したけれども、日本の王朝は元気であるという国際意識です。私の持論は、いわゆる万世一系のイデオロギーの原点は、この時期にあったということです。先ほどの仁明の四十の賀のときも、まさに万世一系を言っているわけですよね。

三田村　陽成系は？

河添　陽成は業平の種ではないかという、そういう噂とか。

保立　王族の間でのはげしい争いを、紫式部ももちろん実感していたわけですよね。そういう中での天変地異と中国との比較というのは、これは非常に大事な問題だということなんですが。

河添　そうですね。源氏研究者の中でも、須磨の暴風雨のときから、田中隆昭氏は全部『史記』にモデルがあると。『史記』で天変地異がいろいろあるのと、全く重なっているというか、周公東遷、周公旦の話とか全部そういうのに重なっている。だから、『源氏』で語られるものが、単に日本の歴史の記憶だけではなくて、中国の史書に表れた天変地異というものを意識している、そういう特性が『源氏』にはあると思います。

保立 それは歴史学のほうですと、中国の地震資料と日本の地震資料を読みますよね。そうするとほとんどそっくりなんですね。

河添 書き方がね。

保立 言葉遣いから何から。これは同じ問題だと思います。ですから、ぎゃくにいうと、日本の地震資料にそう書いてあっても、どこまで本当かということが必ず残るわけですね。文飾じゃないかと。ただ、それでも、その中に事実が反映しているという複眼的な見方がどこまでできるかということになります。地震の責任を、みんな朕が悪いんだみたいな、そういう言い方も、本をただせば中国の史書の書き方ですよね。

三田村 『呂氏春秋』ですか。

保立 そうですね。本当に中国との関係は、律令制を中国から継受されたというだけではなくて、九世紀の地震資料にしても、文化にしても、そういう意味で捉えなければいけない。

河添 「薄雲」の巻に天のまなこ、天眼という言葉が出てくる。あれは仏教的な言葉で、仏教の意味とはちょっと違うんだけれども、仏教的な思想と、儒教的な中国的なものと、それから神話的な記憶みたいなものが混然一体としていますね。天変地異が一つの意味を持っているんじゃなくて、非常に複合的ですよね。つまり、桐壺の怨霊的な祖霊が活躍するとか、光源氏にとっては救済でもあるけれども、藤壺との密通に対して、戒めでもあるというか。救済でもあり、戒めであり、一方で朱雀朝に対する天譴でありとか、都でも起き、須磨でも起きている暴風雨の中にいろいろな意味が取り込められている。歴史学の場合はもう少しシンプルに解釈しますか。それとも複雑に解釈しますか。

保立 複雑に解釈しなければいけないという。つまり文学史研究と一緒にやっていると、複雑に解釈しないといけないということに当然なりますよね。それが中国資料まで内在的に読んでということは、少なくともしばらく前まではできていないので、それは私などは大変なコンプレックスですね。

河添　『日本書紀』とか、もう『漢書』『後漢書』の引きまくりですよね。ああいう文体でしか歴史は語れないみたいになっているわけですけれども、六国史の後のほうでも大体そんな感じですか。

保立　ただ、そこのところからどうにか抜け出ていく動きが、まさに恐らく物語と道真の中にあるわけですよね。それが宮廷社会の中で進む。その関係で、「薄雲」の巻で、三田村さんがお考えになっている淳和の后の正子のことをお話しいただけますか。

三田村　藤壺が亡くなるときに、世の中が騒がしいとか、星がおかしいとかいうことが出てきて、ちょうどそのとき太政大臣が亡くなって、式部卿宮もわずか十数日間の中に亡くなって、藤壺も亡くなった。この三人の連続する死みたいなものが大変衝撃的で、それが人々の思いを揺るがしていく、その揺るがしの中に藤壺が死んでいくという描き方が、当時疫病が非常にはやっている、そういう状況を恐らく想起させるんでしょうけれども、同時に藤壺が死んだときの叙述は、正子内親王の崩伝と似ているという指摘が以前からありました（田中隆明）。

六国史に現在残っている后の崩伝は全部で二十か三十知られているんですけれども、正子内親王のは最長の崩伝であって、非常に重きを置いて書いているということが分かりますし、その叙述の在り方そのものも藤壺とそっくりなんですね。非常に徳のある方で、天皇の寵愛をもっぱらにして、晩年にも素晴らしい宗教的な儀礼を沢山やっていて、お坊さんや尼さんを最後までよく面倒を見てやったという、この辺までは本当にそっくりなんですけれども、もう一方で、『源氏物語』では秘密の犯しがあったと語られる。

正子内親王それじたいも、死の前日が大地震で、その前々日ぐらいに小さい地震があり、そしてお葬式の次の日にまた大地震があったという形で、地震の揺れの中に捉えられている。『源氏物語』の作者があえて藤壺のような先帝の皇女で、后となり、そして皇太子を生みという、同じようなパターンの人を出し、死を同じような形で縁取っていくことに、意図的な重ね方を読まざるを得ないわけです。正子のほうは息子が恒貞親王で、廃位されて、廃太子になってしまうわけです。ところが、藤壺の場合はあやうく見えた冷泉がちゃんと即位できる。恒貞に関しても、陽成が位をやめさせられたときも、次の天皇に恒貞を迎えようではないかという話が、ずっと長い時間を経て吹き返してくるのは、人々の中に、なぜ恒貞が廃位に追い込まれたかという、納得いかない思いが続いていたということですから。実際には恒貞が復位することはなかったですけれども、そうあってほしかったかたちとして『源氏物語』の中ではまさに冷泉が即位したと描かれているのでしょう。

保立さんがおっしゃっている伴善男の霊の祟りを鎮めようとする行為も、この正子内親王の死と地震の直後に書かれています。地震があらゆる潜在的な社会不安を呼びさますきっかけとなり、王権の物語の裂け目を提示するものになるという保立さんの主張はこの正子内親王の事件にも端的にあらわれていますね。それが源氏の作者によってもっとも主要なテーマの一つとして掬い上げられているわけです。『源氏物語』の作者は「日本紀の御局」と言われたぐらいですから、六国史を熱心に読んでいるわけで、歴史の裂け目、歴史の裏を読んでいると思われます。

保立　「日本紀の御局」と言われていることとの意味が何なのかというのは、言われたとおりですよね。特に、十世紀からの冷泉系と円融系の王統の迭立があって、その歴史的な原型として、淳和と嵯峨の迭立があるわけですから、確実に紫式部は九世紀の王統迭立というものを視野に入れて物事を考えている。そう言っていいんでしょうか。

三田村　そうだと思います。一条じたいが、実はあまりに認められていなかった天皇なんですね。正統ではないという意識が非常にあった。その中で一条が一生懸命、歴史を読む意識の中におそらくあるんですね。

保立　「薄雲」には天変地異としか出てこないですけれども、九世紀の地震ということを紫式部は知っていたんでしょうか。地震ということを読んでいたんでしょうか。

三田村　それは六国史は読んでいましたから。もちろん前後は読んでいて、そのまま持ってこないとしても。

保立　そうすると、相当複雑な人ですよね、紫式部は。（笑）

河添　今のお話で思い出したのは、「野分」の巻の嵐も、「八月は故前坊の御忌月なれば」とあって、どうしようと秋好が思っているときに、野分が来るんですよ。藤井貞和さんでしたか、野分は。

三田村　故前坊の怨霊が起こしたと言っていましたね。

河添　そういう論文があるんですよ。前坊とか、藤壺の父の先帝も、王権の敗者が天変を起こすという。

三田村　先帝も自分の子孫が断絶しているし、故前坊も断絶している。その断絶している皇統の問題が、実は『源氏物語』の中では非常に重要な問題として組み込まれているというのが言われていることですね。

河添　井沢元彦さんみたいに、『源氏物語』そのものが源氏という報われない、藤原氏に圧倒された敗者を鎮魂する文学という言い方をされることもありますし、源氏を主人公として、源氏出身の后たちをみんな立后させるというストーリーじたいが、もう既にそういう鎮魂の物語だと言われたりしますよね。

保立　ただ、もちろんさまざまな物の怪は出てくるけれども、直接に鎮魂ということではなくて、むしろ、逆に嵐ですとか、雷ですとか、そういう天変地異によって人々の運命が動かされているという。ここまで「薄雲」「須磨」「野分」「夕顔」の巻々を見ていますと、天変地異によって、自然によって人々の運命が動かされているという筋道を、紫式部が描いているかのような感じを受けます。直接、政治的な対立やおどろおどろしいものを描くのではなくて、自然の変化の中で位置付けると言いますか、そこが大変上品な文学だというか。（笑）そこは見事な構成になっているふうに思います。

河添　そうですね。天変地異が単なる天罰ではなくて、人間的に成長させたり、人間関係を開いていったり。「野分」はそういう暴風雨によって夕霧が紫の上を見たりとか、物語がどんどん動いていくわけですから。

三田村　ほころびが見えてくるとか、そういう物語ですね。

保立　宮廷世界の描写の中の細かな人間関係の描写の中に、ぱあっと自然が入ってきて、動いていくという描き方は大変面白い。

三田村　野分の嵐は、東北の町が被害がいちばん大きかったというふうに書かれているんですけれども、倒れたのが馬場殿なんですね。光源氏の屋敷の中に馬場殿があるんですけれども、そういう馬場を造っていい家というのは、基本的にいうと、天皇または上皇の家なんですね。馬を並べて競わせるということは、当時にあっては軍事力の誇示という性格がありますから、それを光源氏が自分の家の中に造ってしまうことじたい、ある種の王権願望もあったということになります。

そこに風が激しく吹き付けてくるということ自体が危機的なことだと思います。

もちろん故前坊の吹かせている嵐ですから、娘の秋好のところは被害がいちばん少ないんですね。だから故前坊の怨念の嵐によって、最もかすかな被害で済んだところと、もっと激しく打たれたところというものが微妙に描き分けられているところも、面白い書き方だと思います。

保立 『源氏物語』というのは大変なテキストなんですね。つまり、お二人のように、本当に隅々まで記憶されていると、歴史的な事実や、例えばいまの御話しですと、建築史などのすべてを照らし出す参照系とすることができるという、それは大変なテキストなんですね。

河添 確かに、前坊と六条御息所の屋敷を一部を吸収する形で六条院ができているわけですけれども、そういう形である種、鎮魂しているはずなのに、逆に前坊の嵐が来て、崩していくということは、鎮魂がなされていないとか、そういうことに対する不満なのか、何かある種、怨霊的な動きというものもあるんでしょうし。この場面は『枕草子』の野分の段を意識していると言われますが、そういう王朝の美意識も混在しながら、非常に微妙に書かれているんですね。

三田村 ちょうど一条朝とその前の円融朝ぐらいから、賀茂神であるとか、春日神であるとか、神社への行幸が頻発してくるんですね。それ以前は、春日はもちろん藤原氏の神ですから、天皇家がそこに出しゃばってくることはほとんどなかったのに、一条朝で行幸が頻発してくる。そこには王朝迭立の問題がかかわっていて、円融・一条系でいいのかという批判勢力を抑えるようにして、賀茂祭を盛大にやったり、春日祭や石清水祭をやったりという、神々の再編成と、「王の問題」というのが密接にかかわっている。ちょうどそのところで、『源氏』ができてくるというのも重要な問題だと思います。

祇園信仰について

保立 私は、九世紀から十世紀、十一世紀にかけては、いわゆる神社、神道のシステムが形成される時期だというふうに考えています。それは都市的な神社の体系として建設されてきます。都市的な政治を維持すると

……………河添房江……………

いうことを前提にして、神話体系を変化させていって、神道のシステムをあの時期につくっていくわけです。宇多以降になると、地震詔勅が出なくなるのは、つまり京都周辺の地域を抑える、そして神を頼むシステムというのができてくるのからではないかというふうに僕は考えています。その場合に中心になるのは、話を戻すようですけど、恐らく祇園だろうというふうに思っているんですけれども、どんなものでしょうか。

河添　祇園は『源氏』に出てこない。

三田村　『源氏』には出てこないですね。でも『枕草子』の清少納言のお兄さん戒秀が祇園社の別当ですね。

この人の時に祇園社が最初、興福寺の末寺だったのが、比叡山に移るということで喧嘩をしています。

保立　祇園社を調べてみて、祇園社は地震の神としてのスサノオを祭る神殿である。九世紀の播磨地震と貞観地震の後を受けて、スサノオの神殿が首都京都にできたということだと考えました。そういうふうに評価する場合には、祇園の神様は、ご存じのように牛頭天王ですが、そのスサノオとの同体説は由来が古いとしていいと思いました。そうすると、ぎゃくに、なんで平安時代の文学にはそんなに祇園やスサノオが出てこないのかと、大変気になっております。

『古今集』の真名序に「荒かねの土にしてはスサノオノミコトよりぞ起こりける」というのがありますよね。祇園社の五島健児さんは、祇園社の原型は八二九年（天長六）に愛宕郡の丘に紀百継という人物が神社を建てたことに由来する。そして紀氏はスサノヲ神話と縁の深い氏族で、真名序にスサノオが出てくるのは、紀氏の関係であるとされています。面白いのは、この「荒かねの土にして」という「荒かね」という言葉、上の枕詞が「荒かね」であるというのが大変興味深くて、つまり地面の中に鉄がある。

三田村　製鉄の問題ですね。

保立　スサノオは大地の神で、さらに火山の神ですので、製鉄が関係して考えられるのは自然なことだと思うのです。祇園が地震神の神殿であるということは表面には出てきません。祇園信仰のいちばん奥深い部分に、実は地震が起こるとあそこら辺を走る花折断層が揺れるという問題があったんだということなんですが、しかし、それは表面にはでてこない。地震が『源氏物語』に出てこないのと同じように、スサノオも祇園も出てこないのかなと思うんです。しかし、この「荒かね」という言葉には、祇園とスサノヲと大地の関係が露出しているのかもしれない。

平安時代の政治史に対して、地震の影響が大きいと言うことの裏側には、平安京の宗教世界において、祇園の位置が大きいこととパラレルな関係だったのではないかという訳です。

河添　雷神がタカミムスヒ、これは賀茂ですよね、平安で言えば。賀茂は『源氏』ですごく大きいですよね。『枕草子』もそうですけれども、斎院の問題が大きく出てくるんですけれど。どうも平安の文学というと、斎院とか、賀茂の存在を大きく感じてしまって、祇園というのは、もっと後の時代という、それこそ祇園女御とか出てくる平安の末のほうが、祇園信仰があるようなイメージだったんですけれども。今日お話を伺って、ちょっと認識を改めなければいけないと。

保立　そういう意味でも、後三条の時期の地震とその翌々年の後三条の祇園への行幸というのは大変大きいかもしれない。ですから、賀茂や京都の周辺の神社の体系の中に祇園を加えるという、これは院政期に展開をして、まさに祇園女御と、平氏の話に直接つながってくるというのが、なかなかな話しです。

三田村　そうですね。祇園の宗教的権威を背負うからこそ祇園女御なんですよね。あそこは一つの拠点。

保立　なんだろうと思います。都市生活にとっては大変大きいはずです。

三田村　八坂の塔それじたいも重要な意味を持っていて、かなり古いですよね。頼朝を祭っているのかな。後々も非常に重要な宗教拠点になってくるのは、祇園社の問題を背負いつつ、あの塔が建っていて、京都のランドマークになっていきますよね。

保立　ところで、五島健児さんがいう祇園社の原型の神社ができた八二九年（天長六）は、淳和の退位の前年で、淳和は京都の群発地震に痛めつけられてよれよれになっていた時です。ですから、祇園社の原型も地震に関係していたかもしれないということになりますが、問題は、この年に、正子が恒貞をお腹に宿したということです。こうして、正子と恒貞の問題は、三田村さんがいわれるように、『源氏物語』にとって本質的なところにあるのかもしれない。

　中国との関係でも、恒貞が皇太子になって、その恒貞の皇太子即位を告げるために、承和の遣唐使が派遣された訳です。正子はそれを後ろからバックアップしているわけで、だけど、結局それはつぶれるわけですよね。代替わりに遣唐使を出す、その時、皇太子であった恒貞が、結局、廃位されてしまう。

　そもそも、中国の文化、宗教、漢文学の関係というのが、政治的な大問題になるというのが、八、九世紀の事態です。その経験が本当に『源氏』の世界に引き継がれているかどうかを、文学研究の場合で論証していただければ、歴史学としては本当に大きなことになるんですけれども。

三田村　『うつほ物語』がちょうど最後の承和の遣唐使を、まさに俊蔭という人が遣唐使に行って、遭難して、なかなか帰れなかった。実際に六国史にもたくさんありますけれども、そういう話を全部集約したような人生を送った人として、『うつほ』の俊蔭は出てきていて。よれよれになって帰ってきた人の側からの物語を語ってのけるという、そういう物語の大きな動向を踏まえた人ですよね。だから、『うつほ』はまさに遣唐使の問題というか、後の帰ってきたときには、もう現在の政権からは切り捨てられたんだけれども、にもかかわらず、そこには重要なものが残っていたみたいなことを語った物語ですよね。『源氏』も、そこら辺の問題を背負っているかなという感じがしますね。

河添　『源氏』は遣唐使を直接には背負わないですよね。だけど『うつほ』の俊蔭をよく見ているし、まさに廃太子とか、そういう問題は。

三田村　ものすごく意識していますよね。廃太子は。

保立　繰り返すようですけれども、歴史学のほうでは、十世紀以降をまとまった社会で見るという形になっていまして、十世紀と九世紀の連続性を見るということはなかなかできない状態にあります。今言われたように、文学的なテキストを中心にして、本当に連続的にそれを見てよいということが論証できて、それが常識になれば、話が変わってくる。

終わりに

河添　お話は尽きないのですが、そろそろ時間なので。九、十、十一世紀の地震、天災と『源氏』の話題を中心にお話をしてきたわけですけれども、現代へのメッセージですとか、保立さんや三田村さんが今後やりたいと思われる研究テーマを、最後にお聞きしたいと思います。日本神話の読み直しとか、中世神話とかにかかわる話になりますか。竜神の問題は、平家の問題とかかわっていますから。今後の展望とか、お聞かせいただければと思いますけれども。

保立　日本神話の読み直しということを考えています。歴史学の側では、日本神話をどう読むかということが二十年ぐらい前に作業はほぼ終わっていまして、神話を史料として使う研究者が非常に少なくなっています。しかし、神話的な想像力によって、自然を見るというのは人間の本質に関わると思います。ともかく昔の人はそれでやっていたわけですので、その心意を復元をすることは大事だというふうに思うようになりました。

アーサー・ビナードさんの『ここが家だ―ベン・シャーンの第五福竜丸』という本がありますが、ベン・シャーンは水爆の爆発をドラゴンの絵で描いている。ビナードさんは、その絵に「にせものの太陽みたいな、ばけもの」という一節をふくむ「詩」を書きつけています。これを読んだしばらく後、私は、天のオオヌシ（太陽）をうたった「おもろ草子」についてふれた益田勝実さんの文章（「古典文学教育でいまなにが問題なのか」）を読んで震撼されました。益田さんは、この原始的な太陽讃歌を採り入れないで「若者たちとの古典探索」に出かけることができないといわれているのですが、ビナードさんの詩とおもろ草子からうけるのは同じ神話的なイメージです。

「おもろ」のアケモドロのオオヌシと水爆の悪神のドラゴンはまったく違うものですが、どちらも神話的な想像力としかいえないものです。地震・津波や原発というものに直面して、テキストを読んでいくと、『古事記』『日本書紀』の神話は読み直さざるを得ないだろうと考えています。そして繰り返しになりますが、少なくとも十世紀、十一世紀の時代には、そういう神話世界は、ある程度手の届く過去だったはずですから、神話世界というものを確実に認識するためのツールは、九、十世紀、十一世紀の文学が地盤になる、基礎になるということなんではないか。それが益田さんの感じていたことなのではないかと考えたということです。

そもそも、神話というものをタブーにしないで読んでいくということは、戦後の歴史学と文学研究の最初の課題だったはずです。現在では、益田さんの仕事が、歴史学の側では受け継がれない、問題提起を受けることができないという形になっています。石母田さんが同じ大学にいながら、早く亡くなってしまったことがあるのかもしれません。

益田さんは背嚢に『古事記』を入れて戦争に行ったということですけれども、戦前から戦後にかけて、『古事記』『日本書紀』の神話というものを、人生の経験をかけて読んできた。それを今の段階で受け継ぐと言いますか、考えるということは、戦後の文学史と歴史学の関係から言って最大の課題だと考えるようになったということです。

この前、笠間書院の宣伝誌に益田さんについて書けと言われて書いたんですけれども、結果をみると、歴史学は益田さんに負けたというように思っています。

河添　そうだとすれば、いつも益田さんの言葉でいちばん重いと思うのは、『火山列島の思想』のあとがきに書いてある、「国文学は、他の文化諸学に対してたえず受け身であり、なにかを受けとらされる側だけに回ってきた。そうでないものにしたい、それがわたしの念願であり、その意味での文学研究に徹したいのだが、その境地にはほど遠いところにある」と書かれていて、それがずっと重い言葉として私の中に生き続けているんですけれども。もし保立さんのおっしゃるように、益田勝実の仕事が、そういう形で歴史学に評価されて、今の時代に生きていくのなら、少なくとも益田国文学は、歴史学に発信できたんだという、そういう幸せな思いをさせていただける言葉だと思います。今日のこの言葉は、私にとって非常に大きなカタルシスでした。ありがとうございました。

三田村　私はこの本を読んで、地震の動乱と火山の噴火が二重に重なって来るこの叙述を見ていて、原発の爆発事件をまざまざと見るような気がしました。原子力発電所は現代における火口なんだなと思った。潜在的にこれからも爆発するかもしれないような火口が従来からの火山列島に加えて新たに抱えられて今あるんだということを感じました。

私は保立さんが震災の直後に書かれていたブログを読ませていただいて、静岡大学の地震データベースというのがあるんだというのを知って、その地震データベースを地震の直後にずっと読み続けて、何週間か続けて読んでいたんですけれども。七〇〇年ぐらいから始めて、一二〇〇年までのちょうど五百年間の毎日の記事をずっと読んでいくと、地震がいっぱいあって、本当に社会が不安になるときと、ずっとそれが鎮静化していくときの時代のうねりみたいなものがなまなましく感じられて、その中で文学って何なのかということをあらためて感じることになりました。

確かに九〇五年の『古今和歌集』ができたときは、小康期だったということも非常によく分かりましたし、『源氏物語』ができたときは地震的には確かに小康期だったんだということが分かり、同時にそれは疫病で言えば、ものすごく大変な時期だったんだとわかります。その社会不安が物語文学の揺籃期をつくり上げていったということは忘れてはいけない点だと思います。

平安時代は平和の時代と言われますが、むしろ平安であってほしいと痛切に願った時代だったのでしょうね。それがモノガタリというものをつき動かしていくエネルギーとなったんじゃないでしょうか。

中世でも『神道集』みたいな、よみがえるエネルギーと情念のドラマがありますね。『お岩木様一代記』という火山の神の一人称語りもあります。火山の物語というのが、この火山列島に住む私たちの中にずっとよみがえり続ける物語として、一つの神話を形成しているようです。そういう激しく生動して、変革していく揺り動かしていく力と、ずっと連続していく話型との接点で、物語というジャンルを考えていきたいとあらためて思いました。

河添　火山列島に住むわれわれの記憶、知恵というか、思想というものをもう一度確かに受け止めて、本当にそうであるからこそ、脱原発に行ってもらいたいと思いますね。

保立　民族という問題はいちばん大事な問題として、石母田さんにしたって、益田さんにしたってあったわけです。その中身というのは、人々が日本列島の自然の中で、どういう経験をして、どういう文化をつくってきたかという単純なことで、その経験の節目には、ひょっとしたら地震と噴火の経験があったのかもしれ

山の上ホテルにて（2012・11・30）

ない。これは無縁の自然という形で網野さんが言っていることなどにつながってきます。その根っこというのものを、石母田さんや益田さんの段階に戻って、文学と歴史学で一緒に考えたい。私は、あの時代に石母田さんと益田さんが何を話しただろうかと想像することがあって、あの時代の持っていた可能性というものを感じなおしたい。

特に私などは、現在六十歳過ぎ、つまり七十年代前半の大学で学生運動の時代を経験した世代です。その時期にさまざまな立場やさまざまな思想や方法や、経験をみんな持ったわけですけれども、石母田・益田の時の方がもっと大変だった訳ですから、それを考えて、相互に寛容になって、同じ課題に取り組んでいきたい。ともかく、今の状況のなかで、人文社会科学は一緒に行かないといけないというふうに非常に強く思うようになりました。（笑）

河添　同世代ですね。特にお二人は、昭和二十三年生まれ。

保立　石母田さんや益田さんたちが何を考え、何をやったかということは、網野さんなどのことも含めて、もうすべてが分かることはありません。けれども、現在になってみえるようになったこともありますから、ここで、彼らのことを、もう一遍、きちんと理解をしたいと思うんです。

河添　どうも長い時間お話しいただき、本当にありがとうございました。

三田村　ありがとうございました。楽しかったです。

平安文学と震災の記憶をめぐるエスキス

伊藤守幸

東日本大震災は、「千年に一度」というスケールの大災害だったが、「千年」という時間スケールは、我々の日常的想像の範囲を超越している。また、この地震のマグニチュードは、地震学者の予測をも超えるものだったから、自然科学、人文科学の別なく、三月一一日以前の我々は、「やすらかに美しく油断していた」（石垣りん「挨拶」一九五二）と言われても仕方のない状態にあったのである。「これほどの大災厄など、誰にも予想できるわけがない」というのは一面の真実だが、現にそうした事態が出来した以上、我々の「油断」の理由や背景について省みるのに、今ほどふさわしい時機はないのも確かである。

この大地震によって揺さぶられたのは、土木・建築等の社会基盤関連分野に限らない。日本列島において為されるあらゆる営みが、様々な社会的・文化的活動に至るまで、如何に不安定な基盤の上に成り立つものであるかを、我々は改めて思い知らされたのである。古典文学の研究者としては、巨大な天変地異が頻繁に繰り返されるという、この列島の特殊な自然条件に関して、社会や文化の全領域に及ぶその影響力を、従来の研究は果たして正当に評価してきたのかという問いが、重要な課題として浮上し、そこから目を逸らすことができないのである。

地震列島・火山列島とも称される日本列島に身を置く限り、天災と無縁の生涯を全うできる人は稀だろうが、青年期を仙台で過ごした筆者の場合、一九七八年の宮城県沖地震との遭遇が、被災地における直接的経験として、最も強く印象づけられている。当時大学院生だった筆者は、地震発生直後の騒然とした雰囲気の中で『方丈記』を読み直しているのだが、そうした経験を有するにもかかわらず、その後、平安時代の物語や日記を読み進めるに当たって、歴史上の（あるいは作品に描かれた）天変地異について、本稿のような視座からの考察を試みなかったのはなぜかと、今にして複雑な感慨を抱かざるを得ないのである（『枕草子』、『源氏物語』以下、災異描写を内包する古典作品は多い。とりわけ『源氏物語』の場合、天災を悪政に対する戒めと捉える中国的天譴論を色濃く反映しており、考察すべき課題には事欠かない）。

思えば、「平安文学と天変地異の関係」に目を向ける機会は、宮城県沖地震より以前にも与えられていたのである。話は宮城県沖地震の三年前のことに遡るが、大学の平安文芸研究会の仲間たちと出かけた奥松島への旅の途次、列車が多賀城駅（仙石線）に差しかかったところで、先輩の大学院生が、「あれが末の松山」と言って窓の外を指さしたのだ。

「末の松山」に関する当時の筆者の知識は、『古今集』歌（「きみをおきてあだし心を我が持たば末の松山波も越えなむ」）と『百人一首』歌（「契りきなかたみに袖をしぼりつつ末の松山波越さじとは」清原元輔）がすべてであり、それが陸奥国の著名な歌枕であることは知っていても、具体的な所在地については（正確には、現在それがどこに比定されているか、またその根拠はといった問題だが）、格別の知識もなかった。その頃の筆者にとって、『古今集』歌から連想されるのである「末の松山」とは、波の届かぬ海辺の高台の松林といった、漠然としたイメージにすぎなかったのである（「末の松山」の名を引きながら、具体性のない歌を詠み続けた王朝人も、歌枕に対する姿勢に関しては同断）。そんなところへ、突然「あれが末の松山です」と示されたのが、まったく予想外の光景であったため、その瞬間のことは、今に至るまで鮮明に記憶に刻まれることになったのである。

多賀城駅から南の方向を見渡すと、住宅街が遠くまで続いている。更に、駅からは明瞭に把握できないものの、住宅街の先には、港湾と工業地帯から成る人工的風景が広がっている（それに対して、駅の北側には、古代東北経営の拠点、多賀城政庁跡が存在し、風景の趣も自ずと異なるが、それはまた別の話）。その住宅街の只中、駅から四百メートルばかりの所に、周囲の住宅より数メートルほど高い小丘があり、そこに数本の松が立ち並んでいる。「末松山宝国寺」の墓地裏に位置するその小丘こそ、江戸時代初期に仙台藩によって比定された歌枕「末の松山」である。この「末の松山」には、松尾芭蕉（一六四四～一六九四）も足を運んでおり、『おくのほそ道』には、松と墓の並ぶ光景に触発された無常の思いが記されている（因みに、宝国寺の裏に立つ二本の黒松の巨木は、樹齢五百年に近いとされるから、この木が芭蕉の目に触れた可能性もある）。

さて、駅前の住宅地と「末の松山」の組み合わせに驚かされつつ、筆者の感じたことと言えば、これほど海から遠い場所に「末の松山」が位置するのならば、なるほどこの松の木を「波が越える」ことはあり得ないなというものだった。多賀城駅にほど近い宝国寺は、海岸線からは約三キロメートルも内陸寄りに位置するのである。

「末の松山を波が越える」という表現は、それでは如何なる自然現象を指すのかといった事柄が、そのとき車内で話題となったように記憶しているが、残念ながらその細部は曖昧模糊としている。ともあれ、筆者自身は「松山」という呼称から漠然と高台の松林を想像していたので、もともと高潮説や津波説には否定的で、海の嵐に起因する波しぶきや潮風ならば、高台の松の枝を越えることもあり得るのではないかなどと考えていたのだが、海から遠く離れた住宅街の「松山」を目にしては、そんな仮説も成り立ちそうになく、その場における直感的判断に基づいて、宝国寺の「末の松山」を平安時代以来の歌枕と見立てる限り、そこを波が越すことはないと結論づけてしまったのである。しかもこの結論には、裏づけとなる根拠など何も存在しないにもかかわらず、現地を実見した上での判断という点に妙な自信を持ってしまったため、その後、長期間にわたって自らその当否を疑うこともなければ、改めて歴史事実を調べ直そうとも思わなかったのである。

右の松島への小旅行から三十六年後に発生した大震災は、筆者の関心を貞観大地震・大津波（貞観一一年［八六九］五月二六日）に向けさせることになった。そして、この大津波に関する歴史学や地震学・水理学の研究成果に学ぶことによって、東日本大震災の一ヶ月後には、新年度の最初の授業で「末の松山」と津波の関係について取り上げ、結論として『古今集』歌と貞観大津波との関係を認め（九世紀に頻発した他の大津波からの影響の可能性も含めて）、かつての自らの直感的判断を否定することになったのである。ただし、その論証の具体的詳細については、すでに「平安文学に描かれた天変地異―「末の松山」と貞観の大津波―」（『東日本大震災 復興を期して―知の交響』所収、東京書籍、二〇一二年八月）という小論にまとめてあるので、そちらを参照願うこととして、ここでは、自身の直感的判断を否定するきっかけとなったある出来事について触れておきたい。

二〇一一年三月一一日の地震発生の瞬間のことは、多くの人々にとって、忘れ難い鮮烈な記憶として在り続けるだろうが、その日たまたま関西方面を旅行していた筆者は、大地震を感知することもなかったのである。地震の二日後に東京に戻ると、すぐに仙台在住の親戚や師友に連絡を取ろうと試みたが、電話も電子メールもまったくつながらない状態が続いた。地震の四日後に叔父と連絡が取れたのが最初で、主な知人の無事を確認し終えるまでには一週間余りもかかったが、その間、何とか被災地の情報を得ようとして、コンピューターにかじりつくことになった。その際、情報の欠如による不安を鎮める上で最も役に立ったのは、インターネット上に迅速に公開された被災地の航空写真だった。連絡の取れない知人の居住する地区を上空から確認することで、何とか現地の概況を類推することができたのである。そんな風に航空写真を精査しているときにふと思い浮かんだのが、「末の松山」は無事だろうかという疑問だった。早速確認してみると、上空から見る限り、宝国寺の松並木には特に被害も認められないようだった。さしもの大津波も「末の松山」までは届かなかったのかと思った次の瞬間、目に飛び込んできたのは、「松山」周辺の駐車場の異様な光景だった。

津波が引いた後の写真からは、「末の松山」周辺の駐車場内に多くの車の存在が確認されたが、そこには尋常に駐車している車がほとんど見当たらなかったのである。どの駐車場もまったくの無秩序状態を呈しており、その混乱した様子を見れば、津波に押し流された車が水流に翻弄され、吹き寄せられるように密集し、場所によっては折り重なった状態で、そのまま放置されていることは明白であった。同様の状態で放置された車の姿は、あちこちの路上にも認められた。この有様を目にした瞬間、海上の小島と化した「末の松山」の姿がありありと脳裡に浮かび、多賀城駅前まで津波が届くはずはないという学生時代以来の思い込みは、瞬時に打ち砕かれてしまったのである。

「末の松山」周辺の津波による被害状況については、その後、現地に出向いて確認もし、東北歴史博物館の柳澤和明氏から詳しい説明も受けている。それらによれば、多賀城駅付近まで津波が到達し、多くの車が波にさらわれたという想像に間違いはなかった。ただ、「末の松山」が海上の小島と化したという想像はいささか大仰で、実際の光景としては、海に突き出した岬の突端に「松山」が位置するという有様だったようである。このとき「末の松山」は、近隣住民の避難場所ともなっているので、その意味では「波は越えなかった」と言うこともできよう。本稿では、松の根方まで波が迫り、周辺の家々が浸水したという状況の方を重視しているが、そもそも、「波が越えたか否か」といったことが問題になるような微妙な位置に「松山」が存在するという、この状況こそが、平安時代における「末の松山」伝承の発生機序を明らかにしていると言えるのではあるまいか。

さて、多賀城駅まで津波が届くわけがないという、長年にわたる根拠のない思い込みが否定されたその瞬間から、何かに弾かれたように貞観大地震・大津波について調べ始めたのだが、それは学術的興味に基づく調査といったものではなく、そうせずにはいられない強い衝迫に促されてのことだった。

二〇一一年の津波は「末の松山」に到達した。では、貞観一一年の津波はどうだったのか。三陸海岸の美しい風景の喪失を目の当たりにしたとき、陸奥国の住民は何を思ったのか（三陸の風光に親しんできた筆者にとって、この問いは痛切だ）。歌枕を愛好する都の歌人たちは、風景の喪失という事態をどう受け止めたのか。三陸海岸は歌枕の宝庫だが、記号化された表現として歌枕を扱うことに慣れた彼らにとって、「現実」などはじめから捨象されていたのか。一方、大震災の「現実」に対処しなければならない太政官は、どのような復興対策を練ったのか。多賀城政庁の役人の煩労は如何ばかりか。—そうした疑問が、次々に浮かんで止まるところを知らないのである。

学生時代の筆者が「末の松山」と津波の関係について判断を誤った主な理由は、貞観大津波に関する歴史的知識や自然科学的知識の欠如と、仙台湾の海岸線の変化に関する地質学的知識の欠如である。しかし、そうした認識不足もさることながら、次々と浮上する疑問や奔逸する想像力への対応に苦慮する現状からは信じられないほど、かつての筆者の想像力が、太平洋沿岸を襲う大津波という現象に対して、ほとんど何も機能し得なかったという点こそが、より根本的な問題であるのかもしれない。大震災のような、惨苦そのものとも言うべき事象に対処したり、考察したりする上で、想像力を伴わない知識など、およそ物の用をなさないだろう。

たとえば、中学・高校時代に地学部に所属していた筆者は、理科年表を繙くことも多く、平安時代前期が地震活動や火山活動の盛んな時期であることなど、「知識としては」早くから知っていたのである。しかし、その知識は、後に平安文学を読み進める上で活用されることはなかった。王朝人の生活や文学に関する具体的想像力と結びつかない限り、それは、年表から読み取られる単なる統計的事実にすぎなかったからである。

東日本大震災は、そうした状況を一変させる出来事だった。あの日を境に、すべてがリセットされたように感じた人は多いと思うが、筆者の場合、リセットされた先は「振り出し」としてのニュートラルなゼロ地点ではなく、まったく唐突に、貞観一一年と現在が接合されてしまったのである。地震の直後に新聞の歌壇・俳壇を目にしたとき、一、二週間前に投稿されたはずの短歌や俳句（とりわけ俳句）の描き出す世界と、それ以外の全紙面にわたって詳細に報じられる大震災の惨状との断絶の大きさに、眩暈のような感覚に襲われ、つい数日前まで自分も身を置いていたはずの平穏な世界が、途方もなく遠い世界と化したように感じられたのだが、貞観大地震直後の陸奥国や常陸国の住人を同時代人のように身近に感じる視座に立てば、二〇一一年の平穏な日常は、千百年以上も遥かな彼方へと遠ざかってしまうのである。自分は遠近法の倒錯した時間を生きているという感覚が、そのときから変わらずに続いているが、それは、「今」と「ここ」を離れた世界に目を向ける者ならば、誰もが多かれ少なかれ経験する感覚であろう。

さて、平安文学と天災の関係をめぐって、ここまで縷々書き連ねた小文だが、この問題に関する筆者の思考が果てしなく拡散を続け、震災後二年を経ても一向に収束する気配がない以上、触れるべき問題は幾らでも見つけられるとしても、この上筆を重ねたところで、未定稿の域を脱することのない文章である。すでに紙幅も尽きており、この辺で筆を擱くことにする。「エスキス」と題した所以である。

震える『源氏物語』

—テクストのレジリエンシー—

安藤　徹

1　揺るがぬ大地

大地はけっして揺らぐことがない。

とりあえずは、これが『源氏物語』の基本である。物語に〝天変地異〟の発生を語る場面はあるものの、大地そのものが揺れ動くさまは描かれていない。

その年、おほかた世の中騒がしくて、公ざまに物のさとししげく、のどかならで、天つ空にも、例に違へる月日星の光見え、雲のたたずまひありとのみ世の人おどろくこと多くて、道々の勘文ども奉れるにも、あやしく世になべてならぬことどもまじりたり。内大臣のみなむ、御心の中にわづらはしく思し知ることとありける。（薄雲二―四四三）[*1]

太政大臣が死去した年に起きたのが、「例に違へる月日星の光」や「雲のたたずまひ」といった天文上の異変、つまり〝天変〟であることはたしかである。いっぽう、「公ざま」に頻繁に示された「物のさとし」が具体的にどのようなことであったかは不明である。しかし、「恠異という言葉は、平安時代の男性日記をみると、しばしば天変、災変という語とともに用いられ」、「恠異が物恠に置き替わった例もある」ことを指摘したうえで、「恠異」という漢語に対する和語として「モノノサトシ」があり、「モノノサトシという和語に宛てるべく案出された」のが「物恠」という語（表記）であるという森正人の推定[*2]をふまえるならば、「恠異なとなるへし」と注した『岷江入楚[*3]』の理解が妥当であろう。

この「恠異（怪異）」（あるいは単に「怪」）は、中国古代の天人相関論[*4]を構成する要素の一つである災異思想に基づいて解釈される異常現象を指す。『漢書』董仲舒伝や『春秋繁露』などによると、為政者の不徳・失政によって国家が「道」を失う恐れがある場合に、天がその為政者に対して段階的に「譴告」→「警懼」→「傷敗」を下すとされ、具体的にはまず「災害（災）」をもって「譴告」し、悔い改めなければ「怪異（異）」をもって「警懼」し、それでもなお改めることがなければ革命して「傷敗」を下す、つまり為政者と国家は滅びるとされた。このうち、「災害（災）」と「怪異（怪）」は「諸現象の好ましからざる程度[5]」の軽重によって区別され、「怪異」は「災害」よりも重く、天威によって為政者を畏懼させ、反省を促すものであった。

ただし、日本ではこうした災異説が本来有していた儒教的宗教・政治思想がそのまま受容されずに、奈良時代末から平安時代にかけて「日本的災異思想[6]」が成立した。「奈良時代末から顕著になる災害を占う行為、ついで怪異を神霊の祟りを内包する現象として物怪（もっけ）と称す動向は、災害・怪異を神祇祭祀や敬神等信仰の問題に帰し、天命・災異思想が有した政治責任を免れるものであった[7]」のである。森が「モノノサトシとは、神仏、その他正体の明らかでない超自然的存在が人間の振る舞いに怒りや不快を覚えていることを告げ知らせる、あるいは後に大きな災いが起きるであろうことを予告するための変異であった」というのは、まさしく「怪異」の日本的解釈としての「物のさとし」の特徴を言い当てていることになろう。その具体相は、六国史の事例からおおよそ想定可能である。中島和歌子の調査によれば、「六国史に見られる「災」とは、大風・洪水・旱魃・蝗害・飢饉・疫病流行等の実害を伴う国家的な災害であり、「怪異（又は単に異）」とは、地震、寒暑の変調、動物の異常行動、季節外れの植物の開花や樹木の突然の枯倒、建物の鳴動・倒壊、空から声が聞こえる等、人々に不安を抱かせる異常現象をいう[8]」。

とすれば、薄雲巻でも「物のさとし」として地震などが現象したという可能性は排除されないことになる[9]。「おほかた世の中騒がしく」とあるからには、疫癘の流行をはじめ、さまざまな異常現象＝災異が発生し、不穏な雰囲気が都を覆っていることはたしかである。[*10] しかし、その後、藤壺が死去するに及んで、夜居の僧都が冷泉帝に光源氏と藤壺との密事を奏上する際に、「天変頻りにさとし、世の中静かならぬはこのけなり」（薄雲二―四五二）と語っていることを重視するならば、人々の関心はむしろ「天変」に向けられており、少なくともそれを超える衝撃を与えるような〝地異〟は起きなかったと読むことができるのではないか。[*11] ここでの描写の中心はあくまでも「月日星の光」や「雲のたたずまひ」の異変にある。全般的に「中古文学では「なゐ」よりも、大雨・暴風雨などの方が位置を占めて[*12]」いることにも留意しよう。

薄雲巻は天変に焦点を合わせ、大地の揺らぎを積極的に語ろうとはしていない。その意味で、あくまでも大枠としては、『源氏物語』は大地に対する基本的信頼（ベーシック・トラスト）に基づいた安定的な社会を描いていると言える。どれほど王権が揺らぎ、貴族社会が乱れ、人々の心が動揺しようとも、しかしそのことが決定的な危機を招くことはないはずだという（何とはなしの）安心感、あるいはどれだけ異常な天文現象・気象が起き、不思議な出来事が生じたとしても、最後にはあるべき秩序のなかに配置され意味づけうるという（どことない）期待感を支えているのは、こうした大地への信頼なのではないか。五大災厄を描く『方丈記』も、「四大種ノナカニ水・火・風ハツネニ害ヲナセド、大地ニイタリテハ殊ナル変ヲナサズ[*13]」と語っていた、そのような信頼である。

しかし、「世ノ常」ならざる「大地震」が起き、地は割れ裂け、山は崩れ、川は埋まり、津波が襲い、液状化現象が発生し、多くの建物が倒壊したのだった。「恐レノナカニ恐ルベカリケルハ、只地震ナリケリ」との記述は、私たちの日常を支える大地に対する「いわれのない信頼感」の、その無根拠さが露呈してしまったことを示唆しよう。精神科医の中井久夫の「地震の時に失った一番大きなものは、大地に対するベーシック・トラストです」という言葉を引きながら、林みどりが「重要なのは、「ベーシック・トラスト」が撤去されたあとの状態が、想像をはるかに超えて無残だということです。たんに基本的な信頼感がなくなっているというだけではすまされない状態、信頼感が欠落するというにとどまらず、根源から徹底的に破壊されてしまった状態、「理不尽な事件の火が通りすぎた焼け跡のような無残さ」というべき状態になるということです」[*14]と述べているように、揺るがぬはずと思っていた大地の震動は、根源的な喪失をもたらす危機的な経験となる。大地に対する根拠なき信頼に基礎を置く物語社会の安定感が、実際にはいかに危うくもろいものであるかということについて、十分に思考と想像力とを巡らす必要がある。いつか大地が震えるかもしれない、あるいはすでに大地はひそかに揺れ動きつつあるのではないか、ただそのことへの鋭敏な感覚を見逃しているだけではないか。[*15]『源氏物語』があからさまには語ろうとしない、直接的には表現しようとしない大地の震えを、わずかな手がかりから読み取ってみせること、それは一枚岩のように堅固に感じられるかもしれないテクストに内在する震えを感知し、等質的に見えるかもしれないテクストの作用を微分する試みとなろう。

本稿は、そのための予備的な考察である。

2　鳴動しない陵墓

たとえば、大地のなかでも特別に徴づけられた「大地と身体の結節点」あるいは「人・神が大地と関係を切り結んだ場」[*16]の一つとして、陵墓に注目してみよう。『源氏物語』では、浮舟が「いかでかの御墓にだに参らん」（宿木五―四六一）と、生前に自分を娘と認知しなかった父八の宮の墓への参拝を望んでいることが語られる箇所はあるものの、実際に参る場面は描かれない。したがって、「北山」にある「院の御墓」（須磨二―一七八）への光源氏の参拝が唯一の例である。「御山に参でたまひて、おはしましし御ありさま、ただ目の前のやうに思し出でらる」（同二―一八一）光源氏は、実際に「帰り出でん方もなき心地して拝みたまふに、ありし御面影さやかに」（同二―一八二）見ることになる。松井健児は、「その場所に引き付けられるように悪霊が宿り、ついには祟りをもなすという、まさに「そぞろ寒き」ところであった」御陵に参拝する光源氏は、「亡き帝の霊力をめぐって、生者たちの攻防が明に暗にくりひろげられている」なかにあって「父桐壺院霊の本源的なエネルギーを充分に意識していたであろう」[*17]とする。山陵に向かって泣く泣く訴える光源氏に、亡き桐壺院は無言である。しかし、その姿を現すことによって、彼の訴えと祈りとをたしかに聞き届けたことになる。桐壺院の霊が明石巻頭の嵐の直後に須磨にいる光源氏の夢に現れ、さらに都の朱雀帝を睨みつけることへと繋がることは見やすい道筋である。

須磨・明石をさすらう光源氏は、その人生においてもっともクリティカルな状況[*18]を迎えているのであり、同時にそれは王権の危機でもあった。光源氏の存在を危険視した弘徽殿大后が企んだのは、「何ごとにつけても、朝廷の御方にうしろやすからず見ゆるは、春宮の御世心寄せことなる人なればことわりになむあめる」（賢木二―一四八）という判断に基づいて、光源氏―春宮（冷泉帝）ラインを崩壊させるべく、光源氏の排除と廃太子（橋姫五―一二五）をすることであった。こうした先帝（祖霊）の遺言（意思）を違えた処置を行なおうとする朱雀皇権に対して、桐壺院の荒ぶる霊が祟るのではないかという恐れや期待が生まれたとしても、けっして不思議ではない。その際、まず何よりも予想されるのは山陵〝鳴動〟という形で現象であろう。西山克によれば、種々の史料や説話に多数伝わる、陵墓や神社などが〝鳴動〟するという逸話には、《王権の危機の予兆として鳴動する》と《始祖の神霊が暴虐な子孫に警告を発する音、あるいは声》という二つの文脈があるという。[19]「自然現象としての地震に裏打ちされたものであった」[20]鳴動は、地震の特殊なバリエーションであり、日本的災異思想の実例である。

それに対して、須磨巻から明石巻にかけての王権の危機に対して、あるいは朱雀皇権の暴挙に、予兆としてであれ警告としてであれ、いずれにせよ桐壺院の山陵が鳴動することはついにない。ここでもやはり、物語の大地は揺るがぬかに見える。だが、荒ぶる祖霊は光源氏を救い、天皇不予（眼病）を招き、[21]そして冷泉―光源氏体制の実現へ導くという強力な作用を発揮していることはたしかである。そこに、鳴動（地震）という側面を探り当てる可能性はまったくないか、考察を深めたい点である。

ここで、雷と地震との関連性を想起しよう。平安時代の天文家がよく参照したという『天文要録』（尊経閣文庫本）の記載や、六国史で落雷を「震」と表記していることなどをふまえて、「地震にともなう光・音と、雷光・雷音にともなう震動とは、今日的観点からは原因と結果の関係が異なるが、古代においては一義的に天が地震に関与している証拠と見なされたに違いない」[22]と推定するのは細井浩志である。また、保立道久は「雷神・地震神・火山神の三位一体の構造」[23]を指摘している。「雷いたう鳴りさわぐ」（賢木二―一四四）なかでの朧月夜との逢瀬が露見し、須磨へと下向することになった光源氏は、須磨の浜辺で上巳の祓をしているうちに急な暴風雨に襲われ、「海の面は、衾を張りたらむやうに光り満ちて、雷鳴りひらめく」（須磨二―二一八）状態になる。「落ちかかる心地して」「なほやまず鳴りみちて」いた雷も「すこし鳴りやみ」（同）、しかしその後も「なほ雨風やまず、雷鳴り静まらで日ごろになりぬ」（明石二―二二三）。京からの使者が来た翌日の明け方からさらに強まる嵐のなか、「雷の鳴りひらめくさまさらに言はむ方なくて、落ちかかりぬとおぼゆる」（同二―二二五）うちに、とうとう「いよいよ鳴りとどろきて、おはしますに続きたる廊に落ちかかりぬ」（同二―一二七)。同じころ、都でも「いとかく地の底徹るばかりの氷降り、雷の静まらぬ」(同二―一二五)、「雷鳴りひらめき雨風騒がしき」(同二―二五二)さまであった。桐壺院の霊はこうした状況下で、須磨の光源氏、そして内裏の朱雀帝の前に現われたのであった。[*24]『源氏物語』に鳴り響く雷がこれらの場面にのみ見えることにも注意したい。祖霊=雷の轟きが大地を震動させ、落雷によって文字どおり地面を揺らす。雷鳴轟く須磨の嵐は、揺らぐ大地の恐ろしさをひそかに、しかし確実に語っているのではなかったか。

さらに、大地の揺らぎへの漸近線として、春日の神にも注目しておこう。藤原摂関家の始祖、大織冠鎌足の墓所(祖霊廟)と認識されるようになった多武峰は、永観二年(九八四)一一月八日の『小右記』の記録を初見として、以後、しばしば鳴動している。[*25]それは、「大職冠、淡海公ノ御流レ、国ノ一ノ大臣トシテ于今栄エ給フ。而ルニ、天皇ノ御中ト不吉ラヌ事出来ラムトテハ、其ノ大職冠ノ御墓、必ズ鳴リ響ク也[*26]」と、天皇を補弼すべき摂関家の危機に対する祖霊の警告と解釈されたのだった。同様に、藤原氏の氏神たる春日神社の鳴動もまた、一族に異変を告げる現象と認識されていた。[*27]玉鬘を尚侍として冷泉帝のもとに出仕させようと考える光源氏が、「春日の神の御心違ひぬべきも、つひには隠れてやむまじきもの」(行幸三―二九六)と、藤原氏である内大臣の娘であるという玉鬘の素性を隠して出仕させることが氏神として尊崇を集める「春日の神」に背く行為であると恐れ、また隠し通せそうもないと考えるのは、あるいは鳴動による警告という事態の出来を想定しているからかもしれない。内大臣(後の太政大臣)の子、紅梅大納言が大い君の春宮参内を急ぐ際に、「春日の神の御ことわりも、わが世にやもし出で来て、故大臣の、院の女御の御事を胸いたく思しやみにし慰めのこともあらなむ」(紅梅五―四二)と祈っているのも参考になる。

語られない鳴動は、しかし不透明ながらもかすかな感触をともなって、この物語社会に蠢いている。

3 襲う嵐

須磨巻末から明石巻頭にかけて起こった嵐は、『源氏物語』にあって、もっとも具体的な自然の猛威を描いている。雷以外にも、風雨や波の描写が印象的である。

にはかに風吹き出でて、空もかきくれぬ。(中略)さる心もなきに、よろづ吹き散らし、またなき風なり。波いといかめしう立ちて、人々の足をそらなり。(中略)「かかる目は、見ずもあるかな」「風などは、吹くも気色づきてこそあれ。あさましうめづらかなり」とまどふに、(中略)暮れぬれば、雷すこし鳴りやみて、風ぞ夜も吹く。(中略)「いましばしかくあらば、波に引かれて入りぬべかりけり」「高潮といふものになむ、取りあへず人損はるるとは聞けど、いとかかることはまだ知らず」と言ひあへり。

(須磨二―二一七~二一八)

突然の大嵐に襲われた光源氏らは、(光源氏自身はなお悠然としているものの)生命の危険を感じながら浜辺から住まいへと逃げ帰ったのであった。

かくしつつ世は尽きぬべきにやと思さるるに、そのまたの日の暁より風いみじう吹き、潮高う満ちて、浪の音荒きこと、巌も山も残るまじきけしきなり。(中略)月さし出でて、潮の近く満ち来ける跡もあらはに、なごりなほ寄せかへる波荒きを、柴の戸おし開けてながめおはします。(中略)「この風いましばし止まざらましかば、潮上りて残る所なからまし。神の助けおろかならざりけり」と言ふを聞きたまふも、いと心細しと言へばおろかなり。

(明石二―二二五~二二八)

荒れ狂う風と波とは、堅牢なはずの「巌も山も残るまじき」勢いで大地を揺るがし、すべてを奪い去ろうとする。それは雷鳴・落雷と一体となって、地震に通じる威力を発揮しているのだ。ジュディス・バトラーは、「私たちが身にしみて知っているように、喪失の体験はたしかに存在する。しかし同時に喪失は変化という効果をもたらし、そしてこの効果は予測することも見取り図を描くこともできない」のであり、「おそらく喪は、ある変化を経るのに同意することと関係がある（おそらくある変化に屈従すると言うべきかもしれない）」と述べたうえで、そうした喪失経験を波に襲われることに譬えている。

人は波にのみこまれ、その日に始めようとした目標も試みも計画も、すべて水の泡になってしまうのだ。自分が限りなく落ちこむ体験。疲れきってそれがなぜだかわからない。自分が作り上げた計画より、自分自身のたくらみより、自分の知識や選択よりも大きい何か。／（中略）人が何かを失うと、人は同時になにか謎めいたものに直面するのだ。喪失には何かが隠されている。喪失の深いところで何かが失われているのだ。[*28]

波に呑みこまれることがほかでもなく喪失経験の比喩となるのは、それが「深いところで何かが失われ」、文字どおりすべてを「水の泡」にしてしまう喪失経験そのものであるからである。命を根こそぎ奪っていく高潮や津波の、残酷なまでの暴威を思い浮かべよう。ふたたび林みどりの言葉を引用するならば、「「波」は、わたしたちの生を根こぎにする喪失の経験と、喪失がもたらす暴力的な変容をもたらす力そのもの」なのだ。[*29] 岸辺に打ちつけ、渚を越えて迫り来る波は、大地を震動させ、張りつく根をむしり取り、目標も計画も、知識も選択も、信頼も安心も、すべてを根源的に破壊しようとする。光源氏を襲う嵐は、まちがいなく『源氏物語』の物語社会を大きく揺さぶり、「変化に屈従する」喪の作業――何を喪失したかを忘却したことさえも忘却してしまったメランコリックな〝読み〟からテクストを回復させる作業――が必要となろう。

先の引用文中に見える、「この風いましばし止まざらましかば、潮上りて残る所なからまし」という須磨の「あやしき海人」たちの言葉には、「風」を「潮（波）」の原因として見定めようとする視点が存在する。風が波を起こし、波が地を襲い震わせ、命を奪う。そこには、仏教的世界観にも通じる海のプロフェッショナルの智慧がかいま見える。仏典中で地震の原因として挙げられるのが、仏・菩薩の法力や得悟の人の神通力など以外に、自然の力、なかでも風の作用である点について、邪東風は「仏教における世界の構造観念と深く関わっている」として、「衆生の暮らす大地は、いわゆる三千大千世界で、大地は水を拠り所とし、水は風を拠り所とし、風は空を拠り所としている。世界がこのような構造となっているため、強風が吹くと水の揺動が引き起こされ、水が揺れ動くと大地の震動が起こるようになる」[*30]と考えられたと解説する。風が吹けば大地が震える。有感地震未満のかすかな震動を掬い取ろうとするならば、なにげない風の描写にも目を向け、耳を澄ませてみる必要がありそうだ。

むろん、『源氏物語』は「野分」という大風（台風）も描かれる。蓬生巻の野分は末摘花邸を襲い、「廊どもも倒れ伏し、下の屋どものはかなき板葺なりしなどは骨のみわづかに残りて、立ちとまる下衆だになし」（蓬生二―三二九～三三〇）といった被害を与えた。野分巻では、「例の年よりもおどろおどろしく」、「物も見えず吹き迷はして、いとむくつけ」（野分三―二六四）な野分が六条院の前栽を吹き散らし、建物をも容赦なく吹き放ち、「馬場殿、南の釣殿などは危げ」（同三―二六七）になる。三条宮も例外でなく、「大きなる木の枝などの折るる音もいとうたてあり、殿の瓦さへ残るまじく吹き散らす」と、大宮は「ただわななきにわななきたまふ」（同三―二六八）さまであった。強風が大地に根づくものたちを大きく揺さぶり、かき乱す破壊力を発揮していることは明らかである。[*31]同時に、その風は人の心をも動かすものであったことも見逃せないことがらである。野分の猛威は、末摘花邸にわずかに残る「下衆」たちを動揺させてうち払ってしまうことで、孤立無援のなかで貧困生活に耐えつつ、尋常でない執念で光源氏を待ち続けるほかない末摘花という女性を生み出した。あるいは、偶然に紫の上をかいま見た夕霧の心を騒がし、「夕霧が紫上と密通して子どもが生れる」という「六条院物語に底流する可能態の物語」[*32]を生成し、柏木と女三の宮の密通という事態を招き寄せることになる。その端緒で夕霧が心のうちにつぶやく「風こそげに巌も吹き上げつべきものなりけれ」（同三―二六六）という言葉は、大きな岩さえも吹き上げかねないエネルギーを（強大でない、単なる）「風」は（でさえ）有していることを端的に物語る比喩表現としてある。[*33]

「御前近き呉竹の、いと若やかに生ひたちて、うちなびくさま」（胡蝶三―一八二）、「垣ほに生ふる撫子のうちなびける色」（夕霧四―四〇二）、「川ぞひ柳の起き臥しなびく水影」（椎本五―一七二）、「木草のなびきざま」（総角五―二五九）、「枯れ枯れなる前栽の中に、尾花の、物よりことに手をさし出でて招くがをかしく見ゆるに、まだ穂に出でさしたるも、露をつらぬきとむる玉の緒、はかなげにうちなびきたるなど」（宿木五―四六五）――なにげなく風に靡く木草にも、私たちは大地の揺らぎを見ることができるはずだ。[*34]大地に根を張る草木が風に揺さぶられる。それは、間接的ながらも、そしてほんのわずかなことであるものの、たしかに大地の震えのメトニミーとして、単なる叙景にとどまらない揺動をテクストにもたらしているにちがいない。

4　揺れる世の中

靡くのは木草だけではない。「上は下に輔けられ、下は上に靡き」（帚木一―六二）、「限りなき女と聞こゆれど、（中略）とあることとかかることにうちなびき」（若菜下四―二三〇）、「思ふところあるにやと世人も推しはかるらんを、宿世の引く方にて、なほなほしきことに、ありありてなびく」（梅枝三—四二四）ように、風に吹き靡かされるかのごとく人の心もしばしばたなびく。心が靡くという場合、そこには一定の方向に流れる（流される）といったニュアンスが濃厚で、むしろ揺らぎを感知しにくい（それゆえに注視する必要もある）のだが、それとは逆に、強大な力に流されまいとするときの震えは、海鳴りのように遠方からテクストを揺さぶる。

　端的な現象として、『源氏物語』で「震」えるのはもっぱら女性であり、ほんのわずかな例外の除いて「わななく」のもまた女性である、という点を指摘できる。*35 光源氏に二条院まで連れ去られた若紫は、「いとむくつけう、いかにすることならむとふるはれたまへど、さすがに声たててもえ泣きたまはず」（若紫一—二五六）、頭中将が光源氏と脅そうとするのを源典侍が「わびしさにふるふるふ、つと控へ」（紅葉賀一—三四二）、匂宮が浮舟のもとに忍んで来て、小舟で宇治川の対岸に渡ろうとするのに対して、浮舟づきの女房の右近が「いと心あわたたしければ、寝おびれて起きたる心地もわななかれて、あやし、童べの雪遊びしたるけはひのやうにぞ、震ひあがりにける」（浮舟六—一五〇）のであった。あるいは、もののけに取り憑かれた夕顔が「いみじくわななきまどひ」（夕顔一—一六四）、ひそかに夕霧を情を交わしていた雲居雁が父内大臣の帰宅に「いと恐ろしと思してわななき」（少女三—五六）、光源氏に恋情を訴えられ、にじり寄られる玉鬘が「心憂く、いかにせむとおぼえて、わななかるる気色」（胡蝶三—一八六）を見せ、柏木の闖入に女三の宮も「わななきたまふさま、水のやうに汗も流れて、ものもおぼえたまはぬ気色」（若菜下四—二二四）であったりする。

　明らかな天変地異にのみ目を奪われることなく、また際だった大地の震動のなさに目を眩まされることなく、男女間の非対称な権力関係を見定めつつ、こうした女たちのわななきにによってざわめくテクストの波紋の大きさと深さとをどれだけ見積もることができるか。問われていることは、たとえばそのようなことなのである。比喩的に言えば、心の動き[*36]が身体の震えとなって現象し、それが周囲を包む（大）気を震わせ、風を起こし、地をも揺すりかねない、そのような（逆順も含めた）波及効果を見通してみることである。

たとえば、明石入道が「手をおしすりて」（明石二—二七一）仏に娘の幸いを祈るように、あるいは落葉の宮づきの女房、小少将の君が夕霧に対して宮に無体なことをしてくれるなと「手を摺る」（夕霧四—四六七）ように、手を擦るという行為は自身の心からの望みが実現するように必死に願う姿である。[*37]こうした身体を〝擦る〟しぐさが、（仏であれ人であれ）周囲に波及することによって状況の揺らぎ（好転）を招き寄せようとするものであることは、「足摺」（総角五—三二八、蜻蛉六—二〇二）が死にゆく者の蘇生・回帰を願う呪術的行為であることからも明らかである。[*38]「いうまでもなく〈擦れ〉は〈震え〉であり、地殻の擦れから針葉の擦れまで、それはこの大地の震えの一変種として、人間の内部を震わせる〈関係性〉の意識の深部へと、深い遠い谺を送り返している」[*39]のだとすれば、手足を擦ることが、一人の人間の内部に完結するような心の問題にとどまらず、むしろ「内部を震わせる〈関係性〉」、さらには外部とも共振するような〈関係性〉の表現として読み直してみることができるだろう。[*40]物語社会を揺さぶる〝もののけ〟も、同様の視点から捉え返してみる価値がある。[*41]

こうした問題を考えるうえで、ぜひとも見落とさないでおきたいのは、揺れる「世（の中）」の存在である。『源氏物語』において「揺する」のは、他でもなく「世（の中）」等の言葉で表現される社会であるからであり、一人の人間の心身の震えと大地の揺らぎとを媒介し、あるいはそうした揺らぎのなかから生成する時空として、社会があると考えられるからである。[*42]

六条御息所の生霊（もののけ）に苦しめられながらも男児（夕霧）を出産した葵の上は、「秋の司召」のために父左大臣や兄弟たち、そして夫の光源氏が参内して留守となった時を狙う（狙われる）かのようにして急死する。「殿の内」はみな動転し、多くの見舞の使者がさらに混乱に輪をかけて、「揺すりみち」（葵二―四六）る状態となった。この場合の「殿の内」とは左大臣邸を指すが、そこに集い行き交う多くの人々の存在が、「殿の内」を中心とした社会の広がりを想起させることになる。桐壺帝の信任厚い左大臣と帝の妹大宮の娘にして、帝寵愛の光源氏の妻である葵の上の死が、左大臣と光源氏との紐帯を揺るがせ、政治的枠組みが再編される可能性が生じたり、それとも連動して光源氏の正妻に誰がなるかといった関心を惹起するなどして、社会全体に大きな波紋と動揺（と期待）を投げかけたであろうことは想像しやすい。[*43] それは、この物語社会が実は当たり前のように安定しているわけでもなければ、スタティックでリジッドな社会でもなく、日常的な相互行為によって構築される、動態的で可変的な達成産物としてあることを証すことにもなる。

「時の有職と天の下をなびかしたまへる」（賢木二―一四七）光源氏の須磨下向を「世ゆすりて惜しみきこえ」（須磨二―一八四）つつも、表立って彼に味方する者がほとんどおらず、光源氏にとって「親しう仕うまつり世になびかぬかぎりの人々」（同二―一七六）しか頼る者のいない社会は、政界復帰後に光源氏が「世の中ゆすりてしたまふ」（蓬生二―三三七）法華八講を主催すると、それに「世の人なびき仕うまつること昔のやうなり」（澪標二―二七九）というありさまであり、あるいは光源氏の住吉参詣に「世の中ゆすりて、上達部、殿上人、我も我もと仕うまつりたまふ」（同二―三〇二）のであった。

こうして、一見したところ揺るがぬ大地に反比例するように、あるいはそれを代補するようにして、うち震える人々の身・心と揺らぐ「世の中」とが相互関連的に生成する物語社会は、風に靡く木草と共鳴・共振し、さらには嵐に晒されながら、震えのなかに（なかでこそ）かろうじて成り立っていると読み解きうる。それは、大地と無関係にあるのではなく、むしろひそかに、しかし確実に大地に関連づけられている。「袖ぬるるこひぢをかつは知りながら下り立つ田子のみづからぞうき」（葵二―三五）という和歌を詠んだ六条御息所を、物語中唯一の例である「こひぢ（泥）」にちなんで「泥の女」[*44]と名づけた葛綿正一は、泥が内包する〝水〟の想像力を積極的に読み解いてみせたのだが、言うまでもなく、水と土とが混じり合うことによって泥たりうる点も忘れるべきではない。言い換えれば、柔らかい土、足元を掬い取られかねない軟弱な地、変幻自在に形を変えうる揺れる大地、それが泥である。泥の女、そしてもののけの女・六条御息所は、震える『源氏物語』の物語社会を考える手がかり（足がかり）として貴重である。[*45]

5　震える源氏力

以上、『源氏物語』というテクストのわずかな震えを鋭敏に感じ取り、そこに天変地異にも劣らない物語のエネルギーを読み取ろうという試みに向けて、予備的な考察をいくらか重ねてきたことになる。[*46]

最後に、付けたりのようにして、しかし切実な問いかけとともに取り上げたいのは、震える『源氏物語』に対する根拠なき信頼、ということである。二〇〇八年、「源氏物語千年紀」というイベントを機に、『源氏物語』を古典中の古典というだけで

なく、日本独自の文化の源泉あるいは固有の思想の精髄としてオーソライズすることが企まれたことは、なお記憶に新しいところであり、二〇一二年に「古典の日」が制定されたことで、その構想は一定の果実を得たことになろう。[47] だが、その間に発生した東日本大震災は、こうした『源氏物語』に対する手放しの称揚を許さない衝撃を与えなかっただろうか。かつて私は、『源氏物語』をめぐる言説、源氏文化の一部として『原子力物語絵巻』（中部電力、一九九六年）【図参照】というパンフレットを紹介し、「『源氏物語』研究者はこうしたモノを前に、どのような説明が可能だろうか」[48] と問うたことがある。その際は、やや揶揄的な言辞を多少並べるにとどまり、その後も十分に考えを進めるに至らないまま迎えたのが、あの原子力発電所の事故であり、放射能汚染であった。

日本において「いま、なぜ原子力か」を説得力をもって広報するために選ばれた表現方法は、国宝指定されている徳川・五島本『源氏物語絵巻』あたりを髣髴させるマンガであった。いまは絵柄は措くとして、そこに書かれてある文章をいくつか引用してみよう。「20世紀の終わりも近くなり、石油・石炭・天然ガス…、限りある資源を憂うあまり、原子力に光があたってまいったのでございます」（一頁）、「この国には、電気をつくる自前の資源が不足しているようだな」（三頁）、「ええ、これから先も多くを黒船に頼ってよいのでございましょうや」（四頁）、「のう、姫よ　原子力発電もウランを使うのであろう　原子爆弾のように危険ではないか」（五頁）、「殿、ご冗談を」（六頁）、「そもそも人間は、太古から放射線を受けて暮らしているというではないか」（七頁）、「原子力発電所は、よもやの事に備えて、数々の対策を講じておるそうだな」（九頁）、「しかし、原子力発電所とて地鳴りが起きたら、やはり心配なのではないか」（十一頁）、「いいえ、地鳴りの原因の「活断層」なるものを避け、十分な耐震設計で建てていますから万全ですとも」（十二頁）。原発の必要性と安全性を訴えるのに、なぜ『源氏物語（絵巻）』が利用されたのか。「原子」と「源氏」の語呂合わせだけではない効果が、そこには仕組まれているはずである。

安全〝神話〟のうえに鎮座していた原発が事故が起こしてしまったいま、原発への、そしてこのパンフレットへの信頼度は根底から揺らいだ。ここに書かれた言辞がどれほど十分に根拠のあるものだったのか、疑わしくなった。いっぽうで、危険な原子力というエネルギーの利用推進に加担する形となった『源氏物語』は、そして『源氏物語』研究者は、あるいは被害者のようにふるまうことができるかもしれない。だが、本当にそれは可能だろうか。許されるだろうか。『源氏物語』を日本（文化・思想）の固有性・特殊性の核心に屹立させよう（できる／すべき）という価値観に甘んじ、推し進めてきたことが、こうした事態を招いたということはなかったか。「源氏物語千年紀」や「古典の日」といった発想に、反省すべき課題は内包されていないか。『源氏物語』は、それでも揺るがぬ信頼を得ることができるのかどうか。いまこそ『源氏物語』の〝神話〟を解体し、テクストとして再生すべき好機ではないか。

今福龍太[*49]は、〈クレオール〉の作家・思想家であるエドゥアール・グリッサンの提唱する「震えの思考」（「地震の思考」）を、「なによりもまず自然界の震え、すなわち地震がもたらす大地の揺れから人間が受けとめ、学びとるべき知恵」と説明し、「「世界」の震えそのものの全面的受容であり、過去から未来をつうじてつねに震えつづける「世界」との真摯な対峙」であるとともに、「倫理的な水準では、私たち人間ひとりひとりの内面にひろがる地殻における震えのこと」、「「他者」とのあいだにひろがる無数の差異を認知し理解する過程のなかでおこる心の創造的な震え、振動のこと」だと解説する。グリッサンは「この感情の震えによって感じとられる異質なものからの促し、他者からの呼びかけに深く応答すること。それが、主体として中心化されることで行使されてしまう人間の意図的あるいは無意識の暴力を諌めるための手がかりとなる」と説いているという。

本稿は、こうした「震えの思考」を導きの糸とし、「震えは、ときにはおそろしい破壊力を持って現れ出ることもありますが、普通は感じとれないほどのかすかな兆候に過ぎません。ですが、その弱さこそがあらたな抵抗の力へと結びつくものであり、そのはかなさが力の持続を保証するのです。弱い〈震え〉を感じとることを忘れた私たちの精神が、強い〈震え〉によって呼び覚まされ、ようやく深い忘却を自覚させられている」といった発言に振起されながら、震える『源氏物語』にテクストの回復力（レジリエンシー）を創造するための、たどたどしい歩みの始まりなのであった。

注

＊1 『源氏物語』の本文引用は新編日本古典文学全集（小学館）により、引用本文末に（巻名・冊―頁）を示した。

＊2　森正人「モノノケ・モノノサトシ・物恠・恠異――憑霊と怪異現象とにかかわる語誌」（『国語国文学研究』二七、一九九一年九月）

＊3　『岷江入楚』の本文引用は、中野幸一編『源氏物語古註釈叢刊』（武蔵野書院）による。

＊4　池田知久「中国古代の天人相関論――董仲舒の場合」（溝口雄三他編『アジアから考える7　世界像の形成』東京大学出版会、一九九四年）によれば、前漢時代の思想家である董仲舒が構築した「天人相関論」とは、「直接的には「天」に属する諸現象という結果の原因を、つまるところ、一般の人ではなく為政者である「人」の倫理性・政治性の善悪に求める思想、言い換えれば為政者が「天」に対して働きかける主体性・能動性を認める思想であって、儒教の国教化を通じてオーソドクシーとなり、これより以後、宋学の出現にいたるまでのかなり長い間、人々の心をとらえることとなったもの」である。

＊5　＊4池田前掲論文

＊6　中島和歌子「源氏物語の道教・陰陽道・宿曜道」（増田繁夫他編『源氏物語研究集成　第六巻　源氏物語の思想』風間書房、二〇〇一年）

＊7　山下克明「災害・怪異と天皇」（網野善彦他編『天皇と王権を考える8　コスモロジーと身体』岩波書店、二〇〇二年）。＊6中島前掲論文も、八世紀末の光仁・桓武朝から「災異を儒教的天命観による天譴とはせず、その原因を伝統的神祇観によって不敬神行為・神事懈怠・神域不浄ゆえの諸神や山陵（先霊）等の神霊の祟りとみなし、祟る主体を卜占によって明らかにしようとすることが一般化した」とし、「災や怪異（物怪・物恠・怪・恠）を、天譴ではなくモノの啓示とした日本的思考は、貴族の日常レベルで周辺に発生する不可解な現象をも怪異とし、個人及びその所属する集団の咎徴（災いの前兆）と見なした為に、平安中期には日常的に陰陽師の占いが行われるようになった」とする。

＊8　＊6中島前掲論文。

＊9　玉上琢彌『源氏物語評釈』（角川書店）は、「たとえば宮中のどこかで白い蛇が死んでいたとか、鹿が御殿の屋根にのぼったとか、御陵が震動して光ったとか、そういうふうな、普通でないこと」を想定する。

＊10　北村優季『平安京の災害史――都市の危機と再生』（吉川弘文館、二〇一二年）によれば、「一〇世紀の最後の一〇年間」、つまり「一条天皇が即位して間もない時期」は「疫病の流行という点では、奈良時代の天平七～九年（七三五～七三七）の疱瘡流行に匹敵する甚大な被害をもたらした時期」でもあり、「社会的災害という点で見れば、実に惨憺たる日々が続いた」という。いっぽうで、「『源氏物語』や『枕草子』が誕生した王朝文化の開花期、藤原道長・頼通父子に代表される摂関政治の時代は、今から思うと、幸運な地震空白の時期に当たっていた」とも指摘する。また、岡本堅次「藤原政権と火災について」（『山形大学紀要（人文科学）』五―三、一九六四年）は、安和の変から藤原道長の死去までの時代に、都で「驚くべき火災の頻発」があり、政争による放火がその主因として考えられるとするが、むろん北村が指摘するように、「平安京には、他の地方社会と異なって高い建築物が多数存在したため、落雷を原因とする火災がしばしば起こっている」点も見逃せない。西山良平「平安京の火事と〈都市〉住人」（『都市平安京』京都大学学術出版会、二〇〇四年）、吉海直人「「火事」と平安朝文学」（『源氏物語の新考察――人物と表現の虚実』おうふう、二〇〇三年）も参照。こうした歴史的背景を視野に入れつつ、薄雲巻の「世の中」の状況を想像的に読み込むことはできよう。

＊11　なお、細井浩志「日本における天変と地震」（『桃山学院大学総合研究所紀要』三七―二、二〇一二年一月）によれば、日本の天文家のあいだでは早くから地震も天変の一種だという観念があり、一〇世紀以降に一般貴族にも認識されるようになったとする。そうだとすれば、僧都の言う「天変」のなかに地震も含みうることになる。いっぽうで、仏典に見られる地震の記事を考察した、邢東風「仏典に見られる「大地震動」」（『桃山学院大学総合研究所紀要』三六―一、二〇一〇年六月）は、「仏・菩薩・大梵天王、あるいは道を得た者によって起こされる」「大地震動」と宗教的に意味づけされていない「地震」の二種類があり、そのうち「大地震動」の記載が多いこと、そして「仏教においてはその一般的地震観と違い、地震は必ずしも災難とはみない。もちろん、厄災とみなす地震記録もみえるが、ある種の吉祥とみなす地震の方が多い」という特徴を指摘している。「天変」を語るのが僧都であることを考慮するならば、「物のさとし」の一つとして積極的に地震現象を想定する必要はないかもしれない。この点、さらに検討を要する。

＊12　由良琢郎「「なゐのやうに土動く」――中古文学の天変地異」（『短歌研究』五二―四、一九九五年四月）。植田恭代「文

学にみる自然と人間――『方丈記』、『源氏物語』から」(『跡見学園女子大学人文学フォーラム』一〇、二〇一二年三月)も参照。

*13 『方丈記』の本文引用は、新日本古典文学大系(岩波書店)による。

*14 林みどり「震災とトラウマのことば」(今福龍太、鵜飼哲編『津波の後の第一講』岩波書店、二〇一二年)

*15 *12植田前掲論文が、平安時代の文学作品は「地震という自然災害に真正面から向き合って直接の題材とするのではなく、それぞれの作品の展開のなかで、文脈にそってふれられる」程度であるものの、「文学作品のなかで人間の力の及ばない自然は強く意識され、だからこそ、奇瑞の描写に地震も引き合いに出される表現がみられるのである」と述べ、とくに「『源氏物語』では、のちの文学作品のように自然災害の直接描写はなされない。しかし、物語世界は、自然と人のあり方を問いかけてくる。言葉で紡ぎ出された虚構世界は、自然と人間のあり方を鋭くみつめている。そこには、人の生きる時間が深く関わる」と指摘していることも参考になる。

*16 黒田智「鳴動論ノート」(『日本歴史』六四八、二〇〇二年五月)

*17 松井健児「光源氏の御陵参拝」(『源氏物語の生活世界』翰林書房、二〇〇〇年)

*18 〝クリティカル〟については、安藤徹「不在の稲荷」(『源氏物語と物語社会』森話社、二〇〇六年)参照。

*19 西山克「中世王権と鳴動」(今谷明編『王権と神祇』思文閣出版、二〇〇二年)。そのほか、鳴動については具体的な事例も含めて、*16黒田前掲論文、西山克「物言う墓」(東アジア恠異学会編『怪異学の技法』臨川書店、二〇〇三年)、笹本正治『中世の災害予兆――あの世からのメッセージ』(吉川弘文館、一九九六年)、同『鳴動する中世――怪音と地鳴りの日本史』(朝日新聞社、二〇〇〇年)などを参照。

*20 *16黒田前掲論文

*21 *19西山「中世王権と鳴動」は、古記録に【山陵の祟り→天皇不予】という「裏返された仮構」を読み取り、天皇不与の原因を山陵の祟り(鳴動)に求めるいう「平安王権の危機管理システム」あるいは「説明原理」を指摘する。天皇にとって〈見る〉威力を保持することが決定的に重要だとすれば、朱雀帝の眼病はきわめて深刻な事態であろう(安藤

徹「王の耳——『今昔物語集』の天皇と『源氏物語』の帝」（高橋亨編『源氏物語と帝』森話社、二〇〇四年）参照）。その不予の原因が桐壺院の霊の「睨み」（明石二―二五一）とされるからには、それは山陵の祟り＝鳴動に比定される現象と考えられる。

＊22　＊11細井前掲論文

＊23　保立道久『歴史のなかの大地動乱——奈良・平安の地震と天皇』（岩波書店〔岩波新書〕、二〇一二年）

＊24　桐壺院と雷の関係については、沼尻利通「「御階の下」の桐壺院」（『國學院大學大学院研究叢書　文学研究科17　平安文学の発想と生成』國學院大學大学院、二〇〇七年）参照。

＊25　多武峰鳴動については、＊19西山前掲論文、黒田智『藤原鎌足、時空をかける——変身と再生の日本史』（吉川弘文館、二〇一一年）などを参照。

＊26　『今昔物語集』巻第三十一第三十五「元明天皇陵点定恵和尚語」（本文引用は新日本古典文学大系〔岩波書店〕による）

＊27　＊19笹本『鳴動する中世』参照。なお、春日社の鳴動の記録は、すでに『貞信公記』天慶二年（九三九）正月二日条に見える。

＊28　ジュディス・バトラー「暴力、哀悼、政治」（『生のあやうさ——哀悼と暴力の政治学』本橋哲也訳、以文社、二〇〇七年）

＊29　＊14林前掲論文。同論に教えられて、バトラーの「波」の比喩に晒される。

＊30　＊11邢前掲論文

＊31　薄雲巻の天変の准拠かともされる永祚元年（九八九）の天変地異は、『扶桑略記』や『日本紀略』などの記述から、その激しさが伝わってくる。とくに、永延から永祚へと改元された理由となった巨大彗星（ハレー彗星）の出現と、その一ヶ月ほど後に起きた平安時代最大の台風の威力は、人々に強烈な印象を残したらしい。ここでは、後世、大風の譬えにもなった「永祚の風」のありさまを、『源氏物語』の野分や嵐の破壊力を想像する際の補助線として注意しておきたい。北原糸子他編『日本歴史災害事典』（吉川弘文館、二〇一二年）など参照。

＊32　高橋亨「可能態の物語の構造——六条院物語の反世界」(『源氏物語の対位法』東京大学出版会、一九八二年)

＊33　野分巻の野分について、亡き六条御息所が「野分として六条院を揺がしたのではないだろうか」と推測するのは、葛綿正一「泥の女、岩の人——物質的想像力(二)」(『源氏物語のテマティスム——語りと主題』笠間書院、一九九八年)である。

＊34　柳井典子「源氏物語の風」(『岡山大学国語研究』四、一九九〇年三月)は、風によって「ゆさぶられる情緒」を指摘するが、「心の奥底」「人間の内部、心情の内部」へと求心的に回収する傾向が強い。

＊35　「わななく」は、女五の宮・大宮・明石の尼君・小野の母尼といった老人に顕著なしぐさである。ただし、そこに老いた男の姿はない。あくまでも老女のしぐさであり、それ以外の例も含めて考えれば、まずは女性の身体に関連づけるべきしぐさであろう。なお、例外と言えるのが、光源氏と柏木の震える手(夕顔一—一九〇、柏木四—二九一)の二例のみである。

＊36　『源氏物語』で「動く(動かす)」のが圧倒的に「心」であることは、用例を確認すれば明らかである。「動く」について言えば、三九例中、少なくとも二六例(ゆるやかに解釈すればさらに一〇例ほど)が「心」にかかわる。

＊37　ほかに、源典侍(紅葉賀一—三四二)と近江の君(行幸三—三二四)が手を擦る行為をしている。太田敦子「紫上の手——「御法」巻における臨終場面をめぐって」(『物語文学論究』一一、二〇〇一年一月)も参照。

＊38　「足摺」については、糸井通浩「「あしずり」語誌考」(国語語彙史研究会編『国語語彙史の研究　六』和泉書院、一九八五年)、吉田比呂子「儀礼を背景に持つ表現——マロブとアシズリを中心として」(国語語彙史研究会編『国語語彙史の研究　八』和泉書院、一九八七年)、丁莉「恋と死と鎮魂——第六段への一視点」(『伊勢物語とその周縁——ジェンダーの視点から』風間書房、二〇〇六年)など参照。

＊39　今福龍太「なゐふる思想——震える群島の起源」(＊14今福、鵜飼編前掲書所収)

＊40　擦る行為を考えるうえで、海と陸から構成される「硯」(という世界)に注目してみることも有益かもしれない。『源氏物語』には五例、硯で墨を「擦る」場面がある。

＊41　桐野夏生「柏木」（江國香織他『源氏物語 九つの変奏』新潮社〔新潮文庫〕、二〇一一年）は、出家した女三の宮の私語りによって、「亡きお母様にそっくりのあなた様」に向かって自身のこれまでの人生（物語）を語り直すという体の小説である。このなかで、〈私〉は「六条院様」の怖さや「周囲の人間を皆不幸にしている」欲望の深さ、「ねちねちと」した心の狭さなどを赤裸々に語るのだが、そこで「以前、嫉妬に狂う六条の御息所様の生き霊が現れて取り憑いたり、人を殺したりした、と聞いたことがありますが、私には、ご自分が裏切られた時の六条院様も同じようになられると思ったことでありました。それには、ご自分が段々と歳を取られて、すべてが思うようにならないという、苛立つお気持ちも強かったのだと思います」と述べている点は、とくに興味深い解釈である。たとえば、光源氏をもののけ（候補）として読み換えてみると、この物語がどのように揺さぶられるだろうか。あるいは、「狂乱の君」とも称された歴史上の冷泉天皇をテクストに呼び込んでみるとどうなるだろうか。

＊42　私に言う「物語社会学」の一環として、社会を結節点とした人間（個人）―大地の関係性の考察が重要との判断に基づく。「物語社会学」については、＊18安藤前掲書、安藤徹「〈紫のゆかり〉と物語社会の臨界――『源氏物語』を世俗化／マイナー化するために」（ハルオ・シラネ他編『日本文学からの批評理論――アンチエディプス・物語社会・ジャンル横断』（笠間書院、二〇〇九年）など参照。

＊43　紫の上が病気療養のために六条院から二条院へと移る際にも、「院の内ゆすり満ちて、思ひ嘆く人多かり」（若菜下四―二一四）と語られ、さらにもののけにより危篤状態に陥ったときには、死去の〈うわさ〉が「世の中に満ちて、御とぶらひに聞こえたまふ人々」（若菜下四―二三八）が集ったという。とはいえ、こうした「院の内」→「世の中」の状況は、葵の上とまったく同じというわけではない。

＊44　＊33葛綿前掲論文

＊45　「砂の文明」「石の文明」に対する「泥の文明」の可能性（と弱さ）を探る松本健一『砂の文明 石の文明 泥の文明』（岩波書店〔岩波現代文庫〕、二〇一二年）も参照。

＊46　『源氏物語』というテクストを揺さぶろうとした加藤昌嘉『揺れ動く『源氏物語』』（勉誠出版、二〇一一年）とは、

まったくアプローチが違うものの、問題意識としてわずかでも交差するところがあろうか。

＊47　「源氏物語千年紀」については、安藤徹「来るべき『源氏物語』研究のテーゼ15・Ⅰ——ジンメルに導かれながら」（『国文学　解釈と鑑賞』七三—五、二〇〇八年五月、特集「『源氏物語』——危機の彼方に」）、同「紫のゆかり、またび」（『日本文学』五七—一二、二〇〇八年一二月）、同「「紫のゆかり」とよそ者の思考」（『文学・語学』一九三、二〇〇九年三月）、＊42安藤前掲論文を参照。

＊48　安藤徹「はじめに」（＊18安藤前掲書所収）

＊49　以下、＊39今福前掲論文による。

陰陽道から見た『源氏物語』の災害・天変と怪異

—神国の天譴と桐壺朝非聖代観の可能性—

中島和歌子

はじめに

本稿では、旧稿[*1]で述べたことを含め、『源氏物語』の「災害・天変・怪異」つまり「災異」について、陰陽道との関係から特徴を明らかにしたい。要点の多くは既に諸氏が指摘されているが、陰陽道については余り触れられていない。しかし災異発生の際、原因を占わせ攘災の為に祭祀を行わせるなど、国家や個人が大いに頼ったものの一つが陰陽道であった。実態を踏まえ、それとの共通点・相違点を明らかにすることは、『源氏物語』に描かれた世界や思想を理解することに資するはずである。実態を踏まえるという意味でも、本稿では当時の用語に拠る。例えば、夕顔巻の廃院での出来事は「怪異」ではない。平安時代の一般的な「怪異・怪・異」は、予兆（主に凶事、稀に吉事の例も）としての異常現象であり、「もののさとし（物怪・物恠）」とも呼ばれた。一方「もののけ（物の気）」は、病因の多くを占めていた死霊の祟りや、死霊の祟りによる病、祟る死霊そのものを指しており、別である。なお「恠」は「怪」の異体字なので、本稿では引用を除き「怪」（呉音「け」、漢音「くゎい」）に統一する。

陰陽道は、九世紀後半から十世紀初めにかけて、陰陽寮官人の学術・職務の拡大によって日本で成立した、現世の吉凶・禍福に関わる禁忌と術の集合体である。陰陽五行説を踏まえ道教の呪術・祭祀や密教の星辰信仰を取り込むなど外来思想の要素を含むものの、神意を窺う「うらなひ」の復活を含め奈良時代末から平安初期にかけて成立した日本的な「災異」観としての神祇及び死霊の「祟り」に対する畏怖心や、多種多様な超自然的存在である「物」（神・霊・鬼・精など）に関する受容度・習合度の高さが、成立・発展において重要な位置を占めている。このように、外来文化の大量摂取と伝統的な思考に基づき、承和年間（八三四〜八四八）を転機として、富士山・鳥海山の噴火や三陸大津波、都の疫病（御霊会の開始）や洪水等の災害の続いた幼帝清和天皇（在位八五八〜八七六）の貞観（八五九〜八七七）頃から、外戚藤原北家の権力掌握やそれに伴う律令体制の衰退と社会不安に応じて誕生・発展し、摂関家を始めとする平安貴族社会が主な担い手であった陰陽道は、当初から国風文化の一つである。

天文道も、陰陽道と同じ頃、陰陽寮の天文部門が天文博士の職務を中心に独立して誕生した。「陰陽道」「天文道」の初見は、天変と地震が告げた「兵乱」の平定に報いる諸社奉幣のうちの、伊勢臨時奉幣の宣命の一節とされている。以下、傍線は全て引用者による。なお後には「地震」も天文道が勘申するようになる（例えば『権記』長徳四年十月三日条「天文博士安倍吉昌（中略）地震異奏」）。

①辞別天申久、去三月之比仁、天文示レ変志、地震致レ恠須（天文、変を示し、地震、恠を致す）。天文・陰陽等道々、勘申天云、「御体及皇后、可二慎賜一志。兵事・水旱、可レ有二其災一志。又巽・乾方仁、兵革・疾疫乃事可レ有」止申世利。（『本朝世紀』朱雀天皇・天慶五年〈九四二〉四月十四日条）

また陰陽師は本来、陰陽寮や大宰府に置かれた占術を担う技官名であったが（職員令）、陰陽道成立以降、その専門知識と術を持った寮所属の官人全体（各得業生なども含む）や、その経験者を一括して呼ぶ通称・職業名として用いられるようになった。本稿でも特に断らない限りこの通称を用いる。しかし俗称・誤用ゆえ、公文書や『小右記』などでは律令官名以外には用いられず、総称には中国由来の「陰陽家」が用いられている。主な職務は、占術の他に、日時・方角禁忌の勘申、祭・祓を含む呪術があり、相地は本来の職務だが観相や夢合（夢解）などは行わず、吉夢・霊夢には関与しない。但し悪夢（夢想）は怪異と同様に占うことがあった。

1　平安時代の災害・怪異への対し方――「山陵」の祟りの継続、「物のさとし」の例外、附「物の気」

物語の本文を見る前に、平安時代の一般的な「災異」観を、もう少し詳しく見ておきたい。先ず山下克明氏による平安中期までの「災異」観の変遷のまとめを[*2]、括弧やルビを含め、引用させていただく。

> 風土記や記紀の話にみえるように、病や死などの個人の災い、日照りや疫病流行などの地域・社会的災害は、神の願望を表すものであったり人間が犯した罪にたいする神の罰・祟りとされ、また天照大神や天皇などの社会の中心にあるべき存在の欠如、人倫にもとる行為なども、自然と人間を通貫する秩序意識のもと災害や怪の起こる原因とされた。律令国家の形成とともに、災害・怪異は為政者の不徳失政による天譴とする儒教的な天命・災異思想が受容され、天皇や朝廷は中国の例にならい徳政的措置を講じたが、基底にある災害観に変更はなく、むしろ奈良時代末から顕著になる災害を占う行為、ついで怪異を神霊の祟りを内包する現象として物怪（もっけ）と称す動向は、災害・怪異を神祇祭祀や敬神等信仰の問題に帰し、天命・災異思想が有した政治責任を免れるものであった。二年のうちに発せられた淳和・嵯峨両上皇の遺詔がともにこの動向を制止しようとするものであったことは、支配層における深刻な対立を窺わせるが、八四四（承和一一）年の藤原良房主導による〈卜筮を信ずべき朝議〉によって儒教理念に立つ災害天譴論は実質的に清算され、災害・怪異発生のさいには卜占をもって祟る神や霊などのモノを判ずるシステムは朝廷公認のものとなる。平安中期以降も天皇は神事・政治の両面にわたる主催者として、重大な天変地異が発生すると諸社奉幣や顕密の諸大寺を動因して神仏事につとめ、改元・大赦・賑給や新制発布などの徳政的措置を講じて王権の所在を示す聖・俗の機能を発したが、一方で（中略）極度に災い

を避けなければならない存在であった。
中国の災異思想は次の通りである。「先づ災害を出し」、反省しなければ「怪異を出す」と段階的であった。

②武帝即位、挙二賢良・文学之士一、前後百数。而仲舒、以二賢良一、対レ策焉。（中略）仲舒対曰、「（中略）臣、謹案二『春秋』之中一、視二前世已行之事一、以観二天人相与之際一、甚可レ畏也。国家、将レ有二失道之敗一、而天乃先出二災害一、以譴二告之一。不レ知二自省一、又出二怪異一、以警二懼之一。尚不レ知レ変、而傷敗乃至。以レ此、見下天心之仁二愛人君一而欲止中其乱上也。（後略）」（『漢書』巻五十六・董仲舒伝）

知られるように、「災異」と対を成すのが聖代の証である天象や鳥獣などの「祥瑞」であった。菅原道真編『類聚国史』は、巻百六十五祥瑞部上と、巻百七十災異部四「旱」、巻百七十一災異部五「地震」、巻百七十三災異部七「火、蝗、凶年、三合歳、疾疫〈皰瘡・咳嗽等、附出〉」の「災」が現存している（散逸巻百七十四は仏道部一）。また、『小記目録』巻十八に、天変事、雷鳴事、地震事、霖雨事、洪水、止雨、旱魃事、祈雨事、大風事、三合、火事が見え、天変事として挙げられた「日蝕」「月蝕」「不祥雲」などは、『源氏物語』薄雲巻の「天変」の参考にもなる。

また山下氏は、平安中期の天皇の「災異」に対する認識の具体例として、村上天皇が応和元年（九六一）七月の「霖」を、「若有二物祟一乎」（『御記』同月二十三日条）と「祟り」との前提で占わせたことに注目されている。この時は、前月六月の伊勢月次祭の奉幣使の交替という神事の「違例」が原因とされ、大神宮以下十六社に「奉幣」して「止雨」を祈っており（『日本紀略』他七月二十六日条）、「物」＝「神」であった。

但し、貞観以降「先霊」（山陵のある祖先の死霊）が祟る主体とされることが減ったものの、皆無になったわけではない。右の応和元年の霖雨でも、翌月八月二十四日には、「山階（天智）陵使」を発遣している。翌応和二年六月も、十一日の十六社奉幣に続き、十七日に「霖雨の祟りに依」り、「田邑（文徳）山陵使を発遣」した（以上『日本紀略』）。もう一例、挙げておく。

③召二神祇官・陰陽寮官人於軒廊一、有二旱魃御卜一。令三占申二艮・巽・坤・乾神社・山陵成レ祟之由一。即、可三実二検深草（仁明）・柏原（桓武）等陵一之由、召二仰検非違使一。

（『日本紀略』村上天皇・天暦三年〈九四九〉六月二十一日条）

「山陵」は、国家を守護する一方で、依然祟る主体でもあり、災異を起すと認識されていたことに留意しておきたい。

さて、「祟りとしての災いを避けようとする意識」に基づく「慎み」（物忌）についても、山下氏の論から引用しておく。

怪異は鳥獣等の不可解な行動、神殿や建物・陵墓等の鳴動、その他人に不安を感じさせる自然現象であって物怪とも称し、モノ＝神や霊・鬼神等の警告であり災いの前兆と認識されていた。陰陽師の怪異占では病事（病気）・口舌（争いごと）・火事等の凶事が出されることが多く、これを慎み避けるのが物忌であるが、そのさい留意すべきことは、怪異の発生した場所によってその咎を受け物忌を行う主体は異なることである。一般に貴族の邸宅内で発生した怪異はその家の家長や家人の咎を占い、藤原氏などの氏社・氏寺・勧学院あるいは祖廟等の氏族施設で起った怪異は氏の長者（摂政や関白）や同氏の貴族等氏人の咎徴（きゅうちょう）、官衙施設で発生した怪異はそこに集う貴族官人が咎の対象となる。そして諸国、伊勢神宮・東大寺等の国家的社寺、さらに内裏で怪異が発生するとその咎は国家の主権者、内裏の主である天皇が対象となりそれぞれ軒廊御卜（こんろうのみうら）・蔵人所御占（くろうどどころのみうら）が行われた。

「軒廊御卜」は、神祇官の亀卜と陰陽寮の六壬式占で、右の傍線部のような「おほやけ」の「怪異」や、前掲③の「旱魃」のような「災」が発生した時に行われた。また、天長以降に用いられる「物怪」の語は、森正人氏が「怪異という漢語にたいしてモノノサトシという和語に当てるべく案出された語」であることを解明されている。*3

但し「怪異」=「物怪」=「物のさとし」は、具体的には右の波線部のようなものである。「怪」=「さとし」単独でも同様で、『蜻蛉日記』上巻・安和元年（九六八）五月の「夢のさとし」は、凶事の予告としての夢である。内裏や大内裏の具体例を挙げておく（「天変」は、七月二日条の「大風猛烈」「河水漲溢」や十五日条の「月蝕皆虧」を指すか）。

④七月一日甲申、酉時、鷺集二豊楽殿北廊一。占レ之。（中略）廿三日丙午（中略）又弁官庁（太政官庁）、請二卌口僧一、有二読経事一。今月一日、文殿居レ鷺之故也。（中略）閏七月（中略）十八日庚午、去十三日、内裏殿上、有二犬矢（糞）一。仍令レ占レ之。十九日辛未、自二日中一、大風吹。此日、修二臨時仁王会一。是日来、天変・物恠、世間妖言、触レ事甚多。又京中、煩二疫癘・疱瘡一者、已以有レ数。仍被レ祈レ之。

（『日本紀略』村上天皇・天暦元年〈九四七〉条）

鷺が集まる、犬が糞をするのは通常の些事だが、場所や時などによって不安がられ、占いが行われた。「さとし」という語の矮小化は否定できない。次は物語の臣下の家の例だが、類似の事象が想定されていたと考えられる。

⑤（実忠は）「（前略）ここはいとかく便なきを、日ごろ、侍る所に物のさとしなどせしかば、先つ頃二条殿になむまかり渡りて侍るに、そこにおはして、聞こえしやうに、内に入りておはしませ」と聞こえ給へば

（『うつほ物語』国譲中・七二八）[*4]

しかし、これらとは異なり、より実態にも言葉にも重みのある「物怪」、「物のさとし」の例も無くはない。

⑥此間、雨脚頻降。中時許、被レ参二御社一。先於二禊殿一、有二御禊一。社、奉二神宝一。（中略）畢、摂政又舞レ之。次有二神楽一。終宵（よもすがら）、風雨無レ窮。似二物怪一。

（『小右記』一条天皇・寛和三年・永延元年〈九八七〉三月二十九日条）

⑦また、治承四年（一一八〇）卯月のころ、中御門京極のほどより、大きなる辻風おこりて、六条わたりまで吹ける事侍りき。（中略）辻風はつねに吹くものなれど、かかる事やある。ただ事にあらず、さるべきもののさとしかなどぞ、疑ひ侍りし。また、治承四年水無月のころ、にはかに都遷り侍りき。

（『方丈記』一八・一九）

⑦は「災」を指す。⑥は、『小右記』現存部分の「物怪」六例中の初例で、他の五例（例えば長保元年八月二十七日に起きた「外記局の物恠」は「鳥の恠」）と異なっている。一条天皇即位の翌年三月、舞人や楽人を「公家（こうけ）臨時祭の如く」揃えた摂政兼家の春日詣で終夜暴風雨が続いたことを、随行した藤氏の公卿の一人である実資が「物怪に似たり」と評した。氏神の不快を見出す、批判的な言辞である。「おほやけ」の例ではないが、「さとし」の原義通りであり、重みがあると言える。なお既に森氏の指摘があるが、小学館『日本国語大辞典』は、第二版でも依然これを「もののけ」の例に挙げている（ジャパンナレッジも同様）。「もっけ」や「もののさとし」の例とすべきだろう。

「物の気」は、「怪異占」以外の代表的な占い対象である「病事（薬事）」に関わる。陰陽師は、原因（「咎無し」や食中毒などの場合もある）や除病方法（転地を含む）等を占った。主な病因が「霊気・邪気・霊の気・邪霊の気・物の気」だが、他に「神の気」（社神や氏神の祟り）、「土の気」（土公神の祟り）、「鬼の気」（疫鬼・求食鬼など鬼神の祟り）、「北辰」（妙見菩薩＝北極星の祟り）、「呪詛」などがあった（『占事略決』占病祟法二十七）。一例挙げておく。

⑧仰云、「自ㇾ昨御目悩給。（縣）奉平、占申、『妙見、成ㇾ祟』者。早遣ニ使霊巌寺一、令三実ニ検妙見堂一」。（中略）此間、（惟宗）為孝帰来、申云、「妙見堂上檜皮等、破損。只有ニ九間壁一而已」。

（『権記』一条天皇・長保元年〈九九九〉十二月九日条）

神や鬼神なども「物」ではあるが、「物の気」と占われた場合は、験者が祟っている死霊を調伏しており、神や鬼などの場合とは対処法が異なるので、やはり区別すべきである。また「もののけ」に対し、誤用だが近代以降急激に多数派になった「物の怪」という漢字を当てることは（例えば萩原広道『源氏物語評釈』は「物の気」、藤岡作太郎『国文学全史平安朝編』は「物の怪」）、当時の表記法だけではなく、「気配」「気色」「朝日の気」「人の気」「天気」などを含め、「気」の中で生き、「気」を感じ恐れていた人々の心理から、遠ざかることに他ならないだろう。

以上、災異への対し方についての先行研究を紹介しつつ、「山陵」が平安中期にも依然として祟る主体であったこと、「物のさとし」は公私の別無く怪異を形式的に指す矮小化された用法が一般的だが、例外もあることなどを確認した。

2　『源氏物語』の「物のさとし」の用例——災害と怪異、北山御陵のさとし、神国の天譴、冷泉聖代

さて『源氏物語』には、「物のさとし」が明石巻に三例（後掲⑨⑪⑫）、薄雲巻に一例（⑬）あり、前者に

は「さとし」単独、後者には動詞の「さとし」も、各一例（⑩⑭）見られる。これら以外には物語中に「さとす」「さとし」は見当たらない。共に、帝が譲位を考える巻に「さとし」が用いられている。以下、全用例とその周辺を引き、それぞれ何を指すのか先ず語義を確認し、主に陰陽道の実態との比較から、注目すべき点を指摘しておきたい。

⑨（紫の上からの使者が言うには）「京にも、この雨風、いとあやしき物のさとしなりとて、仁王会など行はるべしとなむ聞こえ侍し。内にまいり給上達部なども、すべて道閉ぢて、まつりごとも絶えてなむ侍（中略）いとかく地の底とほるばかりの氷降り、雷（いかづち）の静まらぬことは侍らざりき」（明石(2)五二）

右の「物のさとし」は、京から須磨・明石にも及ぶ三月一日以来の連日の暴風雨や雹、雷を指す。直接的には京で起ったそれらのみを指し、廃務を余儀なくされたとあることからも、政治の問題であり、天皇・国家に対する「物」の啓示、譴告の意である。従来の指摘の通りだが、「怪異」ではなく「災」であること、一般的な用法とはずれており、より重みがあることに注意しておきたい。なお前節で見たように、「山陵」も「災」を降す「物」の一つだったので、桐壺院の霊の登場は「三月十三日」だが、当初より存在が意識されていた可能性がある。また、「仁王会」による攘災祈願は十世紀の実態に合致するが（前掲④参照）、同じく一般的だった「神」への臨時の「奉幣」や「大祓」が記されていないことも特徴的で、物語の取捨選択として注目される。朱雀帝は「神の助け」を求めない。後掲⑪の「この報ひありなん」などの応報思考を含め、仏教重視に描かれている。[*5]

⑩君（源氏）おぼしまはすに、夢うつゝ、さま〴〵静かならず、さとしのやうなる事共を、来し方行末おぼしあはせて、世の人の聞き伝へん後の譏りもやすからざるべきを憚りて、まことに神の助けにもあら

むをそむく物ならば、又これよりまさりて、人笑はれなる目をや見む（中略）夢の中にも父御門の御教へありつれば、又何ごとか疑はむ、とおぼして、（迎えに来た明石の入道に）御返の給。（明石⑵五九）

「さとしのやうなる事共」は、悪夢の「夢のさとし」ではなく、「そのさまとも見えぬ人」（須磨⑵四五）つまり「さまことなる物」（明石⑵五八）による夢告と、現実での暴風雨を指す。この「さとし」も、啓示の意である。

⑪その年、おほやけにもののさとししきりて、物さはがしき事多かり。三月十三日、神鳴りひらめき、雨風さはがしき夜、みかどの御夢に、院の御門、御前の御階のもとに立たせ給て、御けしきいとあしうて、にらみきこえさせ給を、かしこまりておはします。聞こえさせ給ことも多かり。源氏の御事なりけんかし。（帝は）いとおそろしういとおしとおぼして（中略）にらみ給しに、目見あはせ給と見しけにや、御目わづらひ給て、耐へがたう悩み給。御つゝしみ（物忌）、内にも宮（弘徽殿大后）にも限りなくせさせ給。おほきおとゞ（元右大臣）亡せ給ぬ。（中略）「なを此源氏の君、まことにおかしなきにてかく沈むならば、かならずこの報ひありなんとなむおぼえ侍。いまは猶もとの位をもたまひてむ」とたびたびおぼしの給を（中略）后かたく諫め給に、おぼし憚るほどに、月日重なりて、（帝と后の）御悩みどもさまざまにをもりまさらせ給。（明石⑵七三‐七四）

「物のさとし」の二例目は、「おほやけに」とあるので、前節で見たような、諸国や国家機関・国家的寺社や内裏などでの「怪異」を指すと考えられる。初例⑨の雷や暴風雨を含む可能性はあるが、一般的な「物怪」とほぼ同じ用法と言える。なお「しきりて」の語は、例えば『権記』長保元年十一月二十七日条の宇佐宮への宣命の「天変・恠異頻以呈示」など、災異の記事に多い。「物さはがしき事」は、疫病ではなく怪異頻発による騒擾である。

怪所等の具体的なことは一切語られていないが、前述した「災」の原因や「御夢」に父帝の霊が出てくること、その「日」を見た帝が眼病になることから、読者が、前掲⑧の「妙見」と同じく「北山」にある、「道の草しげくな」った（須磨(2)一九）御陵の異変を想像する余地があるだろう。「多武峯」（鎌足廟）ほど多くはないが、「夕、村上山陵、頻鳴動」（『日本紀略』円融天皇・天元二年〈九七九〉六月二十八日条）のような御陵の鳴動の怪異も、稀にはあった。

また、「物のさとし」の用法自体は一般的だが、帝は遺言不履行の不孝を叱責する怒れる父霊への畏怖を経て、無実の人を復位で救済するという徳政を志向している。『源氏物語』の「物のさとし」に天譴の性格があることは諸氏の指摘の通りだが、怪異にも本来の失政に対する天譴としての性格が窺えることが、特徴的と言える。また怪異の後に、雷鳴や暴風雨、そしてそれと一体化した先霊が天皇を「警懼」する（いましめ、おどす）という段階的な点も、順序が逆だが、本来の災異思想（前掲②）に近い。更に、外祖父太政大臣の薨去を身代わりと見れば、「尚ほ変を知らざれば、傷敗、乃ち至る」という、失政を改めない天子を天帝が滅ぼす結末まで合致することになる。

⑫年かはりぬ。内に御薬のことありて、世中さま〴〵にのゝしる。（中略）春宮にこそは譲りきこえ給はめ、おほやけの御後見をし、世をまつりごつべき人をおぼしめぐらすに、この源氏のかく沈み給こと、いとあたらしうあるまじきことなれば、つゐに后（弘徽殿大后）の御諫めをそむきて、赦され給べき定め出で来ぬ。こぞ（⑪の「その年」）より、后も御物のけ悩み給い、さま〴〵の物のさとししきり、さはがしきを、いみじき御つゝしみどもをし給しるしにやよろしうおはしましける御目の悩みさへ、この比をも

くならせ給て、物心ぼそくおぼされければ、七月廿よ日の程に、又かさねて、京へ帰り給べき宣旨くだる。（明石(2)八〇 - 八一）

この「物のさとし」は、⑪と同じ怪異を指す。つまり、「昨年」は怪異が頻発し、「三月」には暴風雨の災があった。翌年になっても怪異は続いており、それらが天皇に「咎」が有り「御薬のこと」の予兆であると占われ、朱雀帝は固い物忌を繰り返した。それにより小康を得ていたが、眼病が再発したことで、源氏赦免・召還の宣旨を改めて下したのである。但し、譲位が徳化に繋がるとは言え、朱雀帝は自ら源氏を補佐としての徳政はせずじまいだった。

⑬そのころ、おほきおとゞ（元左大臣）亡せ給ひぬ。（中略）その年、大方、世の中さはがしくて、おほやけざまにもののさとししげく、のどかならで、天つ空にも、例に違へる月日星の光見え、雲のたゝずまひありとのみ、世の人おどろく事多くて、道〳〵の勘文（かむがへぶみ）どもも奉れるにも、あやしく世になべてならぬ事どももまじりたり。内のおとゞ（源氏）のみなむ、御心のうちにわづらはしくおぼし知らるゝ事ありける。（薄雲(2)二二七 - 二二八）

右の冷泉朝の例も、前掲⑪⑫と同じく怪異である。『岷江入楚』は、⑬も⑨も「恠異」とするが、前述のように⑨は違う。また、後の「天つ空」の変異は、後掲⑭の「天変」で、「おほやけざま」の「もののさとし」とは別である。直前の「世の中さはがしく」が疫病の「災」を指しているなら、前掲④のように、「天変・物恠」と「疫癘・疱瘡」の三種類になる。

疫病であれば軒廊御卜が行われ、怪異については、軒廊御卜あるいは陰陽道の上臈のみによる蔵人所御占が行われた。「天文・気色（風雲）」の変異は、平安中期には天文博士（つまり陰陽師）を中心とする天文道が陰陽頭を経ることなく直接「奏聞」（天文密奏）を行った。「道〳〵の勘文」は、少なくともこれら三種の占文を含む。

⑭（藤壺崩御後、夜居の僧都が帝に出生の秘密を告げて）「（前略）天変しきりにさとし、世中静かならぬはこのけなり。いときなくものの心知ろしめすまじかりつるほどこそ侍つれ、やう〳〵御齢足りおはしまして、何事もわきまへさせ給べき時にいたりて、咎をも示すなり。よろづの事、親の御世より始まるにこそ侍なれ。何の罪とも知ろしめさぬがおそろしきにより、思給へ消ちてしことを、さらに心より出だし侍べりぬること」（薄雲(2)二三五）

右の「さとし」は、唯一動詞の例で、明石巻の⑨⑩と同じく啓示の意である。僧都は怪異（⑬の「もののさとし」）については触れず、「天変」について「密奏」を行っている。明石巻と異なり、当時の実態通りに災異を解釈した「道〳〵の勘文ども」が奏られたことが明記されてはいるが⑬、帝に対して啓示の真意を明らかにしたのは、陰陽師達ではなく、明石巻の先霊の「目」ならぬ「天眼」を恐れ、「仏天の告」に従った僧都であった。浅尾広良氏が明石巻の父霊と共に僧都を「解釈者」と呼ばれているが、*6 この点も平安中期の実態とのずれとして注目される。

知られるように、この後、冷泉帝は源氏への譲位を考える。重松信弘氏は、「天子の失政を咎める天人感応の思想は、二度だけであるが、夜居の僧の奏上で父子の礼が正されて、源氏の待遇が高められ、准太上天皇の殊遇をうけることとなり」と述べられたが、*7 それだけでは冷泉帝が実父に対する個人的な不孝の「罪」のみを問題視したことになってしまう。浅尾氏が指摘された、後々の聖代の描写との対応を看過してはならないだろう。「むかしおぼえて大学の栄ゆるころなれば、上中下の人、我も〳〵とこの道に心ざし集まれば、いよ〳〵世の中に、才ありはか〴〵しき人多くなんありける。（中略）すべて何事につけても、道〳〵の才のほど現る、世になむありける」（少女⑵二八八）、「殿上人なども物の上手多かる比をひにて」（初音⑵三八九）などから、賢才登用・文章経国・礼楽盛行が窺える（前掲②の「賢良・文学の士を挙ぐ」も参照されたい）。確かに冷泉朝は、朱雀帝と異なり、徳化を実施した聖代であった。

なお田中徳定氏は、朱雀帝や冷泉帝は不孝を仏教的罪と捉え、孝が仏教思想として認識されていたと言われるが、[*8] 平安時代に皇子の産養や読書始で専ら『（御注）孝経』が用いられたことからも、儒教思想でもあることを重視しておきたい。

以上、「物のさとし」四例と「さとし」二例を見てきた。暴風雨を指した会話文の一例を除く三例の「物のさとし」は、「物怪・怪異」に置き換え得る当時の一般的な用法であった。明石巻は暴風雨と夢告が、薄雲巻は天変などが加わっているが、「物のさとし」の語義自体は、先ずは漠然とではなく限定的に捉えておくべきである。

しかし三例の「物のさとし」も、怪異の意ではあるが、前後の物語[*9]に見える貴族の私邸ではなく「おほやけ」のそれであり、「咎」の有った両帝は、程度差はあるものの、災害や夢告・天変も経て、儒教的な徳で応じていた。要求されたのは為政者の反省と徳であり、姑息な敬神ではなかった。また、災異の周辺に「占ひ」や「祟り」の語は無かった（父霊は朱雀帝に祟るというよりも譴告・警懼した）。『源氏物語』の「物のさとし」全てが儒教的天命観に基づく天譴としての性格を有し、神霊の「祟り」を超えた政治に関わる重要語であることには違いない。

3 「神国」における習合的災異思想と漢才による理想追求、現状批判

『源氏物語』の災害・天変・怪異への対応が、当時の陰陽師の占いや敬神を中心とする形式化した実態とは異なることを確認したが、その特徴をもう少し詳しく見ておきたい。前述の重松氏の著書は、物忌を含め『源氏物語』と陰陽道の関係を総合的に論じた嚆矢であり、陰陽道を中国伝来とする旧定義に拠られている為に若干言い換えや限定が必要であるが、要点の殆どは既に示されている。その中に「須磨の暴風雨の思想的意義」も見える。

天変においては、第一に中国思想である天人感応の「物のさとし」の意味を根本としながら、第二にこれを激化さすために、仏教思想である「ものの報い」を織りこみ、第三に天変の苦を救うために、日本思想である住吉の神を持って来たもので、（中略）かかる思想構造の存在を綜括的・具体的に提示したのは、外ならぬ桐壺院の霊であった。（中略）仏教思想・神道思想が人格的なものによって代表されることは、不思議ではないが、天の警告を人格的なものによって表現したのが異色である。（中略）ここでは中国思想による天変の警告の外に、父が子を叱責するという形で、その思想に明瞭な具象化がなされている。大陸伝来の天人感応の思想とわが国の神道思想との融合は、すでに奈良時代の前後から見られるので、式部はかかる融合思想を採り、桐壺院を拉し来って、甚だ複雑なまた独創的な、文芸的形象化をなしとげたのである。

以下、「天の警告」「融合思想」「桐壺院の霊」について補足すると、先ず『源氏物語』は実態よりも天譴や徳治・善政を重視し、儒教的・律令的である。平安中期にも徳化はなされたが（例えば『日本紀略』寛弘四

年〈一〇〇七〉六月十六日条の「流星之変」による「大赦」と「老人給穀」）、祟りを恐れ、占いに頼り、敬神や攘災（奉幣・大祓や護国経典講読・密教修法の神仏事、及び陰陽道祭祀）のほうが重視されるようになっていた。「漢才」が後退し「神国」の自覚が高まった時代に、「漢才」による現実には存在しない王朝を描いている。これは須磨・明石と前後の巻々が殊に漢詩文を踏まえて描かれていることと無縁ではなかろう。物語全体の律令志向とも通底する。摂関は殆ど登場せず、陰陽道についても吉日時の勘申は「暦の博士」、占術は「陰陽師」など、基本的に令に規定された陰陽寮の官名と職務分担・専門性に則って描かれていた。また、作者の祟りや占術・呪術等から比較的自由な在り方は、暦注を禁じた平城天皇や、遺詔において「世間之事、毎レ有二物恠一、寄二祟先霊一。是、甚無レ謂（いはれ）也」（『続日本後紀』承和十一年八月乙酉〈五日〉条）などと戒めた嵯峨・淳和らの、合理主義に通じるものがある（天翔ける龍にも似た父霊も、「夢」にのみ現れた）。

一方陰陽道は、律令制の崩壊と共に生まれ、藤原摂関家が主導し、儒教的天命観・徳治主義、合理主義などの「漢才」を否定した所に成立・存在した。実社会で公私に活躍していた陰陽師達が『源氏物語』に殆ど登場せず、災異の真意を解明できず、源氏がある程度距離を置いた（例えば紫の上の除病では「祭、祓」に頼らない）所以である。

但し、柔軟さのない「漢才」一辺倒の理想追求や合理的精神のみではない。祝詞の「中臣祭文」を踏まえ源氏に「神の助け」を求めさせていることからも、神々を畏敬していることは明らかである。また、中国の古文献における「天」も「人類の上に休と咎を以て望むところの神格として現れてくる」[*10]が（②も参照）、物語では天ではなく父帝の霊が夢の中で朱雀帝を譴責した。守護するだけでなく、怒り、災害や怪異を起す先霊（山陵）という点では、奈良末期以来、平安中期に至るまでの日本的災異観に合致している。

つまり、父帝の霊が神仏と共に怪異や災害で、そして夢中で自ら「子」である王をさとし冤罪者の復位・召還と譲位による徳化に至らせるという、儒教的な善政・徳治や孝と日本的信仰・思考や仏教思想を融合させた、理想的な世界を創り上げている。なお天帝と父霊の組み合せの前例としては、「孝子皇帝・天子」である桓武天皇が、「交野」で、「昊天上帝・天神」と「高紹（たかつぎ）（光仁）天皇」を祭った、二度目の「郊祀」がある（『続日本紀』延暦六年〈七八七〉十一月甲寅〈五日〉条）。

さて、知られるように暴風雨の起きた上巳は、中国では祖霊を招く日である。この上巳や、霊の現れた三月十三日の巳の日も重要だが、ここでは御陵が「北山」にあることの重要性を強調しておきたい。物語内では、源氏が須磨下向前に御陵を参拝しただけでなく、若紫巻で初めて「明石」の話を聞いたのも「北山」の某寺であった。また朱雀帝は父霊に睨まれ眼病になるが、一条天皇も「北山」霊巌寺の北辰妙見菩薩の祟りで眼を患っていた。三月一日は、九月一日と共に、その霊巌寺に御燈を奉る日でもある。北辰（北極星）については、星神妙見尊星王を本尊として祭る「尊星王法」が鎮護国家の為に行われ（『枕草子』きらきらしきもの）、天文（道）においては天子に当たると認識されていた（『論語』為政篇）など、王権との関わりが深い（やはり、「住吉の神」との繫がりを含め、源氏の夢の前の「星の光」も看過できない）。更に、「北山」は漢語の「北邙」でもあり、五行思想では「北」は「水」に配当され、雨乞いの「五龍祭」も当初は「北山」十二月谷口で行われた（『西宮記』臨時）。このように、「北山」ゆえに、神仏道儒全てが結びつく。

以上の「桐壺院の霊」をめぐる更なる「融合」を含め、『源氏物語』では、易姓革命の無い、天帝の子ではない天皇が治める「神国」において、いかなる形で徳化があり得るか、律令国家の理想や日本的天命観、現状の矮小化・形骸化したものではない真の「もののさとし」や敬神が、追求されている。

4　帚木巻の長期物忌の背景としての災異——桐壺朝批判・非聖代観の可能性

陰陽道が、物語の思想とは相容れない一方で人物造型や展開において重視されていることは、帚木巻の方角神「中神（天一神）」による方違などで知られている。前述したように観相は陰陽道ではないので、物語中の最初の要素は次である。

⑮長雨晴れ間なきころ、内の御物忌さしつゞきて、いとゞ長ゐさぶらひ給を、大殿にはおぼつかなくうらめしくおぼしたれど（中略）左の馬の頭、藤式部の丞、御物忌に籠らむとてまいれり。（帚木(1)三二・三六）

桐壺帝の物忌は「一年のうちの不安定な季節であるため」（『新大系』脚注）ではない。陰陽道の二日連続（怪日の五行に勝つ五行）の物忌が数種類続いたのである。『雨夜閑話』は藤壺との密通の時期と見るが、藤本勝義氏は、作者の物忌観・恋愛観、人目の多さ、二度目の密通が里であったこと、密通直後のように描かれていないことにより否定された[*11]。そもそも、天皇は物忌中に宮中にいる、つまり「外人（外宿人）」ではない后妃に会えるのである。

例えば『枕草子』二一段には、「村上の御時」、女御芳子のもとに「御物忌なりける日　古今を持てわたらせたまひて」、暗誦テストをさせた逸話が見える。「御草子に夾算数さして大殿籠りぬるも、またknown めでたしかし」と、中断して共寝したことも定子の賞賛の対象であった。また、七九段（「草の庵」の段）では、「いみじう雨降りてつれづれなる」「夜」、「御物忌」に参籠中の男性官人達が、「頭中将の宿直所」で、「よろづの人の上　昔今と語り出でて言ひしついでに」、清少納言の「定め」を行っているが、彼らの白詩句の問いへの答え方を定子に相談できなかった理由の「夜のおとどに入らせたまひにけり」も、二一段と同じく、天皇との共寝（『磐斎抄』『春曙抄』『和泉古典叢書』）と解すべきだろう。また、『枕草子』や『源氏物語』などの影響作品の例だが、物忌中の天皇と后妃達との交流もあり得た。

⑯（村上天皇は）そこらの女御、御息所参り集りたまへるを、時あるも時なきも（中略）なのめに情ありて、めでたう思しめしわたして、なだらかに掟てさせたまへれば、この女御、御息所たちの御仲もいとめやすく、便なきこと聞えず、くせぐせしからずなどして、（中略）御物忌などにて、つれづれに思さるる日などは、御前（清涼殿）に召し出でて、碁、双六うたせ、偏をつがせ、いしなどりをせさせて御覧じなどまでぞおはしければ、皆かたみに情かはし、をかしうなんおはしあひける。かく帝の御心のめでたければ、吹く風も枝をならさずなどあればにや、春の花も匂ひのどけく、秋の紅葉も枝にとどまり、いと心のどかなる御有様なり。（『栄花物語』月の宴(1)二〇・二一）

右は、「御物忌」中の天皇と后妃との関係だけでなく、桐壺帝の偏愛が、批判的に踏まえられていることにも注意しておきたい。徳原茂実氏は、波線部が、更衣の母の歌「荒き風ふせぎし陰の枯しより小萩がうへぞ静心なき」を念頭に置いた表現であることも指摘されている。[*12] つまり、先ず桐壺巻が『西京雑記』巻五「太平世、則風不レ鳴レ条」や『兼盛集』巻頭「風は枝を鳴らさず」などを反転して引き、『栄花』が再度反転して「聖帝」の表現としたのである。

さて、桐壺帝の長期物忌が設定された理由について、藤本氏は「長雨と相俟って、『雨夜の品定め』をじっくりと展開させるため」と言われているが、動機・時間共に『枕草子』のように一晩でも可能であり、実際に「雨夜の品定め」自体は、一晩の出来事だった。また、『玉の小櫛』が源氏が左大臣邸から一層足が遠のいているることを指摘しているのはもっともだが、そのことを描く為だけだったのか。「内の御物忌さしつゞき」とあれば、災か怪異が複数発生していたことになる。後者はつまり「おほやけにもののさとししきりて」である。このように「災異」が繰り返し起こり得る御代とすることは、間接的な桐壺朝批判と言えるのではないだろうか。

前節で見たように、明石巻の朱雀朝や薄雲巻の冷泉朝には、災害・怪異があったことも批判も、共に明記されていた。確かに帚木巻にはそれらが見えず、結果としての長期物忌しか語られていないので、そこまで読み取る必要は無いのかもしれない。但し、これは物語中最初の「物忌」である。当時の読者には、後の巻々にどう描かれるかは未知であり、「内の御物忌さしつゞき」によって、災異が繰り返しあったことが伝わることは確かである。

また、『栄花物語』の花山帝退位の年の記事は、帚木巻の長期物忌を踏まえているのかもしれない。

⑰(女御忯子の薨去を哀れむうちに)はかなく寛和二年にもなりぬ。世の中正月より心のどかならず、あやしうもののさとしなど繁うて、内裏にも御物忌がちにておはします。

(『栄花物語』花山たづぬる中納言(1)一三二)

寛和二年(九八六)は、実際に「正月より」、「災」や「物怪」の相次ぐ年だった。[*13]『栄花』の花山天皇の物忌の多さは、史実そのままと言える。また『源氏』との関係では、確かに明石巻と、退位に至る展開や「もののさとし」などの表現が類似している。但し「御物忌」の語は、帚木巻と共通する。また前年は、桐壺巻を下敷きとして忯子への偏愛や他の女御の反感、忯子退出時の引き伸ばしや輦車の宣旨が描かれていた。『栄花』では花山朝非聖代の理由として偏愛が特記されているのだが、それが桐壺帝に擬えられているのである。

逆に村上朝を聖代として描く際には、桐壺帝と対照的で理想的な後宮経営を詳述していた（前掲⑯）。これらから、⑰が史実や明石巻だけでなく帚木巻の「御物忌さしつゞき」を踏まえている可能性、つまり編者がそこに批判を見出した可能性が考えられる。

以上、桐壺巻直後の帚木巻冒頭近くの天皇の長期物忌が、非聖代の表現でもある可能性を述べた。桐壺帝に対する批判を読み取り得るなら、それは弘徽殿の恨みや源氏と藤壺の密通を含め、後宮の問題以外には無かろう。崩御後に后が「かたくおぼしつめたる事どもの報ひせむとおぼす」（賢木⑴三五五）ように仕向けてしまった「犯し」（明石⑵五六）である。

おわりに――描かれなかった「災」と、「水」の力

以上、『源氏物語』の災害・怪異が正に「物のさとし」として機能し、神祇信仰や仏教思想を踏まえつつ、「漢才」による理想世界が追求されていること、災異の結果としての物忌の初例に、桐壺朝非聖代観を見出し得ることを述べた。

なお災をめぐる表現については、前後の作品にも独自の達成があることを付言しておきたい。例えば、長徳や長保の改元の理由でもある疫病は、『栄花物語』では長保四年（一〇〇二）の為尊親王薨去の原因を語る中に、「道大路のいみじきに」と、やや具体的な描写がある（とりべ野⑴三五七）。但し、前年までと異なり、この年の疫病流行の記録は無い。[*14] 逆に長徳四年（九九八）には、実際に「赤瘡」が流行したが、この年に「帥殿」が当時疫病の発生源と考えられていた「鎮西」「筑紫」から上京したというのは（浦々の別⑴二九二）、史実ではない。実際は長徳二年で、左遷されていた長徳二年からの二年間は長徳年間における疫病流行の空白期

だったが、『栄花』は一年遅らせて、伊周の上京と疫病流行を重ね、「菅帥」の雷神ならぬ疫神に准えたのである。更に寛仁四年（一〇二〇）の隆家上京では、噂としてだが、「裳瘡」は「大弐の御供に筑紫より来る」（もとのしづく(2)二一四）と明記している。史実離れや内容はさておき、疫病を人物造型の方法として自覚的に用いていることが注目される。

また火災については、吉海直人氏が指摘されたように、[*15]『枕草子』も内裏焼亡を明記していないし、「僧都の御乳母のままなど」、通称「がうな」（ヤドカリ）の段が、一見「火事で焼け出された男をよってたかって笑い者にしており、やはり火事に対する恐怖や同情は全く感じられない」内容であることは否めない。しかし火災は、定子の境遇に大きく影響し、[*16]『枕草子』の表現と深く関わっている。

本段の意義については、定子の役所や受領宅への長期寄住を余儀なくされた経験との符合からも再考すべきだが、[*17]更に、長保元年六月十四日の一条朝の最初の内裏火災は、出家した定子の参内が原因と見なされていたことが看過できない。『日本紀略』同月二十七日条には、「被三発二遣伊勢以下九社奉幣使一。依二内裏焼亡御卜成一レ祟也」とある。七月二十五日に出された「新制十一箇條」の最初にも「応レ慎二神事違例一事」があるが、これらは通例であった。しかし、次の記事のように、出家した定子が再入内したことを原因とする解釈があり、内裏火災は一般的な不敬神・神事懈怠ではなく個人の責任とされていたのである。

⑱江学士（匡衡）来、語次（ついでに）云二白馬寺尼（則天武后）入宮、唐祚（李氏の唐の王朝）亡之由一。思（おもふに）皇后（定子）入内、々火之事（内裏火災）、引二旧事一歟。（『権記』長保元年八月十八日条）

そして、「災異鋒起」の現状を「理運之災」として「寛仁之君」「好文賢皇」である一条天皇を擁護する（『権記』長保二年六月二十日条）行成自身も、知られるように、「我朝神国也。以二神事一、可レ為レ先。中宮雖二正妃一、已被㆓出家入道㆒、随不㆑勤㆓神事㆒」という「神事違例」の状態にあることを、彰子立后必須の理由としていた（『権記』同年正月二十八日条）。

つまり、災異が安易に「神の祟り」とされ、「奉幣」などが繰り返された時代に、作者の信念に従った現実との切実な向き合い方が、『源氏物語』の場合は漢才による理想世界の追求であり、『枕草子』の場合は、焼け出され、「神」から斥けられ、居場所を失った自分達の不幸を笑い飛ばすことだったのである。

さて、以上の「疫」と「火」は、『源氏物語』では殆ど見られなかった。『源氏物語』が他書よりも際立つ要素は、「天」と「水」であろう。須磨巻から明石巻にかけての暴風雨や雹、高潮という過剰な水の力は、災害であり浄化でもあった。十世紀に七瀬祓や御霊会（正暦五年）など「難波の海」に至る水の呪力に頼る種々の祈りの方法が生まれたことを承けている。[*18] 天については、十世紀に誕生した宿曜道も『源氏物語』では重視されており、儒教的な天帝や天命観も相対化されているのだが、本稿では陰陽道を中心に、災異をめぐる本書の二つ（政治と愛情）の批判を取り上げ、独自性を見た。

注

＊1　拙稿「源氏物語の道教・陰陽道・宿曜道」（増田繁夫氏他編『源氏物語研究集成　第六巻』風間書房、二〇〇一年）。

＊2　山下克明氏「災害・怪異と天皇」（『岩波講座　天皇と王権を考える　第8巻　コスモロジーと身体』二〇〇二年）。

＊3　森正人氏「モノノケ・モノノサトシ・物恠・怪異――憑依と怪異現象とにかかわる語誌――」（『国語国文学研究』27、一九九一年九月）、「〈もののけ〉考―源氏物語読解に向けて―」（『源氏物語をいま読み解く③』翰林書房、二〇一〇年）。

＊4　仮名作品の本文は、『源氏物語』は岩波書店『新日本古典文学大系』、『栄花物語』『方丈記』は小学館『新編日本古典文学全集』、他に、おうふう『うつほ物語全　改訂版』『新編枕草子』を用いた。『枕草子』以外の数字は各頁数である。

＊5　河添房江氏が「須磨から明石へ――光源氏の越境をめぐって――」（赤坂憲雄氏編『物語という回路』新曜社、一九九二年／『源氏物語の喩と王権』有精堂、同年／『源氏物語表現史　喩と王権の位相』翰林書房、一九九八年）で、「国家守護的な仏教行事に期待をこめる朱雀帝に対して、住吉大神など神の霊験によりすがり、救済される光源氏という対比の構図」を指摘されている。

＊6　浅尾広良氏「薄雲巻の天変――「もののさとし」終息の論理――」（『大谷女子大学国文』26、一九九六年三月／『源氏物語の準拠と系譜』翰林書房、二〇〇四年）。

＊7　重松信弘氏『源氏物語の思想』（風間書房、一九七一年）の第四章・第四節「陰陽道」。＊1拙稿でも天譴を強調した。

＊8　田中徳定氏「平安朝物語における儒教――「孝」と「三従」を中心として――」（『駒沢国文』38、二〇〇一年二月）。氏は「古代文学にみる天皇と孝思想」（同39、二〇〇二年二月）では、『日本書紀』の孝徳を備えた天皇像を論じられている。なお、明石巻以上に、薄雲巻の「天変」では「天」と「仏天・天眼」が融合しているが、これは菅野禮行氏が「菅原道真における「天」の思想」（『鎌田正博士八十寿記念　漢文学論集』大修館書店、一九九一年）で指摘された、願文を含め道真の詩文においては「神格天」と「仏」が対になり、「どちらも、人間を超えた畏敬すべき存在」とされ、「互いに通い合う要素が認められる」ことに通じるだろう。古屋明子氏「『源氏物語』の天譴思想について」（『学芸国語国文学』37、二〇〇五年三月）の、仏教語の「天の眼」に儒教的な「天」も意識されているという指摘も、首肯できる。

＊9　藤井由紀子氏が「『源氏物語』と中世王朝物語、その変容と隔絶」（『語文』87、二〇〇六年十二月）で後期物語や中世王朝物語の「物のさとし」との違いを論じられたが、それらは平安時代の実態に即したものである。前掲⑤も参照。

＊10　小林信明氏『中国人の思考基底』（大修館書店、一九五五年）の第三章「天に関する考察」。

＊11　藤本勝義氏「源氏物語の陰陽道――御物忌・夢合せ・厄年――」（『源氏物語講座5　時代と習俗』一九九一年、勉誠社／『源氏物語の想像力―史実と虚構―』笠間書院、一九九四年）。なお氏の諸論は、陰陽道の旧定義に拠られている。

＊12　徳原茂実氏「桐壺巻の「みだりがはし」をめぐって―「栄花物語」巻一におよぶ―」（『武庫川国文』46、一九九五年十二月）。

＊13　北村優季氏『平安京の災害史　都市の危機と再生』（吉川弘文館、歴史文化ライブラリー、二〇一二年）。同書には見えないが、疫病対策（予防）としては、陰陽道の鬼気祭、それを四箇所同時に行う四角祭や四堺（境）祭も重視された。

＊14　寛和二年は、『大日本史料』によると、正月十八日に「廿四町に及ぶ」「焼亡」、同十九日「枇杷殿焼亡」、二月二日「火災の御祈に依る」臨時の「十七社奉幣」、同十六日「虵」（蛇）が「太政官正庁東第二間庇内」で見つかる、同二十七日「鴿」（鳩）が何羽も「正庁母屋内」に入る、三月十二日「鷺」が「校書殿上」に集まる、同十三日「蟹」が内裏の「弘徽殿女御（忯子）上廬」に出てきた、三月二十七日「地震」、六月一日「霖雨」の御卜は「辰巳・戌亥方大神祟」。「火の事」は他にも多い。「天文」の変異の記録は無いが、二月の「虵」と「鴿」の「怪」は「天文博士安倍晴明」が「占」っている。有名な『大鏡』の晴明による退位予告の「天変」の観測と奏上は、『栄花』の記事と史実及び天文博士の職務を踏まえて作られたもので、院政期の晴明像や花山天皇の位置づけ（三条天皇よりも軽視）は窺えるが、平安中期とはあまり関係が無い。なお『栄花』では三条譲位直前の冬にも⑰と同様の表現が繰り返されている（たまのむらぎく(2)六八）。

＊15　吉海直人氏「平安文学と火事——文学に黙殺された内裏焼亡——」（『日本文学の原風景』三弥井選書、一九九二年／『源氏物語の新考察—人物と表現の虚実』おうふう、二〇〇三年）。落雷による「廊」の炎上（明石(1)五五）は見えない。

＊16　里第の新造二条宮（南院）が道隆病中の長徳元年正月九日に焼亡し、翌春三月四日からは伊周邸の二条北宮を里第としたが、それも伊周ら配流直後の六月九日に焼亡。高階明順の小二条宅に移り、約一年後の長徳三年六月二十二日以降は職御曹司を御在所とする。長保元年正月三日、約三年ぶりに参内して懐妊したが、里第が無い為に八月九日の職からの退出先は前中宮大進平生昌三条宅であり、以後、翌年十二月十六日の崩御まで寄住した。

＊17　拙稿「枕草子日記的章段における表現の一方法——「がうな」の段の「笑ひ」を中心に——」（『国文論叢』15、一九八八年三月）。

＊18　拙稿「陰陽道の七瀬祓と、『源氏物語』澪標巻の難波の海の祓——八十嶋祭・住吉信仰・神功皇后伝承と明石の君との関係をめぐって——」（日向一雅氏編『源氏物語　重層する歴史の諸相』竹林舎、二〇〇六年）。

祟る陵墓

―須磨・明石巻の桐壺院の霊―

吉野瑞恵

はじめに

『源氏物語』須磨巻は、光源氏の生涯最大の苦難とそこからの再起を描く巻であるが、光源氏と対立する右大臣・弘徽殿大后一派がどのように彼を追い詰めていったのかは具体的に語られていない。その空白を補うかのように、彼が須磨に向かう前に都の人々に別れを告げる場面が巻の冒頭に延々と書き連ねられている。その中の一つが、光源氏が桐壺院の山陵に向かう場面であった。

光源氏は、須磨に旅立つ前夜、少数の供人のみを連れて亡き父・桐壺院の眠る山陵をひっそりと訪れる。月も隠れ、暗闇にしずむ山陵を前にして泣く泣く桐壺院に訴える光源氏の姿は、読む者の心に強く訴えかける。官位を奪われて、極限まで追い詰められた光源氏の苦衷が印象的に象られている場面である。

政治的な苦難の中にある息子が、亡き父の墓に別れを告げる哀切な場面という性格はあるものの、それだけにとどめてしまっては、のちに現れる桐壺院の霊の力の根源的な意味を見落とすことになるだろう。本稿では、陵墓という空間が持っていた意味と、桐壺院の霊の果たす役割、またそれらと天変地異との関わりという観点から須磨・明石巻を再考してみたい。

1　陵墓に「ことわり」を求める光源氏

朧月夜との恋愛事件がきっかけとなり政界を逐われることになった光源氏は、須磨への出発が翌日に迫った日の夕方に左大臣・花散里に別れを告げたあと、藤壺のもとを訪れ、賀茂の下の御社を経て北山にある桐壺院の山陵に向かった。光源氏二十六歳の年、三月二十日過ぎのことである。彼が桐壺院の山陵を訪れる場面を次に引用してみよう。

御山に参でたまひて、おはしましし御ありさま、ただ目の前のやうに思し出でらる。限りなきにても、世に亡くなりぬる人ぞ、言はむ方なく口惜しきわざなりける。よろづのことを泣く泣く申したまひても、そのことわりをあらはにえうけたまはりたまはねば、さばかり思しのたまはせしさまざまの御遺言はいづちか消え失せにけん、と言ふかひなし。御墓は道の草しげくなりて、分け入りたまふほどいとど露けきに、月も雲隠れて、森の木立木深く心すごし。帰り出でん方もなき心地して拝みたまふに、ありし御面影さやかに見えたまへる、そぞろ寒きほどなり。

なきかげやいかが見るらむよそへつつながむる月も雲がくれぬる*1

（須磨　2・一八一〜二）

この場面で、桐壺院の山陵を訪れた光源氏は「よろづのことを泣く泣く申し」たとされている。「よろづのこと」は、自身が政界から追放され、須磨に退居せざるをえなくなった経緯を指すと考えられる。続けて「さばかり思しのたまはせしさまざまの御遺言はいづちか消え失せにけん」とあることから考えるならば、桐壺院の遺言があったにもかかわらず、「朝廷の御後見」としての立場を失い、春宮（後の冷泉帝）を護ることができなくなってしまったことをも訴えたということだろう。

桐壺院の遺言については、賢木巻に以下のように記されていた。臨終間近の桐壺院が最後の力をふりしぼって朱雀帝に伝えた遺言である。

弱き御心地にも、春宮の御事を、かへすがへす聞こえさせたまひて、次には大将の御事、「はべりつる世に変らず、大小のことを隔てず何ごとも御後見と思せ。齢のほどよりは、世をまつりごたむにも、をさをさ憚りあるまじうなむ見たまふる。かならず世の中たもつべき相ある人なり。さるによりて、わづらはしさに、親王にもなさず、ただ人にて、朝廷の御後見をせさせむと思ひたまへしなり。その心違へさせたまふな」と、あはれなる御遺言ども多かりけれど、女のまねぶべきことにしあらねば、この片はしだにかたはらいたし。（賢木　2・九五〜六）

桐壺院が朱雀帝に伝えた遺言は、春宮を護ること、光源氏を朝廷の御後見として重用することであった。それは当然ながら、朱雀帝の外戚である右大臣一族を牽制し、朱雀帝の天皇としての権威を盾にして春宮を護り、その即位を実現させようとするものであった。桐壺院が、冷泉帝が即位した後の皇統の未来をどのように思い描いていたのかは明らかではないが、光源氏と冷泉帝の協力によって、理想の御代が実現できると考えていたことは確かである。桐壺院の心の中では、光源氏と冷泉帝に対する親としての深い愛情という私的な思いと、理想の御代の実現という公的な望みとが、分かちがたく結びついていた。

また、山陵に行く前に、光源氏は藤壺の住む三条宮に立ち寄っている。藤壺は「春宮の御事を、いみじううしろめたきものに思ひきこえたまふ」と、後見役である光源氏が不在になり、春宮を護るものがいなくなる不安を訴える。光源氏も「惜しげなき身は亡きになしても、宮の御世だに事なくおはしまさば」と、我が身の沈淪と引き替えに、春宮の即位だけは実現させたいと願う。光源氏が危機的な状況にあっても、二人の関心は、春宮の即位を実現することに向けられていたのである。そして桐壺院もまた、春宮と光源氏が協力してつくりだす新たな御代を夢見ていた。光源氏が須磨に旅立つ直前に三条宮と桐壺院の山陵を訪れているのは、秘密の恋人と亡き父に対する想いがとりわけ深かったからというだけではなく、三人が共有していた理想の御代の未来像が潰えてしまうかもしれないという危惧の念に動かされていたからでもあっただろう。

右大臣一族が春宮をどのように処遇しようとしていたのか具体的に語られることはなく、光源氏と藤壺の憂慮、桐壺院の遺言の不履行というかたちでほのめかされるだけである。しかし、のちの橋姫巻に至って、廃太子の動きがあったことが明らかにされるように、春宮の未来には暗雲が立ちこめていた。

光源氏が泣く泣く訴えても、父の墓が応えてくれるわけではない。「そのことわりをあらはにうけたまはりたまはねば」とあるように、死者である桐壺院は、「ことわり」を口にすることができない。この「ことわり」とは、「理非を判断すること」の意である。そこから考えると、光源氏が泣く泣く訴えた「よろづのこと」の中には、理非を問わなければならないこと、つまり自分には謀反の心などなく、朝廷の処遇が不当であるという内容も含まれていたと考えられる。光源氏の訴えの理非を判断し、乱れた治世をあるべき姿に戻すことができるのは桐壺院しかいなかった。

黙して語らない父の墓を前にして帰りあぐねる光源氏に、桐壺院の「面影」が「さやか」に見える。桐壺院の霊とおぼしきこの幻影は、「ことわり」を明らかにしてほしいという光源氏の願いを受けて現れたように見える。鈴木日出男は、「月も雲隠れ」は、故院が源氏の参拝に反応した証であり、「そぞろ寒き」は、故院の霊感にうたれる感覚としている。[*2]「そぞろ寒き」は、紅葉賀巻で青海波を舞う光源氏の光り輝くような姿を「そぞろ寒くこの世のことともおぼえず」とするのと共通した、この世ならざるものと接した時の、畏怖と戦慄の感覚をとらえた表現であろう。たしかに桐壺院の霊は光源氏の求めに応じて現れたのである。

光源氏の前に現れた桐壺院の霊は無言である。「ことわり」はいつ示されるのか——、月は雲隠れ、すべてが闇に包まれるなか、光源氏は山陵を去り、彼の未来は今後の物語の展開に委ねられる。

2　異例の陵墓参拝

光源氏が訪れた桐壺院の墓所は、単なる墓地ではなく、政治的な意味を持ちうる天皇の「陵墓」であった。桐壺院の陵墓はどのような意味を付与された場所だったのだろうか。また、陵墓を訪れることにはどのような意味があるのだろうか。桐壺院の墓所は物語の中で「御山」と表現されているため、これまで「山陵」という語を用いてきたが、天皇の墓所を広く指す用語として、以後は「陵墓」という用語に統一したい。『源氏物語』の中で陵墓が登場するのは、須磨巻のこの場面のみである。賢木巻で桐壺院の死去が語られるものの、「おどろおどろしきさまにもおはしまさで隠れさせたまひぬ」とあっけないほど簡略な表現で、葬送の儀礼の様子も具体的に語られておらず、墓所についても言及されていない。

光源氏が桐壺院の陵墓に参拝することの意味を、ここであらためて考えてみたい。松井健児は、須磨巻における光源氏の墓参の政治的な側面に注目し、「春宮を庇護する藤壺を現国家の本来の中枢とし、亡き桐壺院を王城の守護神と見立てた私的に行われた国家平安の祈請」であると論じている。[*3] また、その背後には、御陵に眠る帝の本来的に持っている荒ぶる霊力があるとする。桐壺院を賀茂別雷神社と重ねて平安京の守護神とみなす点については必ずしも首肯できないが、この墓参に政治的な意味を読み込むという指摘は重要である。この松井の論に導かれつつ、平安時代の陵墓に関する近年の研究成果を参考にして、陵墓という場所が物語の中の「磁場」としてどのように機能しているのか、さらに考察を進めたい。

平安時代の文学作品の中では、陵墓のみならず墓所そのものが描かれる例は少ない。『源氏物語』のこの場面は、陵墓が描かれた数少ない例のひとつである。貴族社会では、日常的に墓参をする習慣はなかったと言われている。[*4] 貴族の墓であっても個々の墓に永久的な墓標を立てることはなく、墓参をしようにも誰がどの墓に埋められているのかもわからなくなる場合もあったようである。天皇の墓である陵墓の参拝についても、少なくとも平安時代の文学作品の中にはほとんど出てこない。『源氏物語』より後の例になるが、『讃岐典侍日記』に、讃岐典侍がかつて自分が仕えていた堀河天皇の墓所に参る場面が描かれている。次にその場面を引用してみよう。

御墓に参りたるに、尾花のうら白くなりてまねきたちて見ゆるが、所がら、盛りなるよりもかかるしもあはれなり。「さばかりわれもわれもと男女のつかうまつりしに、かくはるかなる山のふもとに、なれつかうまつりし人一人だになく、ただひと所まねきたたせたまひたれども、とまる人もなくて」と思ふに、おほかた涙せきかねて、かひなき御跡ばかりだに、霧りふたがりて見えさせたまはず。

花薄まねくにとまる人ぞなき煙となりし跡ばかりにして
尋ね入る心のうちを知り顔にまねく尾花を見るぞかなしき[*5]
（四七六～七）

堀河天皇の月忌みの追善供養の法会は堀河院で行われており、讃岐典侍は欠かさず出席している。しかし、それだけでは満たされない強い思いが彼女を堀河天皇の墓所に向かわせたようである。堀河天皇は火葬されたのち、その遺骨は香隆寺に安置されていたので、この場面の「御墓」は、正確には陵墓ではなく、火葬された場所に造られた塚ということになる。和歌の「煙となりし跡」という表現も、そのことを示唆している。『長秋記』（元永二年（一一一九）八月二十三日条）に記されているように、讃岐典侍はのちに堀河天皇の霊が乗り移ったとして予言をし、宮仕えを退かせられた。この事件は、讃岐典侍を墓所に向かわせた強い思いとどこかでつながっているようにも思える。

以上のような例から考えると、この時代に個人が陵墓を訪れるのは異例で、非日常的な行為だったと考えてよいだろう。史実を参照しても、朝廷からの奉幣使の派遣は盛んに行われているけれども、個人が陵墓に参拝した例は稀である。例えば天禄三年（九七二）閏二月七日に左大臣源兼明が父親の陵墓である醍醐山陵に参拝しているが、この参拝がどのような理由で行われたかは記されていない。[*6] この三日後に太政大臣藤原伊尹が「木幡山陵」（木幡にある藤原氏一族の墓地の誤りか）に参拝していることと合わせて考えると、[*7] 兼明の参拝の目的は左大臣に昇進したことを報告するためだったと推測される。兼明は前年の十一月に左大臣に、伊尹は同じ時に太政大臣に昇進している。このような例はあるものの、現代のように故人を偲ぶために定期的に墓参をしたりする例は見られない。光源氏の場合も、二度と都に戻れないかもしれないという切迫感が、彼を異例の陵墓参拝へと駆り立てたのではないだろうか。さらにこの参拝には、みずからの潔白を訴えるとともに、春宮が廃されかねない不当な政治の現状を正してほしいという光源氏の強い思いがあった。

次に平安時代の陵墓のありようを検討し、桐壺院の霊が出現する意味について考えてみたい。平安時代に入ってから、天皇の霊は陵墓にとどまって時に祟りをなすものと考えられるようになった。陵墓は霊異の発現する場でもあったのである。「北山」に位置する桐壺院の陵墓は、『細流抄』では、「北山は岩陰也　岩陰は松崎の奥也天暦の陵と云々」[*8]として、村上天皇陵をふまえるとする。村上天皇は、『日本紀略』康保四年（九六七）六月四日条によれば、「山城国葛野郡田邑郷北中尾」に葬られたが、[*9] 遺詔によって山陵を置くことを禁じていたため、後になるとその所在は不明となる。現在宮内庁が治定している村上天皇陵は、京都市右京区鳴滝宇多野谷にあるが、この場所は明らかに記録と矛盾している。他にも、光孝天皇、宇多天皇は村上天皇と同様に仁和寺に近い京都の北方に陵墓が造られたため、「北山」は陵墓の地として連想しやすかったと考えられる。醍醐天皇陵は、宮内庁が治定した現在の陵墓が実際の陵墓と考えられる数少ない例であるが、現在の京都市伏見区醍醐古道町にあって、平安京の南東方向に位置しており、「北山」には該当しない。[*10]

藤壺に別れを告げた光源氏は、賀茂の下の御社に参詣した後、北山にある桐壺院の陵墓に向かう。桐壺院の陵墓は「御墓」「御山」と表現されている。陵墓までの道は、「道の草しげくなりて、分け入りたまふほどいとど露けきに、月も雲隠れて、森の木立木深く心すごし」と語られ、山深い異世界に分け入っていくかのようである。山田邦和の論考によれば、平安時代の陵墓は、山丘型のものから、嵯峨・淳和の「山陵の否定」の時代を経て、山陵に付属した寺が造営されるようになる「陵寺の時代」に移っていくという。[*11]さらに十一世紀前半になると、天皇陵自体が御堂や御塔に変わる「堂塔式陵墓」の時代になるというのである。しかし、この桐壺院の陵墓は、陵墓が仏教寺院の秩序の中に組み込まれていく前の、畏怖すべき空間のイメージを漂わせている。

先述したように陵墓への個人の参拝は稀であるものの、朝廷による陵墓への奉幣は毎年十二月に定期的に行われている。これが荷前であるが、荷前は本来その年の諸国からの貢物の初物を奉納する国家的な祭祀としての意味を持っていた。荷前はさらに常幣と別貢幣の二種類に分けられる。常幣は全陵墓に奉幣するもので、七~八世紀にかけて成立したと考えられているが、それと並行して八~九世紀にかけて、当代天皇の近い祖先の陵墓（近陵）に奉幣する別貢幣が成立する。服藤早苗によれば、近陵への奉幣は、祖先祭祀的な色彩を有する陵墓祭祀が誕生したことを意味するという。[*12]陵墓の意味づけは時代を経るにつれ変化はするものの、皇統の正当性を確認する場として機能していたことがわかる。

以上のような定期的な奉幣の他に、陵墓にはさまざまな理由で臨時奉幣が行われた。これらは祟りや天変地異と関わっている場合が多く、須磨・明石巻における桐壺院の霊の出現との関わりで注目される。田中聡は臨時奉幣の例を、内容によって次のように分類している。*13

①蕃国・隣国からの貢献物・信物を特定陵墓へ奉物。またその使者の来訪を告げる。

②侵略、天変地異、内裏・神社等の建造や焼亡、謀反等の政変、天皇・皇族・外戚の身体不順など、国内外の天皇・国土を脅かす問題を「陵墓」に報告・陳謝するための奉幣・告文。

③即位・立廃太子・立后・瑞兆・改元など現・新「天皇」の皇位継承を承認し、その在位の正当性を公卿・官人が繰り返し確認するための奉幣・告文。

④天皇・皇太子の元服・新冠叙品や藤原氏の叙位任官など、皇族・藤原氏の「家」の継承に関わる祖先「陵墓」への告文・参拝。

⑤発生した怪異・災害に対応し、その原因となった祟りをなす天皇・皇族への陳謝を行う告文。あるいは逆に祈雨・外敵退散・「聖体」保護等の目的について特定の天皇の霊力が発現することを期待して行う奉幣物・告文。

この他、奉幣使・告文使発遣につながることが多いものとして、「鳴動・祟りなどの形をとって『陵墓』から発せられたシグナル」も挙げられている。

陵墓は、現王朝の正当性を保証する祖先の眠る地として、国家の大事に関わるような出来事を報告すべき場所であった。また、田中の分類の⑤にあるように、陵墓はその霊力によって、天変地異を含むさまざまな脅威から国土を護る役割を果たすとともに、祟りをなして天変そのものを引き起こすこともあると考えられていた。天変地異に際して陵墓に奉幣が行われる場合、災異に直面して陵墓の霊に護ってもらうことを意図してのものなのか、陵墓の霊が災異を引き起こしていると考えられたために災異の原因を取り除こうとしてのものなのか、見分けがつきにくい例も多い。

3　祟る陵墓

陵墓が祟りをなすという考え方が生まれ、さらにそれが天変地異と結び付けられるようになるのは、いつの時代なのだろうか。田中聡による「七〜十二世紀「陵墓」関連年表[*14]」を参考にして陵墓の祟りの記録を確認すると、八世紀以前に陵墓が祟りをなすとはっきりと書かれている記録は見当たらず、平安京遷都直後の早良親王の祟りを契機として、九世紀に入ってから陵墓の祟りの問題が浮上してくることがわかる。また、同じ時期に炎旱や霖雨、雷鳴などの天災の際に陵墓に使者が派遣される例が多くなっている。

平安時代において祟りをなしたとされるのは、山科陵（天智天皇陵）、柏原陵（桓武天皇陵）、深草陵（仁明天皇陵）、田邑陵（文徳天皇陵）などである。そのほかにも楯列山陵（神功皇后陵）、高畠陵（桓武天皇皇后藤原乙牟漏陵）、石作陵（贈皇后・淳和天皇后高志内親王陵）、鳥辺陵（贈皇太后・仁明天皇女御藤原澤子陵）などの皇后陵が祟ることもあった。さらに相良山陵（藤原百川墓）など、臣下の墓が祟るという例も見られる。その中でもしばしば登場するのが、柏原山陵（桓武天皇陵）の祟りである。次にその記事を挙げてみよう。ここに登場する「物恠」は、怪異現象と解釈されている。

天長八年（八三一）六月二十日

内裏有二物恠一。仍遣三レ使告二柏原山陵一。其詞。云々。又告二石作山陵一（『日本紀略[*15]』）

天長八年（八三一）六月二十六日

屈二廿二口僧一、分‐頭柏原・石作山陵一。読レ経、防二物恠一也（『日本紀略』）

承和五年（八三八）七月十一日

令三僧沙弥各七口、読二‐経於柏原山陵一、以レ有二物恠一也（『続日本後紀』[16]）

承和七年（八四〇）六月五日

物恠見二于内裏一、柏原山陵為レ祟、遣下二中納言正三位藤原朝臣愛発等於山陵一祈祷上焉（『続日本後紀』）

承和八年（八四一）五月三日

是日、遣二宣命使於山科、柏原両山陵一賽レ祟焉（『続日本後紀』）

承和八年（八四一）十月二十九日

詔曰、天皇我詔旨止、掛畏支、柏原乃御陵尓、申賜止へ、申久、頃者御病発天悩苦比大坐、依レ此天卜求礼波、掛畏支御陵乃木伐幷犯穢流祟有利、読経奉仕波無レ咎久可レ有止卜申（『続日本後紀』）

嘉祥三年（八五〇）三月十四日

卜食、申二柏原山稜告レ祟、仍遣三レ使奉二宣命一曰、天皇我大命止掛畏岐柏原乃御陵尓申賜倍止申久頃間物恠在尓依天、卜求礼波、掛畏岐御陵為レ祟賜倍利止申利、因レ茲、恐畏己止無レ極、若久波御陵内尓犯穢世留事毛也在止令二巡察一无止為天奈毛、参議従四位上行左兵衛督藤原朝臣助、従四位下行宮内大輔房世王等乎差レ使天奉出須、此伏乎聞食天、御体平安尓、宝祚無レ動久、護賜比矜賜倍止恐美恐美毛申賜久止申（『続日本後紀』）

桓武陵には、この他にも祈雨のために奉幣が行われたり（弘仁九年（八一八）四月二十六日）、「天地災變」を鎮めるために奉幣が行われたりしており（天長五年（八二八）八月十八日）、陵墓の霊がこれらの天変地異を引き起こしたと考えられていた可能性がある。この桓武陵のうち続く祟りについて、保立道久は、桓武が

「正嗣」と定めていた恒世（淳和皇子、母は桓武皇女高志内親王）を淳和が皇太子としなかったためだとしている。[*17] 恒世の母・高志内親王の陵墓も祟りをなしていることを考えるならば、保立が指摘しているように、この二つの陵墓の祟りが皇位継承問題に絡んでいる可能性は高いだろう。

このように、九世紀には陵墓の祟りが続き、淳和上皇は死を前にして皇太子・恒貞親王に、葬儀は簡素にし、追善の仏事も倹約に努め、国忌も、十二月に行われる陵墓への荷前使も止めるべきだと告げたあと、次のような異例の遺言を残すことになる。

重命曰、予聞、人歿精魂皈レ天、而空存二冢墓一、鬼物憑焉、終乃為レ祟、長貽二後累一、今宜二砕レ骨為レ粉、散二之山中一

（『続日本後紀』承和七年（八四〇）五月六日条）

墓を造れば、霊が天に戻り空虚になった墓に鬼物が取り憑いて祟りをなし、長く禍いを残すことになるので、死後は骨を砕いて山中に散骨しなければならないというのである。この遺言は、陵墓そのものを否定せざるをえないほど、この時代に陵墓の祟りの問題が国家の大事として浮上していたことをうかがわせる。正確に言えば、淳和上皇の遺言では、霊そのものが悪霊となって祟りをなすのではなく、霊が天に上って空になった墓に鬼物が取り憑いて祟りをなすと考えていることになる。「人歿して精魂天に皈る」は、中国的な魂魄二元論に基づく表現で、仏教的な他界観とは異なるものである。[*18] これらの表現には、浮上してきた陵墓の祟りの問題を、中国的な霊魂観により押さえこもうとした淳和上皇の強い意志が感じられる。遺言から二日経った五月八日に淳和上皇は死去した。五月十三日には、山城国乙訓郡物集村で火葬し、遺言通り遺骨は粉砕して大原野の西山の嶺の上に散骨した（『續日本後紀』承和七年（八四〇）五月十三日条）。このの ち、淳和の霊が祟りをなすことはなかった。

淳和上皇の二年後に死去した嵯峨上皇もまた、みずからの葬儀と墓に関する遺言を残している。その一部を次に引用する。

人之死也、精亡形銷、魂無レ不レ之、故気属二於天一、体帰二于地一、今生不レ能レ有二尭舜之徳一、死何用重二国家之費一
（『續日本後紀』承和九年（八四二）七月十四日条）

死が肉体と魂を分かち、気は天に属し、肉体は地に帰るという考え方は、淳和上皇の遺言とも共通する思考である。さらに、墓に埋葬する遺体の永続を願うことを、死者を送る本来のあり方に背くものとして退ける。そして、遺体の衣服は新たに作らないで平素着ているものにすること、身近に仕えていた者だけが喪服を着用し、役人や百姓は喪服を着る必要はないこと、柩に従う者は二十人を超えないようにすること、墓の土盛はせず、樹木も植えず、草が生えるにまかせること、仏教儀礼を廃するわけにはいかないので、三七日、四十九日、一周忌には追善供養を行うことなど、細部にわたって嵯峨上皇は自らの死後の取り扱いを言い残す。そして、彼は、最後に次のように念を押して、この遺言を厳重に守ることを求めている。

後世之論者若不レ従レ此、是戮二屍地下一、死而重レ傷、魂而有レ霊、則寃二-悲冥途一、長為二怨鬼一

後世にこの遺言に従わなければ、屍を辱めることになり、冥途にある死者の霊魂を悲しませて、長く怨鬼となすことになるというのである。死者の祟りを否定したはずの嵯峨上皇が、みずから怨鬼になると言っているのは矛盾しているが、そのこと自体が陵墓の祟りを信じる思考がいかに強力であったかを証しだてている。

結局、陵墓の祟りを信じることを封じようとした嵯峨上皇の遺言は、早くも二年後に破られることになった。藤原良房の指示によって、次のように卜占を信ずべきか否か検討されることになったからである。

文章博士従五位上春澄宿祢善縄、大内記従五位下菅原朝臣是善等、被二大納言正三位藤原朝臣良房宣一

併、先帝遺誡曰、世間之事、毎レ有二物恠一、寄二祟先霊一、是甚無レ謂也者、今随レ有二物恠一、令下二諸司一卜筮上、先霊之祟明二于掛兆一、臣等擬レ信、則忤二遺誥之旨一、不レ用則忍二当代之咎一、進退惟谷、未レ知二何従一

（『續日本後紀』承和十一年（八四四）八月五日条）

文章博士春澄善縄と大内記菅原是善は、先帝（嵯峨上皇）が遺言の中で「物恠が出現するたびに、陵墓の霊によるものだとするが、それはいわれがないことだ」と述べているが、卜筮によれば陵墓の霊の祟りであることははっきりしていると主張する。「世間之事、毎レ有二物恠一、寄二祟先霊一、是甚無レ謂也者」は、遺言に同じ表現はなく、遺言の中にある「無レ信二卜筮一」に対応していると考えられる。良房は、卜筮の結果を信じれば遺言に背き、信じなければ当代の天皇が祟りを忍ばなければならなくなるとして、春澄善縄と菅原是善に検討させたという。彼らは『春秋左氏伝』や『尚書』などの漢籍を典拠にしながら、卜筮は信ずべきものであり、君主や父の命令であろうと改めるべきものは改めるべきだと結論づけるのである。淳和も嵯峨も遺言によって天変地異や怪異を陵墓の霊の祟りであるとする風潮に抵抗しようとしたものの、「陵墓の祟り」の思想を根絶することはできなかった。淳和のこれまで例をみない「散骨」の願いにしても、嵯峨の異様なまでに詳しい「薄葬」の遺言にしても、二人が抵抗しようとしたものの強力さを思わせる。

　山下克明は嵯峨の遺言について、「律令体制動揺期にあって儒教的徳治・文章経国の理念をもって支配の再生をはかろうとした嵯峨の、災害や怪異は不徳失政による天の譴責であるとする儒教的立場から、これを神霊の祟りとした〈物怪→卜占→先霊の祟り〉の理念とシステムに対する批判であった」*19と述べている。山下は、天変地異と天皇の関わりについて、伝統的な神祇思想と儒教的な天命・災異思想との併存という観点から論じている。律令制の精神的な支柱をなした儒教においては、天地万物の主催者である天に徳の根源を

求め、地上を支配する天子は、天意にしたがって政治を行わなければならず、天変地異などの現象は、天子の不徳や失政により天が下す警告と解釈された。同時に、日本での神祇制度においては、天変地異は神々の怒りや意思の表明とされ、天皇は祈願を発すべき存在と位置づけられ、奉幣などが行われていた。しかし、八世紀末になると、災害・怪異のさいに神祇官や陰陽寮に卜占を行わせることが多くなり、神や霊の祟りととらえられるようになっていったというのである。天変地異の位置づけをめぐって、祟りの発現の場としての陵墓は焦点化され、天皇の統治理念そのものと関わることになってきたのである。

この時代に祟りをなしたとされる桓武・藤原乙牟漏・高志内親王・藤原百川らは、平安京の始祖として遷都の偉業を讃えられる天皇とその近親、また臣下として天皇を支えた人々である。問題は、これらの人々が早良親王やのちの崇徳院のように政治的敗者として激しい怨みを抱えたまま亡くなったわけではないのに、なぜ祟りをなすとされたのかということである。激動の時代を歩んだとはいえ、これらの人々は敗者としてではなく、むしろ時流に乗って栄華の人生を送った人物として歴史に名を刻んでいる。保立が指摘するように、桓武や高志内親王の陵墓の祟りが、恒世が皇太子に立てられなかったことに起因するにしても、恒世が退けられたのは二人がこの世を去った後のことであり、生前に恨みを抱いていたわけではない。彼らの霊はいわゆる怨霊ではないのである。桓武や高志の「遺志」に背いたという共有された恐怖が、陵墓の霊の祟りを生み出し、打ち続く天変地異がその恐怖を増幅したのであろう。彼らは、祖霊のように生者を見守り、自分たちの「遺志」が実現されているか見張る存在であった。このような「遺志」が、一般化されていけば、陵墓の祟りは恒常的に生み出されていくことになる。儒教的な天命・災異思想においては、天変地異や怪異は天が為政者の失政を譴責するものと解釈されていたわけだが、やがて祖霊的なあり方をする陵墓の霊がその天の位置に取って代わり、祟りとしての天変地異を通して、「遺志」に背いた政治や、失政が行われていることを譴責していると解釈されるようになったのである。九世紀までの陵墓をめぐる状況は以上のようなものであった。なかでも淳和天皇の時代は、うち続く陵墓の祟りによって、陵墓の霊と天変地異との関わりが先鋭化した時代と言えるだろう。

この後も、陵墓の祟りは史書に現れる。桓武天皇陵の祟りは、十世紀になっても続いていた。次にその例を挙げてみよう。

天慶三年（九四〇）一月二十四日
柏原・鳥戸山陵、依有祟由占申、令巡検（『貞信公記』[*20]）

*鳥戸山陵は、鳥辺陵（贈皇太后・仁明天皇女御藤原澤子陵）

天暦三年（九四八）六月二十一日（『日本紀略』[*21]）
召二神祇官陰陽寮官人於軒廊一。有二旱魃御卜一。令レ占二申艮巽坤乾神社山稜成レ祟之由一。即可実二撿深草柏原等陵一之由。召二仰検非違使一。

*深草陵は、仁明天皇陵

祟りをなすのは、桓武天皇陵に限らない。次の例は天智天皇陵と文徳天皇陵の場合である。

延喜十九年（九一九）六月十九日（『貞信公記』）
山科御陵有宣命使、有祟者也

*山科御陵は天智天皇陵

応和二年（九六二）六月十七日（『日本紀略』）
発二遣田邑山陵使。依二霖雨祟一也。

*田邑山陵は、文徳天皇陵

応和二年は、五月二十九日に鴨川が洪水で決壊し、六月に入っても長雨が続いていたようで、伊勢神宮をはじめとする諸社に雨を止ませるための奉幣が行われている。田邑山陵（文武天皇陵）の祟りだとされた具体的な理由は示されておらず、卜占の結果がこの陵墓を示していたということだろう。また、天元二年（九七九）六月二十八日には、村上陵の「鳴動」が記録されている（『日本紀略』）。十世紀に入ると陵墓の祟りを明記する例は減るが、祈雨、炎旱、霖雨、内裏火災などの際に陵墓に臨時の奉幣が行われており、天変地異と陵墓の関わりは続いている。天変地異→陵墓の祟りという回路が機能し続けているのである。

九〜十世紀における、以上のような陵墓のあり方を考えるならば、桐壺院の陵墓の霊が、彼の遺志に背いた政治が行われていることを譴責するために、天変地異を引き起こす筋道は、必然化されたことになる。物語は祟りが発現する場としての陵墓のイメージを利用しながら、光源氏が朝廷の後見としての立場を失い、須磨でのわび住まいを余儀なくされるという「誤ったあり方」を正すために、明石巻で桐壺院の霊が天変地異を呼び起こす筋道を用意するのである。

4　「陵墓の霊」となった桐壺院

光源氏が須磨に行く前に桐壺院の陵墓を訪れた時点で、光源氏の訴えに応じて桐壺院の霊が「ことわり」を示すために、天変地異を引き起こしかねないことも必然化されていた。須磨巻の末尾で語られる暴風雨は、光源氏が海辺での三月上巳の祓の際に「八百よろづ神もあはれと思ふらむ犯せる罪のそれとなければ」という歌を詠んだことをきっかけに始まり、雷をともなった激しい風雨が二週間近くも続くことになる。光源氏の夢の中には「そのさまとも見えぬ人」が繰り返し現れ、彼はこのまま身を捨てることになるのかと心細く思う。京でも雨風が続き、「あやしきもののさとし」とされ、宮中では災難をはらうため、臨時の仁王会が行われる。

この暴風雨の意味については、光源氏が無実を訴えたのに対して神が感応したと解釈する説[*22]と、それとは逆に藤壺との間に罪を犯していながら無実を訴えた光源氏に、神が怒りを表したという説がある。また、ここでの暴風雨の意味は一義的には決められないとする説[*23]も出され、さらには須磨巻から明石巻に至る途中で、嵐の意味が反転したとする説[*24]もあるなど、議論が錯綜している箇所である。この暴風雨には、八百万の神、海竜王、住吉の神、桐壺院の霊、物のさとしを示す天などが絡み合って働いており[*25]、それらの絡み合った糸をほどいて整理するのは困難である。しかし、桐壺院の霊を「陵墓の霊」とするならば、暴風雨の原因の一つは桐壺院の霊であり、それは現在の「失政」を譴責することを意味していたと考えてよいだろう。「失政」の最たるものが、「朝廷の御後見」たるべき光源氏を須磨に追いやっていることであった。

暴風雨が高潮や落雷までともなって激しさを増し、命の危険さえ感じられるようになった時、光源氏は住吉の神に幣帛を捧げて祈る。しかし雷はやまず、光源氏の住まいの廊は落雷によって炎上し、人々の恐怖は頂点に達する。日が暮れるにつれ雨風はようやくおさまり、疲労のあまりうとうとした光源氏の夢の中に桐壺院の霊が現れる。その場面を次に引用してみよう。

かたじけなき御座所なれば、ただ寄りゐたまへるに、故院ただおはしまししさまながら立ちたまひて、「などかくあやしき所にはものするぞ」とて、御手を取りて引き立てたまふ。住吉の神の導きたまふままに、はや舟出してこの浦を去りね」とのたまはす。いとうれしくて、「かしこき御影に別れたてまつりにしこなた、さまざま悲しきことのみ多くはべれば、今はこの渚に身をや棄てはべりなまし」と聞こえたまへば、「いとあるまじきこと。これはただいささかなる物の報いなり。我は位に在りし時、過つことなかりしかど、おのづから犯しありければ、その罪を終ふるほど暇なくて、この世をかへりみざりつれど、いみじき愁へに沈むを見るにたへがたくて、海に入り、渚に上り、いたく困じにたれど、かかるついでに内裏に奏すべきことあるによりなむ急ぎ上りぬる」とて立ち去りたまひぬ。
飽かず悲しくて、御供に参りなんと泣き入りたまひて、見上げたまへれば、人もなく、月の顔のみきらきらとして、夢の心地もせず、御けはひとまれる心地して、空の雲あはれにたなびけり。年ごろ夢の中にも見たてまつらで、恋しうおぼつかなき御さまを、ほのかなれどさだかに見たてまつりつるのみ面影におぼえたまひて、我かく悲しびをきはめ、命尽きなんとしつるを助けに翔りたまへるとあはれにおぼすに、よくぞかかる騒ぎもありけると、なごり頼もしううれしうおぼえたまふことかぎりなし。
（須磨　２・二二九〜二三〇）

「陵墓の霊」は、天変地異をもたらすものの、霊となって姿を現すわけではなく、ある「力」として存在しているだけであった。先述した記録類に現れる「物恠」は、怪異と解釈されているので、霊が出現したものではない。しかし、桐壺院の霊は、陵墓の霊が備えていた二面性、護る霊と祟る霊という側面を光源氏と朱雀帝に振り分けて、二人の夢の中に現れる。さらに、歴史上の「陵墓の霊」は、仏教的な価値観の中ではどのように位置づけられるのかわからない霊であったが、桐壺院の霊は「陵墓の霊」であるとともに、仏教的な位置づけも与えられている霊であった。

海の向こうから「翔り」やってくる桐壺院の霊は、「祟る霊」ではなく、光源氏を護ってくれる祖霊のような存在である。『源氏物語』において、死後に「天翔る」と表現される死者は、六条御息所・宇治の八の宮・宇治の大君であり、彼らは「極楽往生できない人々」という点においては仏教的な罪障を背負っているが、一方では生者を見守る祖霊的な存在でもあった。*26

他の登場人物の場合もそうであったように、『源氏物語』は、死後の桐壺院を仏教的な文脈の中に位置づけようともしている。光源氏の夢に現れた桐壺院の霊は、「我は位に在りし時、過つことなかりしかど、おのづから犯しありければ、その罪を終ふるほど暇なくて、この世をかへりみざりつれど」と語っていた。北野天神絵巻に描かれている醍醐帝のように、桐壺院が地獄に堕ちたとされているわけではないが、極楽往生することなく、罪を償わなければいけない場所にいることは確かである。帰京後の光源氏は、亡き桐壺院の追善のために法華八講を行なっており、仏教的な文脈においては、院の霊は成仏できず救いを待つ憐れまれるべき霊である。

須磨で暴風雨や雷が激しさを増していたころ、京でも雷がひらめき、雨風が強まっていた。その夜、朱雀帝の夢に桐壺院の霊が現れる。光源氏にとっては祖霊のように働いていた桐壺院の霊であったが、朱雀帝の前では怨霊のような恐ろしさを漂わせている。

その年、朝廷に物のさとししきりて、もの騒がしきこと多かり。三月十三日、雷鳴りひらめき雨風騒がしき夜、帝の御夢に、院の帝、御前の御階の下に立たせたまひて、御気色いとあしうて睨みきこえさせたまふを、かしこまりておはします。聞こえさせたまふことども多かり。源氏の御事なりけんかし。いと恐ろしういとほしと思して、后に聞こえさせたまひければ、「雨など降り、空乱れたる夜は、思ひなしなることはさぞはべる。軽々しきやうに、思し驚くまじきこと」と聞こえたまふ。睨みたまひしに見合わせたまふと見しけにや、御目にわづらひたまひてたへがたう悩みたまふ。御つつしみ、内裏にも宮にも限りなくせさせたまふ。

（明石　2・二五一～二）

朱雀帝を睨みつける桐壺院には、怨霊と化した菅原道真のイメージが重ねられているという指摘があるが、[*27] それに加えて桐壺院の霊を「陵墓の霊」の力がより具現化し、形を取って現れたものと見ることもできるだろう。光源氏を須磨に追いやることになった朱雀帝の失政を、天変地異という手段で譴責し、光源氏と協力して統治せよという「遺志」を実現しなかった朱雀帝に、「陵墓の霊」として桐壺院は祟りをなすことになるのである。

むすび

九世紀から十世紀にかけて、陵墓には、祟りという新たな問題が浮上してきた。たとえ恨みを残して亡くなったわけではなくても、天皇の霊は陵墓にとどまり、時には祟りをなして天変地異を呼び起こすこともあると考えられるようになったのである。陵墓の霊は、内裏にまで怪異を発生させ、天皇の身体そのものを脅かしかねない存在となる。桐壺院の霊も、こうした「陵墓の霊」の系譜の中に位置づけることができる。

須磨巻で描かれる光源氏の陵墓参拝は、みずからの正当性を亡き天皇の霊に問うものであり、「陵墓の霊」としての桐壺院の霊の出現を必然化した。「陵墓の霊」としての桐壺院の霊は、自分の遺志を守らなかった朱雀帝に祟り、暴風雨という天変地異を引き起こす存在となる。しかし、歴史上の「陵墓の霊」と異なるのは、桐壺院の霊が、この世には力を行使しうる存在であるが、同時に仏教的な文脈では、死後の世界で罪を償わなければならない無力な存在でもある点である。そして、無力な存在であるがゆえに、天変地異を起こせるほどの超越的な力を持つ桐壺院の天皇としてのありようは相対化され、息子を思うひとりの心弱い人間として共感を呼ぶ存在となりえたのであった。

注

＊1　『源氏物語』の引用は、小学館新編日本古典文学全集により、巻名、巻数、頁数を示した。

＊2　鈴木日出男「光源氏の死と再生」『源氏物語虚構論』東京大学出版会、二〇〇三年。

＊3　松井健児「光源氏の御陵参拝」『源氏物語の生活世界』翰林書房、二〇〇〇年。

＊4　田中久夫は、平安時代には遺体や遺骨を汚れとする感覚があったため、墓に詣でる習慣がなかったとしている（「平安時代の貴族の墓制―特に十一世紀を中心にして」『葬制墓制研究集成』第五巻、名著出版、一九七七年。

＊5　『讃岐典侍日記』の引用は、小学館新編日本古典文学全集により、頁数を示した。

＊6　左大臣参醍醐山陵（『日本紀略』天禄三年閏二月七日条）。なお、『日本紀略』の引用は、新訂増補国史大系による。

＊7　太政大臣参木幡山陵（『日本紀略』天禄三年閏二月十日条）。

＊8　『細流抄』の引用は『源氏物語古注釈集成』第七巻による。

＊9　今夕。奉レ土二葬先皇於山城国葛野郡田邑郷北中尾一。酉四剋出三御自二陰明。宜秋。殷富門一。親王公卿已下供奉。僧都観理於二内膳司南門一勤二御導師一。権律師法蔵為二咒願一（『日本紀略』康保四年六月四日条）。

＊10　平安時代の天皇陵については、現在の所在地が疑問視されるものが多く、現陵に疑問がないのは、醍醐天皇・白河天皇・鳥羽天皇・近衛天皇・後白河天皇・高倉天皇に限られるという（山田邦和「平安時代の天皇陵」『歴史の中の天皇陵』思文閣出版、二〇一〇年）。

＊11　山田邦和、同右論文。

＊12　北康宏「律令陵墓祭祀の研究」『史学雑誌』一〇八―一一、一九九九年十一月。なお、服藤早苗は、別貢幣が天智天皇からの直系祖先を対象とすることに注目し、この時期に天皇家において皇位の父系直系継承による「家」が成立していくとしている（服藤早苗「山稜祭祀より見た家の成立過程」『家成立史の研究』校倉書房、一九九一年）。

＊13　田中聡「「陵墓」にみる「天皇」の形成と変質―古代から中世へ―」（日本史研究会・京都民科歴史部会編『「陵墓」からみた日本史』青木書店、一九九五年）、一二七～一三三頁。

*14　田中聡、同右論文。
*15　『日本紀略』の引用は、新訂増補国史大系による。
*16　『続日本後紀』の引用は、講談社学術文庫による。
*17　保立道久『歴史の中の大地動乱―奈良・平安の地震と天皇』岩波新書、二〇一二年。
*18　山下克明の指摘によれば、「人没精魂皈天」は『礼記』郊特牲第十一を典拠としている（「災害・怪異と天皇」『コスモロジーと身体』岩波講座　天皇と王権を考える 第八巻、岩波書店、二〇〇二年）。
*19　山下克明、同右論文、一九〇～一九一頁。
*20　『貞信公記』の引用は、大日本古記録による。
*21　『日本紀略』の引用は、新訂増補国史大系による。
*22　『弄花抄』では、「の給と書て即雨の変をあらはしたる心は源氏の只今罪なきよしを詠し給ふにかんして天変なとのさとし有てつゐに帰京の端となれる此心なるへし」とする。『弄花抄』の本文は、『源氏物語古注釈集成』第八巻による。
*23　三谷邦明「須磨流離の表現構造―古注の復権あるいは〈引用の織物〉としての源氏物語―」『物語文学の方法Ⅱ』有精堂、一九八九年。
*24　山田利博「須磨の嵐―反転するテクストの構造―」『文学・語学』第一四一号、一九九四年三月。
河添房江「須磨から明石へ」『源氏物語表現史』翰林書房、一九九八年。
*25　柳井滋は、暴風雨のしくみとそこに働く「多元的な」力について考察している（「源氏物語と霊験譚の交渉」『源氏物語研究と資料　古代文学論叢第一輯』武蔵野書院、一九六九年）。
*26　吉野「天翔ける死者たち―『源氏物語』の死の思想―」『王朝文学の生成―『源氏物語』の発想・「日記文学」の形態―』笠間書院、二〇一一年（初出一九九五年）。
*27　後藤祥子「帝都召還の論理―明石巻と菅公説話」『源氏物語の史的空間』東京大学出版会、一九八六年。

朱雀帝御代の天変
―仁王会・雷・物の怪から―

浅尾広良

序

『源氏物語』の中の朱雀帝御代の天変は、光源氏が須磨の地であう嵐と時を同じくして現れる。しかし、物語は須磨に謫居した光源氏を中心に語るため、都の様子は、光源氏のもとにやってきた都からの使者の語る内容と、朱雀帝が桐壺院の霊夢を見る場面ぐらいでしか語られない。その数少ない描写から、都でどのような天変が起こり、そこから朱雀帝のどのような状況を読み解くことができるのであろうか。朱雀帝の身に起こっていることを、歴史的な文脈の中に置いてみることで、光源氏召還に至る論理を明らかにしてみたい。具体的には、仁王会を端緒として、それが歴史的にもった意味を通覧し、さらに雷や物の怪といった天変に絞って考察して、朱雀帝御代の天変の特徴を位置付けてみる。

1　朱雀帝御代の天変の特徴

最初に、朱雀帝御代の天変を知る手がかりを本文の中から拾ってみる。次に挙げるのは、Aが光源氏のもとを訪れる都からの使者の言葉、Bが朱雀帝が父桐壺院の霊夢を見る場面、Cが翌年の朱雀帝の様子を語る場面である。

A「京にも、この雨風、いとあやしき物のさとしなりとて、仁王会（にんわうゑ）など行はるべしとなむ聞こえはべりし。内裏（うち）に参りたまふ上達部（かんだちめ）なども、すべて道閉ぢて、政（まつりごと）も絶えてなむはべる」など、はかばかしうもあらず、かたくなしう語りなせど、（中略）「ただ、例の、雨の小止（をや）みなく降りて、風は時々吹き出でつつ、日ごろになりはべるを、例ならぬことに驚きはべるなり。いとかく地の底徹（とほ）るばかりの氷（ひ）降り、雷（いかづち）の静まらぬことははべらざりき」など、いみじきさまに驚き怖ぢてをる顔のいとからきにも、心細さぞまさりける。

（明石②二二四～二二五頁）*1

Bその年、朝廷に物のさとししきりて、もの騒がしきこと多かり。三月十三日、雷鳴りひらめき雨風騒がしき夜、帝の御夢に、院の帝、御前の御階の下に立たせたまひて、御気色いとあしうて睨みきこえさせたまふを、かしこまりておはします。聞こえさせたまふことども多かり。源氏の御事なりけんかし。いと恐ろしういとほしと思して、后に聞こえさせたまひければ、「雨など降り、空乱れたる夜は、思ひなしなることはさぞはべる。軽々しきやうに、思し驚くまじきこと」と聞こえたまふ。睨みたまひしに見合はせたまふと見しけにや、御目にわづらひたまひてたへがたう悩みたまふ。御つつしみ、内裏にも宮にも限りなくせさせたまふ。太政大臣亡せたまひぬ。ことわりの御齢なれど、次々におのづから騒がしきことあるに、大宮もそこはかとなうわづらひたまひて、ほど経れば弱りたまふやうなる、内裏に思し嘆くことさまざまなり。「なほこの源氏の君、まことに犯しなきにてかく沈むならば、かならずこの報いありなんとなむおぼえはべる。いまはなほもとの位をも賜ひてむ」とたびたび思しのたまふを、「世のもどき軽々しきやうなるべし。罪に怖ぢて都を去りし人を、三年をだに過ぐさず赦されむことは、世の人もいかが言ひ伝へはべらん」など、后かたく諫めたまふに、思し憚るほどに月日重なりて、御なやみどもさまざまに重りまさらせたまふ。

（明石②二五一～二五三頁）


C年かはりぬ。内裏に御薬のことありて、世の中さまざまにののしる。（中略）去年より、后も御物の怪なやみたまひ、さまざまの物のさとししきり騒がしきを、いみじき御つつしみどもをしたまふしるしにや、よろしうおはしましける御目のなやみさへこのごろ重くならせたまひて、もの心細く思されければ、七月二十余日のほどに、また重ねて京へ帰りたまふべき宣旨くだる。
（明石②二六一～二六二頁）

Aの使者の言葉からは、都でも雷雨が激しく、それを「物のさとし」と解釈し、「仁王会」が行われる予定であると分かる。仁王会が行われる予定とは、数日前に仁王会の日程や場所、規模などの〈定め〉があったことを指すのであろう。「すべて道閉ぢて、政も絶えてなむはべる」とあるから、実際に行われたかどうかまでは分からないが、仁王会を行うとは如何なる状況なのかを歴史的に位置付ける必要がある。さらに、Bからは光源氏が桐壺院の夢を見たちょうど同じころ、朱雀帝もまた桐壺院のことを夢を見て「いと恐ろしういとほし」と感じ、弘徽殿大后の諫めがありながら、光源氏が罪もなく沈淪しているのなら必ずやこの報いがあるだろうと語るのである。この「報い」が何を意味しているのかも重要だ。Bでも「物のさとししきり」とあり、夢に現れた桐壺院と目を合わせて以来、目を病み、弘徽殿大后も病が酷くなるとある。朱雀帝の眼病は、父の夢が実夢であることを確信する指標にもなっている。加えてCでは、年が改まってもまだ「物のさとししきり」とあり、相変わらず天変が現れ、帝も大后も物の怪に益々重く悩んでいることが語られ、重ねて召還の宣旨が下るとある。「物のさとし」が帝の失政への天のさとし（天譴）として語られるのは薄雲巻も明石巻も同じでありながら、朱雀帝御代で特徴的なのは、帝や大后の不豫など、もっぱら帝への祟りとして語られている点である。「雷」が仁王会の開催へと繋がり、祖父太政大臣の死と、「物の怪」による帝と大后の不豫と、こうした朱雀帝周辺の叙述が、これまでの歴史上の天皇と比較して、どのように見えてくるかが問題となる。

次節では、仁王会が開催される状況を歴史的に確かめ、それが物語の中でどういう文脈を想起させるのかを考えてみたい。

2　仁王会と天皇

仁王会は、仁王般若波羅密教の教説に依拠して行う法会で、護国品の中に国乱れ賊が国を破ろうとした時、百の仏や菩薩を勧請し百法師を招き、百高座を設けてこの経典を講ずれば、鬼神がその国土を護るという説に基づき、国難を排除する修法として行われた。さらに受持品には国王が三宝（仏法僧）を護持することで、護国の功徳を得られると説いているため、仁王経は護国経典として重視され、仁王会は宮中や諸寺で行われた。天皇が即位して大嘗祭を経た後で行われる一代一講の仁王会と臨時に行われるそれとがあり、[*2]『源氏物語』の例は後者にあたる。都で続く雷雨が尋常ではなく、かつ「あやしき物のさとし」とされ、それを朱雀帝が国難と判断したことがここから分かる。問題は、歴代の天皇が何を国難と判断して仁王会を行い、それと比較して朱雀帝の判断にどのような特徴を見いだせるのかである。以下、歴代天皇の仁王会開催の様相を概観してみたい。

仁王会は、斉明天皇六（六六〇）年の五月に勅を奉じて百の高座を設け、百の衲袈裟を造って仁王経の会を設けたのを嚆矢とする。この時の開催理由は記されていないが、このころ朝鮮半島が緊張し、この後に新羅が百済を攻め、日本から百済に援軍を送っていることから、朝鮮半島情勢の緊迫化との関わりが指摘されている。[*3]この後の天武天皇五（六七六）年十一月二十日の例と、持統天皇七（六九三）年十月二十三日の例も、朝鮮半島からの使者の来訪との関係が示唆されており、これらの仁王会は天皇主導で行った仏教的な国威発揚儀礼であった可能性が高い。[*4]日本における仁王会は、対外的な政治的・軍事的示威行動として始まったことが分かる。これが聖武天皇御代に至り、国内的な危機と関わってくる。聖武が行った仁王会は三度ある。一度目は神亀六（七二九）年六月一日で、同年二月に長屋王事件があり、四月に魘魅呪詛する者を処罰する旨の詔を出していることから、長屋王事件からの脱却と混乱した政情を祓う目的で行ったと考えられる。この後に天平と改元し、光明子の立后を果たしている。二度目は天平十八（七四六）年三月十五日で、その時の詔に、

　三宝を興隆するは国家の福田にして、万民を撫育するは先王の茂典なり。是を以て皇基永く固く、宝胤長く承ぎ、天下安寧にして、黎元に利益あらしめむが為に、仍、仁王般若経を講かむ。[*5]

とあることから、天下安寧と黎元利益を祈願したことが分かる。黎元利益とは民に恵みがあること、すなわち豊作を意味する。これより先、同十七（七四五）年末には天皇の不豫が続き、年明けからは地震が頻発していた。三月に河内国古市から瑞祥である白亀が献上されたことを喜ぶ詔が出され、その続きとしてこの仁王会が行われている。ここから見て、生命の危機を克服した聖武が瑞祥の出現を演出することで帝の威徳と王権の安寧と治世の安定を表現し、帝自身の手で自覚的・目的意識的にそれを祈念して仁王会を行ったと考えられる。[*6] 三度目は同十九（七四七）年五月十五日で、この年は炎旱のため凶作となり、租税を免除する詔が七月七日に出ていることから、天変（炎旱）を天皇の不徳と認め、これを祓うために行ったと考えられる。これらから分かるように仁王会は、何らかの事件の後の混乱した状況を祓い、事態を鎮静化させる場合、事前に厄を祓い安寧を祈願する場合、そして天変などの現前の災異を祓う場合がある。さらに、次の孝謙天皇になると、即位後の大嘗祭を行った後、天皇の御代の安泰を願って行われる仁王会（一代一講仁王会）が加わることになる。これは先の三つの場合でいえば、事前の不祥禳除を祈願する場合に含まれよう。以上のように、聖武以降、仁王会は大きく三つが根拠となって行われた。平安時代に入ると、その内実がさらに細分化し、それに伴い実施回数も飛躍的に増えていく。奈良時代では聖武の三回、孝謙の四回は比較的多い方で、

淳仁・称徳・光仁の各御代は一回だけである。桓武も延暦十三（七九四）年九月二十九日、平安京に遷都する直前に新京にて行った一回だけである。平安時代に入ってからは、平城と嵯峨が二回、淳和も一回だったが、仁明は七回に増え[*7]、文徳が三回、清和が五回、陽成が二回、光孝が一回、宇多が六回とやや増えた後、醍醐が三十回、朱雀が十八回、村上が四十回、冷泉が一回、円融が二十四回、花山が二回、一条が六十二回と、醍醐以降飛躍的に実施回数が増える。それは毎年春に恒例で行い、加えて疫癘の流行や炎旱や怪異などを理由に年に複数回実施するようになるためである。聖武から一条までで、仁王会の開催理由毎に分類して天皇と回数を記すと以下のようになる。天皇名の下の数字は目的が明確に記されている場合の数を表す。ただし、目的が明記されない場合も多いため、前後の文脈から判断される場合の数は〈〉の中に数字を入れ、不明のものについては表に入れていない。なお、一回の仁王会に複数の願を立てている場合は、それぞれ別の項目として数えている[*8]。

（一）**事後の不祥禳除**

聖武〈1〉（長屋王の変）、孝謙〈1〉（橘奈良麻呂の乱）、光仁〈1〉（井上廃后・他戸廃太子）、清和1〈1〉（応天門の変・大極殿火災）、村上〈1〉（内裏火災）、円融〈2〉（内裏火災）、一条〈2〉（内裏火災）

（二）**事前の不祥禳除**

①一代一講…孝謙1、嵯峨1、仁明1、文徳1、清和1、陽成1、光孝1、宇多1、醍醐1、朱雀1、村上1、冷泉1、円融1、花山1、一条1

②天下安寧…聖武1、平城1、仁明1、清和1、宇多1、村上〈1〉

③年穀…聖武1、清和1、宇多2、醍醐1〈1〉、村上4、円融〈2〉、一条〈5〉

④遷都…桓武〈1〉
⑤新造内裏厄除…村上1〈1〉、円融〈2〉、一条1〈2〉
⑥翌年が戊子…清和1
⑦厄年…朱雀1
⑧三合厄…醍醐〈1〉、朱雀1、村上1、円融1〈2〉、一条〈1〉
⑨息災…宇多1、朱雀1

（三）現前の災異禳除

①疫癘…平城1、淳和〈1〉、仁明1、清和1、宇多2、醍醐11〈3〉、村上6〈3〉、円融〈1〉、一条8〈3〉
②炎旱…聖武〈1〉、嵯峨1、仁明1〈1〉、陽成2、醍醐1〈3〉、朱雀2、村上6〈2〉、円融〈1〉、一条5〈3〉
③水旱・霖雨…宇多1、一条〈2〉
④風災…一条〈1〉
⑤神霊池枯渇…淳和〈1〉
⑥異常気象…醍醐1
⑦天変…村上4〈4〉、円融1〈1〉、一条〈2〉
⑧日蝕…円融1
⑨雷…孝謙〈1〉
⑩彗星・流星…宇多1、醍醐〈1〉、一条〈2〉
⑪地震…朱雀2〈2〉、村上1、円融〈2〉、一条〈1〉

⑫怪異・物の怪…仁明3、文徳〈1〉、宇多2、朱雀2、村上4〈4〉、円融1、一条2〈1〉

⑬妖言…村上1

⑭物忌…円融1

⑮俘囚反乱・凶賊排除…宇多〈1〉、朱雀6〈3〉

⑯厄運…朱雀〈1〉

⑰死人穢…村上1、一条1

⑱不豫…孝謙〈1〉（光明子不豫）、淳仁〈1〉（光明子不豫）、村上1（村上疱瘡）、円融〈1〉（円融不豫）、一条3〈4〉（一条不豫1〈2〉、円融院不豫1、太皇太后昌子不豫〈1〉、東三条院詮子不豫1〈1〉）

⑲息災延命…村上1〈1〉

右の表で明らかなように、臨時の仁王会で回数が多いのは、疫癘（疫病の流行）と炎旱（旱魃）である。いずれも民衆に一番影響を及ぼす事柄であり、国難と判断するに相応しい。これに続くのが怪異（物の怪）である。

天皇毎に見ると、その天皇が置かれた状況が浮き彫りになる。例えば、平安時代の初期で一番多かった仁明は、全部で七回行った仁王会のうち約半分が「恠異」――所謂宮中での怪異現象を根拠とする。これは『源氏物語』の朱雀帝と弘徽殿大后が物の怪に悩む文脈と重なるので、後述する。次に多かった清和は、貞観八（八六六）年の応天門の火災の後、その災変を消すために大般若経転読や四王秘法を行うが、亀卜の結果は猶火気が残るとされ、さらに若狭国から印公文を納める庫と兵庫が鳴るとの知らせを、陰陽寮が「兵乱天行くの災あり」と占ったため、応天門火災の余殃を消す目的で仁王会を行っている。その年はさらに炎旱にも悩まされ、怪異現象もしばしば起こったため、同九（八六七）年正月には疫癘を憂うとして仁王会と鬼気祭を修し、同年十一月には翌年が戊子で水旱疾疫の年であるため、それを祓うために仁王会を行った。このように清和は応天門の変の後の貞観八・九年ごろに難局にあったことが了解される。また、六回仁王会を行った宇多は、在位期間の後半に集中している。寛平五（八九三）年正月のは「恠異」が原因とあり、[*9]閏五月のは「依祓疫癘之難也」とある。[*10]この前後、天変がしきりにあり、五月に新羅の賊が肥後や肥前国を侵略してきて、閏五月には出羽の俘囚が反乱を起こすなど、怪異や疫癘、東西の兵乱などさまざまな難題が天皇を襲っている。さらに寛平七（八九五）年には、諸国（太宰・摂津）とともに都でも鷺の集合や流星、禁中怪異などの天変地妖がしきりに起こり、同八（八九六）年には水旱兵疫の災によって百官の俸禄が支給できない事態に陥り、さらに太宰府に発生した病気が同九（八九七）年には都にまで及んできた。こうした状況から宇多は仁王会を繰り返し行うのである。そして、この後を引き継いだ醍醐の御代は、それまでとは比べられないほど仁王会の開催回数が増える。在位の最初の一時期を除き、延喜二（九〇二）年以降はほぼ毎年の行事となっただけでなく、一年に複数回実施することも度々あった。それだけ醍醐の御代は疫癘の流行と炎旱が多かったのであり、その背景には菅原道真の祟りが重なって理解されていたことも見逃せない。次の朱雀の御代の特徴は、承平六（九三六）年から天慶四（九四一）年までの間に十三回もの仁王会を集中して行ったことである。言うまでもなく、これは平将門と藤原純友の承平天慶の乱に関わってのことで、朱雀の御代の国難が主にそれであったことを表している。次の村上もまた開催回数が多い。村上の御代は即位して一代一講の仁王会を行った天暦元（九四七）年に天変や物の怪、妖言や疫癘などが相次いだ上に、八月には上皇朱雀と村上自身が疱瘡に罹患する事態となった。天暦二（九四八）年は炎旱に悩まされ、同三（九四九）年にも天変や炎旱、疫癘等があり、天暦元年から三年までのたった三年間に、実に十三回もの仁王会を行っている。村上の御代が如何に多難な出だしであったかが分かる。天暦四（九五〇）年から同十（九五六）年までは比較的平穏であったものの、天暦十一（九五七）年から応和三（九六三）年までは毎年複数回の実施があり、特に天徳四（九六〇）年の内裏火災の後は、応和元（九六一）年が辛酉革命の年であったこともあり、仁王会を頻繁に催している。春に行う仁王会は、醍醐の御代にもしばしば行われていたが、村上の天暦十一年ごろから二月開催が恒例化し、年穀を祈るとともに天皇の息災を祈願するようになる。円融の御代も開催回数が多い。ただし、このころには二月か三月の春の仁王会はすでに恒例化し、天禄四（九七三）年から貞元二（九七七）年までの間で、地震や疱瘡、三合厄、日蝕、内裏火災を理由として年に複数回実施している。あとは永観二（九八四）年が三合厄の年で、年に四度も行っている。『源氏物語』が作られた一条の御代も開催回数が多い。仁王会がなかったのが長徳二（九九六）年のみで、正暦二（九九一）年と長徳三（九九七）年だけが年に一度の開催で、あとは毎年複数回実施している。特に長徳年間以降は二～三月の春と、七～九月の秋の二度恒例で行われるようになる。一条の御代の特徴は、多くが厄除けのような形で予防的に仁王会を行った点と、正暦元（九九〇）年の円融院不豫や長徳四（九九八）年の東三条院御悩、寛弘八（一〇一一）年の聖体不豫など、天皇・上皇の病気・危篤と関わって複数回行った点であろう。

このように見てくると、もともと仁王会は天皇にとっての一番の国難と思われる内容と関わって、在位時代に一回ないし数回行われるだけの法会であったが、醍醐以降に急激に増え、村上・円融・一条に至ると半ば年中行事化していく傾向が見える。しかも、危機を鎮める法会から危機を予防する法会へと徐々にその性格を変えていった。一年に複数回実施されていた一条の御代にあっては、人々にとってなじみのある法会であったと言えよう。しかし、『源氏物語』の朱雀帝が行う仁王会は、決して年中行事化したそれではなく、都での雷が尋常ではなく「物のさとし」と認識され、帝と母后が物の怪に祟られるなど、国難と判断して行われた臨時の仁王会——言い換えれば、聖武から醍醐や朱雀天皇御代に至る時代の、現前の災異を祓うために行われた仁王会と見るべきである。次節以降では、朱雀帝に現れた天変の「雷」と「物の怪」のそれぞれについて、歴史上の場合と比較し、朱雀帝御代の場合の特徴を位置付けてみたい。

3　雷と天皇

ここでは、天変のうち特に「雷」を中心とした天変が、天皇をどのように追いつめたのかを史書を手がかりに見てみたい。天変が天皇の不徳を譴責するとする天譴思想は、夙に元正の詔に見え、[*11]聖武の詔にもしばしば現れる。しかし、それを「雷」と結びつけて天のさとしと理解した例は、思ったほど多くない。その可能性があるものも含めて史料から拾い得たのは、孝謙、光仁、仁明、文徳、清和、醍醐の例ぐらいであろうか。各例を見ていくと、天変の中の「雷」がどのような位置にあるのかが見えてくる。

孝謙の例は、『続日本紀』天平勝宝八（七五六）歳の記録にある。五月二日に聖武太上天皇が崩御した後、同年十一月十七日には新嘗祭が諒闇のため廃されたことが記されている。それに続く十二月一日には「去にし月より雷なること六日なり」として十一月から六回雷が鳴ったことが記され、十二月五日に東大寺で百人の僧を招き仁王会が行われている。時系列で並べた場合に、雷と仁王会との間に何らかの因果関係を連想させるが、開催事由が明確に雷と記されているわけではないので、決定を見ない。ただし、仁王会の後の同月十六日に京中の孤児に食料と衣類を与え養うべしとの恩勅を出した記録があることからして、孝謙が雷を何らかの天譴と理解し、仁王会を行うとともに天皇の徳を示したと言えるであろう。そうすると、これが雷を天譴と見做して行った仁王会の最初の例ということになる。

光仁の例は、宝亀十一（七八〇）年正月十四日に大きな雷があり、落雷で京の数箇所で火災が起った時のことである。新薬師寺の西塔や葛城寺の塔と金堂が皆焼けたのを受けて、同月十九日に大赦をし、二十日の詔に「この頃、天が咎を告げ知らせて、火災が寺に集中していることについて、自らの不徳として受け入れるが、仏門の者達も心に恥じることがないか」と僧綱に粛正を語りかけている。この時には仁王会の開催に至っていないが、雷を天の咎と明確に受け取った例として注意しておきたい。

仁明の例は、正確には雷ではなく雷鳴の例である。承和九（八四二）年十一月二十一日と十二月十五日に、いずれも南西の方角から雷鳴の音が響いたとする記録がある。[*12] この雷鳴は地震かとも考えられるが、これを受けて仁明は同年十二月二十日、詔して神宝を楯列山陵（神功皇后陵）に献じて、国家の平安を祈っている。承和九年は、七月に承和の変が起こった年であり、恒貞の廃太子と道康の立太子を柏原山陵（桓武天皇陵）に報告した後、十一月一日には聖体不豫となり、同月十四日には地震が起こっている。この文脈の後に、先の雷鳴の記述と詔が続き、翌承和十（八四三）年正月八日には、二月から九月に至るまで八日毎に仁王経を講ずるよう命じている。八ヶ月にも渉って仁王経を講ぜしめることの中に、仁明が如何に承和の変の後の祟りを畏れ、疫気が出ないようにしたかが分かる例であろう。仁明の畏れは、後述する怪異（物の怪）の例と併せて、示唆的である。

文徳の例は、雷だけでなく、地震や雹などのさまざまな天変と関わっている。天安元（八五七）年四月十五日に仁王会を行った後、五月は霖雨となり、六月十一日と七月四・十五日に雷雨の記録があるだけでなく、雷のような音が南東の方角から（七月四・六日）と北西から（七月六・八日）響くとあり、地震も七月八日と二十四日にあるなど集中的に天変が起こっている。[*13] 天安二（八五八）年二月十五日に仁王会を行った後もそれは続き、文徳はこれを仁明の祟りと判断して深草山陵に使を出して宣命にて陳謝する。[*14] しかし天変は止まず、雷や雹、大雨の記録が続く。六月に入ると、雷雨に加え地震、流星、洪水、大風が起こり、[*15] 八月に文徳はとうとう崩御してしまうのである。天安元年から二年にかけての天変を国難と判断して仁王会を行うが天変は止まず、さらに追い込まれて死に至ってしまった。ここで注目したいのは、天からの咎めに文徳は仁明の祟りを重ねて理解していることである。

次の清和は、貞観十五（八七三）年四月二十七日および五月三日に雷があった際に雹が降り、神祇官陰陽寮が占ったところ賀茂・松尾社の祟りと出て、奉幣する記事がある。[*16]

そして、雷と天皇との関わりで一番印象的なのが醍醐である。醍醐の御代は即位する前の宇多のころから疫癘が流行し、寛平十・昌泰元（九八八）年に二度仁王会を行っていることから、即位二年目にして既に難しい局面にあったことが窺える。醍醐は最初これを桓武天皇夫人藤原吉子の祟りと判断したようである。[*17] そして、昌泰四（九〇一）年正月に菅原道真を左遷させ、配所で道真が薨去して以降、今度は道真の祟りを畏れ続けることになる。当初はそれを殊更「雷」と関連づけて認識している節はない。しかし、藤原時平一族の早世や皇太子保明の死などは明らかに道真の祟りと関連づけられている。その表れが保明が薨去した年の延喜二十三（九二三）年四月二十日、菅原道真に右大臣正二位を贈り本位に復すとしたことであろう。しかし、その後も炎旱や疫癘は止まらず、醍醐は仁王会や各種の修法を行うが、延長八（九三〇）年六月二十六日、天皇の御在所の清涼殿に落雷したのがきっかけとなって病に伏し、崩御に至ってしまうのである。[*18] 醍醐はまさに落雷によって命を落したと言って良く、たった一度の雷で雷神菅原道真とそれに祟られる醍醐という関係が作り上げられるのである。

以上に見るように、天皇にとって雷は天のさとし（天譴）の一つと認識されたが、天変全体の中で、天皇を追いつめるにまで至る例は決して多くない。加えて、光仁の例を除くと、天皇がそれを天のさとしとしながら、具体的に誰か（何か）の祟りと認識している点が見逃せない。加えて、雷が直接に仁王会の開催を導いた例はほとんどなく、唯一孝謙の例にその可能性があるだけである。『源氏物語』のように雷を根拠として仁王会を行うのは、歴史的に見てかなり異例と言えよう。加えて、雷が天変として天皇を追いつめた例としては、醍醐の例が一番印象的であって、朱雀帝が雷を畏れる文脈の中に、落雷によって死に至った醍醐の例が一方で見据えられていることは間違いない。須磨の地で光源氏のいる建物の続きの廊に落雷した記述を読んだ読者にとっては、その雷が都では仁王会を予定するほど帝を追いつめているとする文脈の中に、朱雀帝が醍醐と同じ運命を辿る可能性を読むのは極めて自然である。*19 朱雀帝はこうした文脈の中で対応を迫られると言って良い。

4　怪異・祟りと天皇

次に、帝や宮中に現れる「怪異（物の怪）」と「祟り」について考えてみる。仁王会を行うに至るような天変の中で、物の怪が天皇を襲う場合や宮中に怪異が現れる場合、天皇はそれを天のさとしと認識するとともに何の祟りと考えたのか。史書に表れた例を確認してみたい。これを検討することで、朱雀帝に祟った物の怪を当時の人が何の祟りと想定し得たのかを知る手がかりとなろう。

平安時代の天皇で祟りに苦しむと言えば、桓武が弟早良の祟りを畏れ続けたことは有名である。しかし、史書はそれを怪異（物の怪）とは記していない。史書には皇太子安殿の病気や凶作の原因として記すのみである。また平城が大同三（八〇八）年に行った仁王会は疫癘のためとあるが、[*20] その疫癘は前年（大同二（八〇七）年十一月十二日）に薬を仰いで死んだ伊予親王・藤原吉子の祟りと考えた可能性がある。嵯峨では不豫の際に母藤原乙牟漏の祟りと記す例がある。[*21] しかし、これらも怪異とは記していない。天皇の周辺に物の怪が現れることが史書に記録されるようになるのは、淳和からである。『類聚国史』陰陽寮には天長八（八三一）年二月二日に物の怪を占った記事があり、『日本紀略』同年六月二十日には内裏で怪異があり、使を遣わして柏原山陵（桓武）と石作山陵（高志内親王）にそれを報告している記事がある。そして、六月二十六日には、物の怪を防ぐため、二十二人の僧を柏原・石作山陵の二手に分け、読経をさせている。高志内親王（父桓武、母皇后藤原乙牟漏）は淳和の元妻で、彼が東宮になる前に亡くなっている。ここから分かることは、淳和にとって父桓武と元妻高志が守護霊的存在であるとともに、その祟りを畏れる対象でもあることだ。淳和はこれ以外にも例えば、天長五（八二八）年七月に大地震があった際にも父桓武に祈請している。[*22] 兄の嵯峨は弘仁九（八一八）年の炎旱の際に自らの不徳を詔で述べ、四月二十六日に柏原山陵に使を遣わして雨を祈り、二十七日に仁王会を行っている。同じ兄弟でも、嵯峨は危機に瀕して父桓武に救いを求めているのに対し、弟淳和は桓武と高志を頼るとともにその祟りを畏れてもいる。その理由は不明ながら、桓武が寵愛した高志内親王腹の恒世親王の立太子を辞退したことなど、淳和の行動に、何か二人の意思に背く行為があったためとも考えられようか。なお検討が必要である。

宮中での怪異が頻繁に記録され、それを根拠として仁王会を行ったのは仁明である。仁明の御代に宮中に怪異があった記録が承和三（八三五）年以降同十四（八四七）年ごろまでほぼ毎年のようにある。[*23] その中で特徴的なのが、承和五（八三八）年と同七（八四〇）年の記事で、宮中での怪異を桓武の祟りと判断し、同五年七月十一日に柏原山陵で祈祷をさせるとともに七月二十五日には紫宸殿で怪異を祓うために仁王会を行っている。さらに、同七年六月五日の怪異の際にも桓武の祟りとされ、藤原愛発を派遣して祈祷し、六月七日に宮中で仁王会を行うのである。これ以外にも出羽国飽海郡大物忌の神の祟り（承和七年七月二十六日）、疫神の祟り（承和九年五月二十七日）なども記録され、仁明が特に祖父桓武の祟りを畏れ続けたことは注目に値する。淳和が桓武と高志を畏れたその続きとして仁明の畏れがあることを思うと、前節の雷の例と併せて、淳和皇統の存続にこそ桓武の意思があり、仁明は自らが皇位にあることおよび淳和皇統を断絶させたことへの祟りを畏れ続けた可能性が考えられる。先述した承和の変の後に、八日毎に八ヶ月に渉って仁王会を行い続けたことは、祟りを畏れ続けた仁明の思いを表しているのであろう。

次の文徳は前節で述べたように晩年にさまざまな天変に祟られた記録が残るが、宮中怪異の例はない。ただし、先述した通り文徳は天からの咎めを仁明の祟りと重ねて理解していたことは注目して良い。清和は貞観十五年十月六日の記事に日頃物の怪があるとの記載があり、それは前節の雷の祟りの主とされた賀茂・松尾社に加え、平野・大原野社にも奉幣して祟りを収めようとしている例で、祖霊を畏れる文脈は現れない。陽成・光孝には怪異に関する記述はほとんどなく、[*24] 宇多には怪異の記録があるが詳細は不明である。祟りの例では陽成の貞観十九・元慶元（八七七）年の炎旱の際、楯列山陵（神功皇后）の祟りとする記事があり、[*25] 光孝には仁和二（八八六）年五月二十四日に起こった伊豆新島の噴火を、陰陽寮が「鬼気の霊忿怒して祟りを成す」と占った例がある。[*26] 醍醐は昌泰四年五月二十四日に鳩の怪があるのみで、特に天変と関わって宮中怪異が語られることはない。

宮中怪異の記事が仁明と並んで多いのは、朱雀と村上である。ただし、朱雀と村上が仁明と違うのは、それを誰か（何か）の祟りとする例が減り、神への奉幣や各種修法、仁王会の開催など神や仏に救いを求める傾向が強まる点である。朱雀は、伊勢神宮やその他の名神に奉幣し[*27]、譲位する年に怪異を理由に延暦寺僧に仁王会を行わせている。村上は、即位当初の天暦元年から同三（九四九）年までの間で怪異の記録が頻出してその間に二度と、応和二（九六二）年に一度の計三度怪異を理由に仁王会を行っているが、いずれも怪異の詳細は不明である。一方、天変を祟りのためとする例は二例あり、天暦三年の六月二十一日、陰陽寮が炎旱を占ったところ、柏原山陵と深草山陵（仁明）の祟りとト し実検した例と、応和二年六月十八日の仁王会の前日には霖雨を田邑山陵（文徳）の祟りとして使を発遣した例がある。これで見ると、村上は光孝以前の嵯峨系の天皇――陽成で途絶えてしまった系譜の天皇の祟りにあっていることになる。村上は、天暦二年五月十一日に炎旱に際して天智・桓武・仁明・光孝・醍醐の各山陵に雨を祈っていることから、直系に連なる祖霊に庇護を求めていることが分かる。冷泉の狂気は藤原元方の祟りと言われ、円融の怪異は詳細が不明、花山に怪異の記述はない。一条は眼病の際に妙見の祟りとする記事がある[*28]。

次に、怪異以外で、天変や疫癘が誰かの祟りとされた例では、清和の御代の貞観五（八六三）年五月二十日に行われた御霊会がある。これは疫癘の根拠を崇道（早良）・伊予・藤原吉子・橘逸勢・文室宮田麻呂等に求め、その魂を鎮撫した法会である。醍醐は菅原道真の怨霊に怯え、一条は長保三（一〇〇一）年の疫癘の際に、崇道の祟りとする例がある[*29]。

このように宮中怪異および祟りの例の記録を辿ると、宮中での祟りの構図がおおよそ見えて来る。具体的に誰かの霊の祟りとあるのは、桓武にとっての弟早良、平城にとっての弟伊予とその母藤原吉子、嵯峨にとっての母藤原乙牟漏、淳和にとっての父桓武や元妻高志、仁明にとって祖父桓武、文徳にとっての父仁明、清和にとっての崇道・伊予・藤原吉子・橘逸勢・文室宮田麻呂等の御霊、仁明と陽成にとっての神功皇后、醍醐にとっての藤原吉子や菅原道真、村上にとっての桓武や仁明や文徳、冷泉にとっての藤原元方、一条にとっての崇道などである。これらは大きく二つに分けられる。すなわち、宮廷に怨霊となって祟った人々と、何らかの理由によって祟りをなすに至った天皇の祖霊や近親者の霊である。祟られる原因は現帝の行為にこそあり、それによってそれらの霊が呼び起こされる。朱雀帝と大后が物の怪に祟られる文脈には、これら過去の天皇の例が重なるのであり、物語は父桐壺院の霊夢によって、父の遺志に背いたことに焦点化するのである。それは明確に桐壺院が怨霊となっていることを意味する。

5　朱雀帝の行動原理――むすびにかえて

このように見てくると、『源氏物語』朱雀帝御代の天変の内実が見えてくる。「雷」を何らかの祟りとして認識すること自体は珍しいことではないが、仁王会を行うに至るような天変ではないことは先に見た。仁王会が行われる天変としては、圧倒的に疫癘や炎旱が多く、炎旱の場合、雷はむしろ恵みの雨だった。それを「あやしき物のさとし」と認識するのは、その雷が尋常ではなかったことの証左であり、そこに醍醐の例と重なる契機がある。歴代天皇の中には、天変によって追いつめられ、死に至るケースもあった。[*30] ほとんどの場合、天皇はそれの救いを神や仏、そして祖霊の護りに求めたのである。加えて天変は、天譴であるとともに、宮廷に祟りなす人々の怨霊や祖霊の祟りとしても認識される場合がいくつもあり、祖霊の場合は祖霊の遺志に背く何らかの理由があったものと思われる。『源氏物語』では、それを朱雀帝が桐壺院の遺言に違反したこととして語っているのである。自らの眼病と祖父太政大臣の死、そして母后の病気と続くに及んで、朱雀は過去の天皇が天変によって死に至った場合を思わずにはいられなかったであろう。第一節に引いた本文Bに「なほこの源氏の君、まことに犯しなきにてかく沈むならば、かならずこの報いありなんとなむおぼえはべる。今はなほもとの位をも賜ひてむ」（明石②二五二頁）と語る中には、大宰権帥として配流先で亡くなった菅原道真を元の位に復したものの、その後落雷によって命を落とした醍醐天皇の例が念頭にあることは間違いない。さらに、Cにあるように、仁王会を行っても物の怪は変わらず、「さまざまの物のさとししきり騒がしき」状態だったというのは、文徳が天安二年の仁王会開催後も怪異が続き、雷も止まず、さらに地震や流星、大風まで加わって追いつめられ、死に至ったことが想起されるのである。Bの場面で「かならずこの報いありなん」と必ずやこれの報いがあるとし、Cで重ねて京都へ呼び戻す宣旨を出したのは、朱雀がさらなる状況の悪化を予想するからであり、それは紛れもなく自らの死以外にはない。

このように、朱雀帝が光源氏を召還する行動に出る背景には、歴代天皇の天変に対する畏れが重なっており、父院の遺志に背いたことが自らの死を招くと確信したからであろう。須磨巻には光源氏に菅原道真が重なって語られ、[*31] さらに「雷」の出現により、光源氏の配所での死と怨霊化、朱雀帝の落雷による崩御は、ありうべき可能態として孕まれる。その実現と一刻を争うように朱雀帝は光源氏召還へと向かうのである。

注

＊1　『源氏物語』本文の引用は、小学館刊新編日本古典文学全集により、巻名・巻数・頁数を記した。

＊2　歴史学では仁王会についての研究史が積み重ねられている。難波俊成「わが国における仁王経受容過程の一考察―その一・その二―」（「元興寺仏教民俗資料研究所年報一九七二」昭和48（一九七三）年3月「同一九七三」昭和49（一九七四）年3月））、堀一郎「仁王会」「一代一講仁王会」（『上代日本仏教文化史』昭和50（一九七五）年）、滝川政次郎「践祚仁王会考（上）（下）」（「古代文化」第40巻第11号・第41巻第1号　昭和63（一九八八）年11月、平成元（一九八九）年1月）、佐々木宗雄「王朝国家期の仏事について」（『日本王朝国家論』所収　名著出版　平成6（一九九四）年）、垣内和孝「一代一度仁王会の再検討」（「仏教史学研究」第40巻第1号　平成9（一九九七）年9月）、中林隆之「護国法会の史的展開」（「ヒストリア」第145号　平成6（一九九四）年12月）・「日本古代の仁王会」（『日本古代国家の仏教編成』所収　塙書房　平成19（二〇〇七）年）など。平安時代中期から後期については野田有紀子「平安中後期の仁王会と儀式空間」（「工学院大学共通課程研究論叢」第43―(2)号　平成18（二〇〇六）年2月）があり、一条朝の仁王会については石埜敬子・加藤静子・中嶋朋恵「御堂関白記注釈ノート〔七〕―仁王会・御物忌・大臣退出・多武峰と藤原統理―」（「国文学　言語と文芸」100号　昭和61（一九八六）年12月）に詳しい開催記録がある。

＊3　中林隆之「日本古代の仁王会」＊2に同じ

＊4　中林隆之「日本古代の仁王会」＊2に同じ

＊5　『続日本紀』の訓読は、岩波書店刊新日本古典文学大系による。

＊6　中林隆之「日本古代の仁王会」＊2に同じ

＊7　『続日本後紀』承和十年正月八日の記事によると、この年に行われた仁王会は、二月から九月まで八ヶ月間に渉り八日毎に行うように命じたことから推して、総計約三十回ほど行われたことになるが、正確な実施回数が分からないため、正月八日に仁王会開催の勅命を出したことを以て一回と数えた。よって実際の実施回数はもっと多い。

＊8　仁王会という表記でなくとも、仁王経を読経（講説・転読）している法会は基本的に仁王会として数えた。ただし、

季御読経でいくつか読経した中で仁王経を読経している場合は省いている。二月ないし三月開催の仁王会はその年の年穀を祈る場合と考えるが、開催理由をそれと明示していないので、不明とした。「年穀」に分類しているのは、年穀を祈ることを明示している例の数である。天変の内実が明確な場合は炎旱などと分類しているが、史書にただ「天変」とだけ記している場合は「天変」に分類している。なお、前後の文脈から理由を推測した例については、史料を読み誤っている可能性がある。あくまで目安と考えて欲しい。

＊9 『日本紀略』寛平五年正月十一日条
＊10 『日本紀略』寛平五年閏五月十八日条
＊11 『続日本紀』元正天皇養老五年二月十七日詔に「王者の政令は事に便あらずは、天地譴め責めて咎の徴を示すときく」とある。
＊12 『続日本後紀』承和九年十一月二十一日・十二月十五日条
＊13 『日本文徳天皇実録』天安元年五月二十日〜七月二十四日条
＊14 『日本文徳天皇実録』天安二年三月十二日条
＊15 『日本文徳天皇実録』天安二年六月三日〜二十一日条
＊16 『日本三代実録』貞観十五年五月五日条・『日本紀略』貞観十五年五月九日条
＊17 『日本紀略』昌泰元年六月二十二日条・『扶桑略記』巻第二十三「裡書」寛平十（昌泰元）年六月二十二日条
＊18 『日本紀略』延長八年六月二十六日〜九月二十九日条
＊19 朱雀帝に醍醐の姿を読んだ説としては、後藤祥子「帝都召還の論理―「明石」巻と菅公説話」（『源氏物語の史的空間』所収　東京大学出版会　昭和61（一九八六）年）・「源氏物語の朱雀院」（『源氏物語の始発―桐壺巻論集』所収　竹林舎　平成18（二〇〇六）年）がある。
＊20 『日本紀略』大同三年三月一日条
＊21 『日本紀略』大同五年七月十八日条

＊22　『日本紀略』天長五年八月十八日条
＊23　正確には承和十三年を除く毎年
＊24　怪異ではないが、『日本三代実録』は天慶八（八八四）年正月四日の雷、二十三日の白虹、二十四日の太陽の様子など、陽成の退位に至る経緯を天変と関連させて記している。
＊25　『日本三代実録』元慶元年七月三日条
＊26　『日本三代実録』仁和二年八月四日条
＊27　『貞信公記』承平元年九月十二日条、『扶桑略記』巻二十五裡書「承平三年七月十一日」条、『西宮記』巻十一「十二月」承平七年十二月十三日条
＊28　『権記』長保元年十二月八日条
＊29　『権記』長保三年三月十八日条
＊30　文徳や醍醐の他にも、光孝は仁和三（八八七）年七月三十日の南海大地震の後、地震が頻発し、それにより追いつめられ八月二十六日に崩御している。光孝もまた天変によって死に至った例といえる。
＊31　今井源衛「菅公と源氏物語」・「菅公の故事と源氏物語古注」（『紫林照径――源氏物語の新研究』所収　角川書店　昭和54（一九七九）年）、後藤祥子「帝都召還の論理――「明石」巻と菅公説話」（注19）に同じ、土方洋一「源氏物語の言語の構造――テクスト論の視座から――」（『源氏物語のテクスト生成論』所収　笠間書院　平成12（二〇〇〇）年）、拙稿「須磨の〈月〉と菅原道真」（『源氏物語の准拠と系譜』所収　翰林書房　平成16（二〇〇四）年）など。

「薄雲」巻の天変と天文密奏

―冷泉帝の対応と「源氏物語」の独自性―

藤本勝義

はじめに

源氏物語の天変地異に関しては、周知のように、特に須磨・明石巻の暴風雨や、薄雲巻の日・月・星・雲などの異変が、物語展開に大きな影響を与える点で問題を投げかけてきた。前者と後者は似ているがかなり大きな違いがある。前者に関しては、天変地異と言っても、彗星、流星などではなく暴風雨に終始しており、特に激しい雷雨の表現を通して、雷神とされる菅公説話を下敷きにすることによって、都への光源氏召還を促すという展開が古注以来指摘されており、拙稿でも論じたことがある。[*1] 後者の薄雲巻の天変については、前者とかなり趣が異なっており、天象の様々な異常な状況が提示されており、準拠とする具体的な記録がこれも古くからあげられており、私も、村上天皇の康保二年（九六五）の一月～二月の状況、すなわち「日本紀略」一月十五日条の「月食皆既」、二月一日の「日食」、二月七日の「客星」（主に彗星）や、「河海抄」があげる一月五日の異状な「白雲」などが、薄雲巻の天変にぴったりであると述べた。[*2] おまけに薄雲巻で亡くなった太政大臣同様に高齢の、右大臣兼左大将・藤原顕忠が四月二四日に薨去（「日本紀略」）しているのである。にしても、ともに物語の大きな節目にあり、重大な物語要素を導き出している。

これらの天変地異に関しては、例えば浅尾広良氏[*3]は、特に明石巻と薄雲巻の場面を比較して、共通点と相違点を指摘している。どちらにも天変と関わって「もののさとし」があり、いずれも朝廷もしくは天皇にとっての何らかの前兆・啓示と捉えられるとする。さらに、「栄花物語」や「大鏡」に出てくる「もののさとし」等の分析から、天皇に関わる「天変」「もののさとし」が御代替わりの天の啓示として理解する見方があったとする。これを薄雲巻に敷延した場合、天下大乱と冷泉帝の退位、さらに崩御にまで追い込んでいく文脈として理解することが可能と見ている。一方、田中隆昭氏[*4]は、薄雲巻の天変について、藤村潔氏[*5]の説を引いて、「日本紀略」永延三年（九八九）六月一日条の天変地異のため、永祚と改元された彗星出現等の史実が投影しているとしつつも、「史記」の天変の記録と薄雲巻との関連を重視され、薄雲巻に限らぬ源氏物語との構造的関連の指摘をされている。

天変地異の受け取り方については多くの場合、基本的には凶兆と見られ、古く中国の書物にその様が記されている。日本の平安時代も、それらの影響もあってか、頻繁に起きる天変地異と天皇の病気・崩御や兵乱、疫病流行、飢饉等を結びつける考え方が一般化していたと言ってよい。ただし、それらの資料的な裏付けはそれほど十分になされているわけではない。本稿は、その裏付けをも重視し、先学の論考を参照しつつも、源氏物語の独自な特性を一層はっきりさせようと思う。

1　中国における天変地異とその解釈

この薄雲巻の天変に関しては、まず、「そのころ、太政大臣亡せたまひぬ」（新編日本古典全集本「源氏物語」四四二頁）として、故葵上の父の死という異変が語り出された。さらに、社会全体に関わる天変地異が次のように語られた。

その年、おほかた世の中騒がしくて、公ざまに物のさとししげく、のどかならで、天つ空にも、例に違へる月日星の光見え、雲のたたずまひありとのみ世の人おどろくこと多くて、道々の勘文ども奉れるにも、あやしく世になべてならぬことどもまじりたり。内大臣のみなむ、御心の中にわずらはしく思し知ることありける。入道后の宮、春のはじめよりなやみわたらせたまひて、三月にはいと重くならせたま

ひぬれば、行幸などあり。　（薄雲四四二）

最初に、神仏の啓示が頻繁に起こることを語り、そのあとに天変の異変を示して、天文勘文はじめ諸道の勘文が奉られる事態を描いている。緊急事態という切迫感が出されている。光源氏だけは心中穏やかならず、思い当たる節があるとされる。抽象的な表現だが、藤壺との不義密通により生まれた冷泉院が、在位していることと関係することは言うまでもない。物のさとしや天変それも、後にも詳しく触れるが、彗星等が帝王の御世に問題があることを示すもの、という共通の認識があったと考えられるからである。それは、引き続いて藤壺病悩が語られ、厄年でもある藤壺崩御が導かれる展開と密接に関連する。物語は、藤壺の死後、夜居の僧都による密奏により、冷泉帝が光源氏を実の父と知り、実父をいかに遇するかに腐心し、光源氏に帝王位を譲ろうとするといった重大事までの過程を通して、いつのまにか天変が収束してしまうことを示す。この天変が何のために設定されたかは、ほぼ明らかと言ってよい。

　この天変の啓示を、日本の陰陽寮の天文関係の教科書としても用いられた中国の二十四史の一つ「晋書」（唐の房玄齢らの撰）等から考えてみたい。この中に、妖星として次のような記事がある。*6

　一曰彗星、所謂掃星。本類星、末類彗、小者數寸、長或竟天。見則兵起、大水。主掃除、除舊布新。

　いわゆるほうき星であるとして、末は彗（ほうき）に似ていて、小さいものは数寸で、長いものは天の端から端までなるとする。*7 彗星が見える時は兵乱や水害が起きるとあり、ほうき星ということで、掃除の役目をし、古いものを一掃して新しいものに変えるとする。また次のように、彗星の仲間であるが、もっとひどい災禍をもたらす孛星（はいせい）という妖星のことを記している。

　二曰孛星、彗之屬也。偏指曰彗、芒氣四出曰孛。孛者、孛孛然非常、惡氣之所生也。内不有大亂、則外有大兵、天下合謀、闇蔽不明、有所傷害。晏子曰：「君若不改孛星将出、彗星何懼乎！」由是言之、災甚於彗。

光芒が一方向に向いている彗星に比べ、四方に出ており、孛はすさまじい悪気を生ずるということで、国内で大乱が起きるか、あるいは外で大戦乱が起きる。また、謀叛が起きるが、愚かな天子のため傷害を受けることがあるとしている。

つまり、彗星や孛星は、兵乱、水害、謀叛等が起き、「除旧布新」とあるように、政治的な大きな改革と関係づけている。謀反による以外に、天子の御代の刷新、いわばその御代の欠陥、天子の失政を警告する啓示と考えられていたのである。

もっとも天変といっても、平安時代当時、予見できない天変異変を言ったもので、日食・月食など暦算で一応の推算ができていたので、そのころから日食・月食は天変とはあまり言わないようになっており、天変の種類には、彗星の出現、月による星食犯、惑星同士の合犯、また月・惑星が特定の星宿の星を犯す場合などとされる。*8 月の星食は星が月に隠される現象で、一時、星が見えなくなる。

ただし、薄雲巻の「例に違へる月日星の光見え」とある「月日」は日食・月食と解されても特におかしくはない。先に触れたように、康保二年の例のように、一月に月食、二月に日食、さらに彗星出現の事例があり、不吉な予兆として明記されているからである。

既に平安時代以前に、養老令により陰陽寮が細かく組織化されていて、その中に天文博士一人、天文生十人などが編成されていた。天文生は交代で天体を観測し、異常があれば天文博士へ報告し、その後占い等によって異変があれば、天文密奏がなされた。彗星・流星等の天文異変は、平安時代以前から不吉な兆候として、貴人の死や疫病流行、飢饉、謀反勃発等と関連付けて考えられていた。

2　日本の天変地異

次に、平安時代初期以降の主な天文事象を概観する。*9

（1）嵯峨天皇弘仁十四年正月癸酉。有レ星孛二于西南一。三日而不レ見。

同年二月天下大疫。

同年閏四月十七日天皇避レ位。

弘仁十四年（八二三）正月に西南の方角に彗星が現れ、二日の間見えたとある。俗にいう箒星である。星が孛するとは、星が勢いよく光を発する様を言う。これは孛星あるいは孛彗と言う言葉と関係し、空にぱっと広がる彗星のことを意味する。

この（1）の場合は、「天下大疫」さらには嵯峨天皇退位と関わらせている。「日本紀略」は、「是月。天下大疫。死亡不レ少。海道尤甚」と記しているし、譲位もいろいろな史料に見られる。

（2）同九年（清和天皇貞観九年）十二月廿三日戊子時戌剋彗星見二紫微宮西蕃許一貫二内階一。星長五尺。

同十年正月丙午業良親王薨。二月十八日参議藤原良縄薨。九月十日従三位藤原輔嗣薨。十一月廿一日池上内親王薨。閏十二月廿八日左大臣源朝臣信薨。又東西諸國有二疫死一无レ數。

貞観九年（八六七）のこの彗星は、多くの貴人の薨去の予兆として示され、しかも死者を出した疫病蔓延をも導いていると考えられている。

（3）天延三年六月廿二日彗星見。經二五箇日一。如二打羽一。長五六丈。色白。

同四年春群盗満レ都。仍被レ下二追捕宣旨一。被レ搦二獲凶類一。

同年五月十一日内裡焼亡。

貞元二年十一月八日太政大臣藤原兼道公薨。

天延三年（九七四）の彗星は、翌春の群盗の跋扈や五月の内裏焼亡、さらには翌々年の貞元二年（九七七）の太政大臣兼道薨去まで関連付けているのである。この諸道勘文にはこれだけの記述しかないが、先に触れたように、この年は特に日食による変異が、

或云。皆既。卯辰刻皆虧。如二墨色一無レ光。群鳥飛乱。衆星盡見。詔書大二赦天下一。大辟以下常赦所不免者咸赦除。

（「日本紀略」天延三年七月一日条）

とあり、また、「扶桑略記」の同日条にも、

日蝕皆既。天下忽暗。已見二衆星一。

と記されており、京都でも皆既日食であった。太陽は暗く、墨色となり多くの星が見え、変異を感じた群鳥が飛乱した。そして、普通の恩赦を超えるどんな罪でも減刑する大赦が発布された。しかも、「日本紀略」の同年十二月十六日には、「月蝕皆既。終夜不レ見」とあり、皆既月食があり、災害等も記されている。さらに、翌天延四年になると、六月十八日に大地震が起き、「其響如レ雷」（「日本紀略」）と記され、大内裏の役所や清水寺、円覚寺など多くの建物が倒壊し、圧死者など多くの人命が失われた。地震の甚だしさは未だ嘗てないとされた。その後、毎日のように余震と思われる地震が続き、「地震十四度」「地震十一度」「地震十三度」「地震十二度」という具合に記述され、七月十三日には天延四年を貞元元年に改元している。無論その後も地震は続いた。

（4）永延三年七月十三日。彗星見二東方一經二數夜一。長五尺許。

同年八月八日改二元永祚一。依二彗星一也。

同年八月十三日大風洪水。

正暦元年二月二日西寺焼亡。

同年五月四日太政大臣兼家公辭二攝政一。八日入道。

同年六月天皇不豫。

同年七月二日入道前太政大臣兼家公薨。

この永延三年（九八九）は、以上の諸々の事件等から大変な年であった。彗星も、既に「日本紀略」六月一日条に「彗星見二東西天一」とあり、六月十九日条には、賀茂神社の中門内の建物の前の大樹が顛倒し、「數星」が樹の中から出て、南を指して連なり飛んで行ったと記される怪異現象が生じている。八月八日には改元がなされ、永祚元年となった。「彗星天変地震」の災いを攘うためとある。この年は、中でも、八月十三日の暴風雨（時節柄、台風であろう）のもたらした災害は、まさに前代未聞の出来事であった。

宮城門舎多以顛倒。承明門東西廊。建禮門。弓場殿。左近陣前軒廊。日華門御輿宿。朝集堂。…（中略）…達智門。眞言院。幷諸司雜舍。左右京人家。顛倒破壊。不レ可二勝計一。

さらに賀茂川の堤防が所々で決壊し、賀茂上下神社、石清水、祇園天神堂、東西山寺なども倒壊し、「洪水高潮」による被害も甚大で、人や家畜、田畑が水没し、「死亡損害。天下大災。古今無比」と記されている。世に「永祚の風」と称された。現代ならさしずめ「賀茂川台風」などと言ったところであろう。

（5）長徳四年正月廿六日丙戌寅時。彗星見二東方一。長四尺許。

同年七月一日天皇煩二皰瘡一。仍有二大赦一。

同七月東三条院不豫。今年天下皰瘡疾疫。

同月参議源扶義薨。

同八月廿日亥時大風。宮中諸司多以顛倒。

同五年正月十三日改二元長保一。六月十四日内裡焼亡。

この年も、如上の記事以上に疱瘡による被害は大きく、「日本紀略」は「天下無下免二此病一之者上」と記し、多くの死者が出ている。上記の源扶義のほかに、「前参議正三位兵部卿藤原朝臣佐理」「入道従二位高階朝臣成忠」ほかの名前が記されている。また、改元については、その理由として「天變災旱灾」とあり、旱魃に因るものもあったことがわかる。

以上、源氏物語執筆の時代までの、主に彗星に関わるいくつかの天文事例をあげた。これでも、事象の大半を省略しているのだが、きわめて明らかなのは、天変が社会の悪現象の予兆、それも凶兆として確実に理解されていたということである。それも政治的な問題に留まらず、人の死、疫病、建物倒壊、盗賊、旱魃などあらゆる異常な事態・事件を導き出す凶兆として。

薄雲巻の場合は、先に引いたように、「その年、おほかた世の中騒がしくて」とあり、具体的には記されていないが、疫病流行あるいは地震などが起きたということであろう。さらに天変の凶兆に呼応するかのように、必ず貴人の死去が記されるが、ここは太政大臣、藤壺、式部卿の宮の薨去が示されている。

3　天文密奏をめぐって

薄雲巻に、「道々の勘文ども奉れるにも」とあったように、容易ならぬ事態であったことが明確であり、その中心は天文密奏すなわち天文勘文であった。先に述べた（3）天延三年の天変地異に関しての天文勘文を次に取り上げたい。*10

勘申。天延。

六月廿二日癸亥曉彗星見㆓艮方㆒。

瑞祥志云。彗星者天地之旗也。悪氣之所㆑生。見則有㆓兵喪㆒。凡彗星除㆑舊布㆑新。

又云。爲㆓大水飢饉㆒。

天文錄云。彗者去㆑穢布㆑新也。此去㆓无道㆒而建㆓有徳㆒也。…

廿二日甲子曉月犯㆓畢左尾㆒。

天文要錄云。月者大陰之精。女王之象也。畢者白獸第五宿也。…占云。月合㆑畢。

女主有㆑疾。大赦。又云。月離㆑畢。大雨。又云。犯㆓左尾㆒。宮室有㆑火。…

廿六日丁亥曉月犯㆓東井南㆒。蝕㆓軒轅第二星㆒。

天文要錄云。東井者赤神之精也。朱雀之茵也。占云。月犯㆓東井左星㆒。兵起。女主有㆑喪。…

瑞祥志云。月犯㆑井。其國若有㆑憂。又云。月宿㆑井。有㆓風雨㆒。…

右連夜變異。撿申如㆑件。

天延三年六月廿六日

主税頭兼助教中原朝臣以忠

途中かなりの部分を省略したが、奏上する必要のある異常な天文の状況ゆえ、天文勘文は長いものとなる。このように「天地瑞祥志」や「天文要録」などの、中国唐代前後に作られた書物にある事例や占いを、ほぼそのまま記して勘申する姿勢が顕著であり、それは、この天延三年の天文勘文に限ったことではない。これは、日本の天象・暦日・陰陽道・宿曜道等が、中国の思想や書物から成り立ち、平安時代までには日本独自の天文学などが未発達であり、中国の書物に拠るほかなかったためでもある。先に提示した「晋書」天文志は事細かな記述でその中心となっているが、その大本には「史記」があろう。源氏物語の作者が「史記」にかなり影響されていたことを持ち出すまでもなかろう。「史記」の中の「天官書」は、天象の異状などをいろいろあげており、何の前兆かを指摘している。秦の昭王以後の天変の記事は彗星、日食等の異変などは全て反乱、戦争、王・皇帝等の死など国家の重大事に関わりのあることを語り、特に始皇帝の時代の彗星の出現が、戦争、国の乱れ、滅亡を予告していることは明らかとされる。[*11] 薄雲巻でも、夜居の僧都が冷泉帝に密事を語った後で、

天変頻りにさとし、世の中静かならぬはこのけなり。（薄雲四五二）

と言って、天変がしきりに異状を示すことによって戒めを現わし、不穏な世の中が続くのは、この密事のためだと明言している。

ともあれ、天皇に奏上する秘密文書である天文勘文の根底に、古代中国の天文の解釈がほぼそのまま取り入れられている事実は看過できない。この後に僧都は次のように言う。

やうやう御齢足りおはしまして、何ごともわきまへさせたまふべき時にいたりて咎をも示すなり。よろ

づのこと、親の御世よりはじまるにこそはべるなれ。何の罪とも知ろしめさぬが恐ろしきにより、思ひたまへ消ちてしことを、さらに心より出だしはべりぬること。（薄雲四五二）

著名な個所なので詳述は避けるが、十四歳となり分別のつくようになった帝に、天が咎めを示すと言う高齢な僧都の言は、会話文でありながらこれ自体が客観性を帯び、聞く帝に限らず、それこそ享受者に対して説得力があると言える。両親の罪ではあるが、子の帝がそれを全く知らないこと自体が、つまりこの天変地異がどのような罪障によるものであるかを知らないことを、重大な問題としている。無論、それを冷泉帝が認識しているわけはない。だから、秘事を進言するにふさわしい、寿命わずかで他に口外することが決してない、謹厳な護持僧の存在が必要とされたのである。これら薄雲巻の場合、先に引いた天変の受容とどのように関連するのであろうか。

天文勘文は、機密文書である天文密奏として密封して天皇に奏上されるが、『西宮記』の「依天變上密奏事」[*12]にあるように、その前に一の上卿が内容を見て、蔵人を通して奏上される。一上は、左大臣が普通である。例えば、『御堂関白記』寛弘元年（九八五）三月十四日条に、天文博士・縣奉平が左大臣・藤原道長へ天文密奏を持参している。[*13]源氏物語でいえば、当然、内大臣・光源氏がこれに当たる。摂政位の太政大臣が亡き後、一の上卿は光源氏であり、実質的にいわゆる「内覧」職にもあったと考えられるからである。[*14]つまり、先に引いた、「道々の勘文ども奉れるにも、…。内大臣のみなむ、御心の中にわづらはしく思し知ることありける」として、光源氏が冷泉帝の出生の秘事に思い当たる文脈の裏に、既に天文密奏を見ていることが前提になっていたのである。

天変が帝の治世への批判を啓示することはほぼ常にあるわけだが、薄雲巻の場合は、さらにその段階に留まらない独自な性格を持つ。このことについて、さらに述べていきたい。

4　冷泉帝の対応（1）

この後、帝は自己の出生の秘事に苦悩することになるが、

その日、式部卿の親王亡せたまひぬるよし奏するに、いよいよ世の中の騒がしきことを嘆き思したり。（薄雲四五二）

と、桐壺院の弟の式部卿の宮の死を聞き、一層、不穏な世の中を嘆き悲しむことになる。冷泉帝が自己の出生の秘密を知ったというだけでは、天変地異は収まらないわけで、天のさとしはいったい何を要求したのであろうか。実父を、内大臣といえど家来同然に扱ってきたので、それなりに厚遇すればいいのか。確かに帝位さえも譲ろうとした。そのような過程を通して、天変地異はいつのまにか収束してしまう。では、いったい何であったのだろうか。儒教的な見地から、不孝を咎めるべき天の戒めで、光源氏さえ承諾すれば、円滑にいかないまでも帝位に就くことも可能だったと考えられ、冷泉帝は光源氏へ孝を尽くしたとは言えよう。儒教思想の根本的な考え方である孝・不孝は、仏教とない交ぜになった形で源氏物語に浸透したものと考えられる。*15 実父・光源氏への不孝の罪が、仏教的罪として意識されていたとは言えよう。*16 中国の天文学の受容により、天変地異の解釈と理解がそのままなされている状況に鑑みるに、天子の失政や国の乱れを予兆する天象は、善政を行うべき天のさとしとして、為政者が受け入れねばならない、換言すれば、民のことを考え常に善政をしくべきという儒教的精神が根底にあろう。

天文勘文がなされるような天変が引き続く状況で、光源氏は直ぐに、その原因として不義密通に思いが至

り、夜居の僧都もそのことゆえに、冷泉帝への密奏を決断し行うという具体的な展開は、「史記」以来の、天子の失政を咎める天変の凶兆を受容しているにしても、明らかに源氏物語の独自性が際立っていると言ってよい。

式部卿の宮の死を契機に、冷泉帝は光源氏に対して、自分の治世の終わりを認識した発言をなした。しかし光源氏は、天変凶事が必ずしも失政などの問題によるものではないとして、中国にも日本にも賢帝の御世に世の乱れが出来したことはあると言う。高齢ゆえの寿命で死ぬのは失政とは無関係とも言う。帝を慰めるためにあえて言っている意味合いが強い。しかし、薨年六十六歳の太政大臣は無論、この式部卿の宮も、朝顔斎院の年齢(三十三歳の光源氏とそれほど変わらないと言える)から考えても、この時代としてはいつ死んでもおかしくない老齢と言えよう。ただし、肝心の藤壺の三十七歳での崩御は、その論理では説明がつかない。何よりも、不義密通にて生まれた子が現に帝位に就いているという厳然たる事実は、ごまかしようのないことなのである。だから、光源氏がいかに説得しようが、帝が何もせず帝位にあることは許されないと考えるのは、天変地異が引き続いている現実を見れば当然である。

光源氏自身も、この天変の由って来る所以を理解しているわけだから、冷泉帝退位の考えを否定するにしても、無理無体なものとまでは思っていなかったはずである。無論、冷泉帝の十四歳での退位などは論外ではあろうが。天文密奏を内覧したはずの光源氏自身は、ではこの凶事を攘うために何がなされねばならないと考えたであろうか。しかし、光源氏を以てしても如何ともしがたい状況であったと言うべきであろう。何よりも天の戒めの当事者である。しかも、天子ではなく臣下に過ぎない。手を拱いて静観するしかなかったと言ったところであろう。重要なのは、天文密奏がされて、そこには如上の勘文にあるように、凶事の例示がされていたはずだから、帝として如何に善処し事態を収拾するかという問題に集約されよう。光源氏が帝の若さを補って、実質的為政者として善政を行ってきたわけだから、失政は考えられない。しかし、失政でなくとも、天変の常のごとく否それ以上に、帝の出処進退に関わるほどの重大な事象であることは明らかである。

天変地異の折、例えば、弘仁十四年閏四月十七日、嵯峨天皇譲位、貞観十八年十一月二十九日、清和天皇譲位、康保五年五月二十五日、村上天皇退位と崩御、長和五年正月二十九日、三条天皇譲位（以上、「諸道勘文」「日本紀略」による）などの例がある。

冷泉帝は賢帝であるゆえ、混乱の世を収拾させるには何をなすべきかを熟考して、その結論を出したというべきであろう。

「史記」では、孝文帝やその息の孝景帝が善政を行ったことで知られているが、ともに天変に際し、その原因を考え反省し、善処したために、安定した治世が続いたと伝えられる。孝文帝は天変に対しても謙虚に、自分の治世を非とする姿勢を貫いている。例えば「孝文帝本紀」[*17]で、次のように記されている。

十一月晦、日有レ食レ之。十二月望、日又食。上曰、朕聞レ之、天生二蒸民一、爲レ之置レ君、以養二治之一。人主不徳、布レ政不レ均、則天示レ之以レ菑、以誡二不治一。乃十一月晦、日有レ食レ之。適見二于天一。

十一月晦日に日食があり、それに対して孝文帝が述べるには、天帝が万民を生じ、君主を置き万民を養い治めさせていて、その君主の不徳により施政が公平でないと、天帝は災いを示して誡めるものと聞いている。そして、この日食は、その為政の欠陥の責めが天に現れたものであり、天下の治乱の責任は、君主である自分一人の身にあると。

このように、孝文帝らは、天変地異を為政者である自分への天のなす戒めであると解して、万民のために良しとすることをなそうとした。孝文帝は即位して二十三年、前代の帝以上に財を増やすことを全くせずに、「以示敦朴、為天下先」とも記されているように、天下に率先して、人情に厚く正直で飾らぬ風を示した。

しかし、周知のように、始皇帝の悪政は顕著であり、始皇帝とその子孫は天変地異による天のさとしがしばしばあったにも拘らず、事をよく謀りえず、ついに国を滅ぼしたと語られている。[*18] 白氏文集を除き、中国漢詩文の中で最も源氏物語が引いている「史記」の影響を、何よりも念頭に置いて薄雲巻での場面を考えるべきであろう。そういう意味で、光源氏への冷泉帝の次の言葉は重要である。

世は尽きぬるにやあらむ。もの心細く例ならぬ心地なむするを、天の下もかくのどかならぬによろづあわたたしくなむ。故宮の思さむところによりてこそ世間のことも思ひ憚りつれ、今は心やすきさまにても過ぐさまほしくなむ。（薄雲四五四）

大人びたとはいえ十四歳の帝の言としては、「史記」の孝文帝親子に通う賢帝ぶりを示していると言えよう。明らかに自らの治世上の欠陥を意識した物言いで、始皇帝などとは対極の天子と言える。無論、その根底に不義の出生を考えた上ではあるが。母・故藤壺が生存中は、心配するであろう母に遠慮して自分の身の振り方を口にしなかったが、母亡き今は気楽な身分になりたいとする冷泉帝は、天変による物のさとしの下でも、母生存中は退位など口にできなかったが、今は譲位したいということである。しかし、藤壺亡きあとに夜居の僧都の密奏があったわけで、生存中は秘事を知る由もなく、退位などまで心は及ばなかったはずである。ここは、秘密を聞いたことを光源氏に知られないように、取り繕った物言いをしているところである。

しかし、今は譲位を本気で考えていると言ってよい。だからこそ、帝の言葉に即応して光源氏は、「いとあるまじき御事なり」と強い口調で諫言するわけである。

5　冷泉帝の対応（2）

この後、冷泉帝は一人、漢学を主とした学問に精を出し、内外の書物を通して、

唐土には、顕れても忍びても乱りがはしきこといと多かりけり。（薄雲巻四五五）

として、中国には帝王の血筋の乱脈な例が多いことを知る。これは主に「河海抄」以来、指摘されている以下の故事が関わっていると考えられてきた。「史記」の呂不韋列伝による、始皇帝は荘襄王の子とされているが、「河海抄」は実は母と呂不韋という臣下との間に生まれたというものである。確かにこれは光源氏と藤壺の密事に似ているが、そこへの過程も、この後の展開も全く趣の異なるものである。呂不韋が荘襄王に譲った妾は妊娠していたが、それを隠して、荘襄王の子として出産した。それが将来の始皇帝である。さらにその後、実父・呂不韋は、当初こそ始皇帝から厚遇されたが、始皇帝の祖母の夏太后と密通し、それが後年発覚すると免職され、地方へ移され、最後は毒をあおって自害した。また、他にも中国には不義密通とされる事例があり、光源氏と藤壺のケースが始皇帝に関わる事例をモデルにしているとは言えまい。*19

この冷泉帝の熟慮は続き、一世源氏の光源氏が即位するといった前例をも調べ、

一世の源氏、また納言、大臣になりて後に、さらに親王にもなり、位にも即きたまひつるも、あまたの例ありけり。人柄のかしこきに事よせて、さもや譲りきこえまし、などよろづにぞ思しける。（薄雲四五六）

として、臣籍降下し源氏姓となりながらも、親王に復帰し、最後には帝位に就いた宇多天皇などの例を考え、光源氏への譲位を決意する。ここに直続して「秋の司召」とあり、光源氏へ譲位したい意向を伝える文脈に続くわけで、冷泉帝は自分自身の退位を決断していたことがわかるのである。

固辞する光源氏への譲位が無理ゆえ、せめて太政大臣への就任をと、実際の定めをなしたが、光源氏はこれをも辞退する。ここで、冷泉帝は、太政大臣就任を正式に決定しているのである。しかし承諾しない光源氏に位階をあげて牛車の宣旨を賜り、帝はそれでも物足りなく思い、臣下扱いとは違う親王になることを言う。いかに実父が臣下とはいえ、帝の成しようは徹底していて執拗である。父に孝養を尽くそうとする姿勢がかなり強く出ている。無論、儒教的な考えに基づく孝の精神が見られるが、不義にして生じた自分が帝位にあることを潔しとしない、というより天変による物のさとしを理解した結果の決断と言えよう。天変地異を収束し、世の中の平安を保つためにどうすればよいかを考えた結果である。十四歳の帝としては十二分にすべきことを成したと言えよう。

「史記」孝文帝紀などで賢帝として崇めた天子が採った、その善処の類型がここにある。天の咎めに畏敬の念を持って臨み、危機を回避したのである。ここまでくると、実父を臣下に置いているという不孝の罪を回避せんとして、光源氏に恭順の意を表したといった儒教的な意味よりも、天変地異を収めるためには、自分が帝位にあってはならないのだという認識が、より重要な意味を持つと考えられる。毅然とした態度を取ったとまでは言えないが、それはまだ十四歳の帝としては精一杯の言動であったと言える。源氏物語はあくまで、不義の子が帝位に就き、生涯その秘事が漏れることなく栄華を極めるが、しかし、当事者たちは人生の大半を、その苦悩を負って生き続けるという物語であり、薄雲巻での帝の如上の対応やその後の物語展開は、類例のない極めて独自性の強いものとなったのである。しかし、中国天文学の理解の上に成り立っており、その敷衍であることが重要である。

結局は、光源氏のどの官職をも固辞する強い姿勢によって、冷泉帝の配慮は空を切ることになる。藤裏葉巻で准太上皇にすることで天の諫めに応えたとする見方[*20]があるが、それには従えない。確かに桐壺巻からの構想上にあったはずだが、薄雲巻のこの段階で、既に天変地異は収まってしまうのである。薄雲巻での帝の必死の対応により、天の諫めに応えたのである。帝のこの対応こそ重要であり、そのことを天は照覧し許しを与えたというべきであろう。もっとも准太上皇就任の直後、冷泉帝の心情が、

かくても、なほ飽かず帝は思しめして、世の中を憚りて位をえ譲りきこえぬことをなむ、朝夕の御嘆きぐさなりける。（藤裏葉四五四）

と語られるわけで、帝はやはり実父を自分より下位に置いておくことを嘆き、帝にふさわしい器量がある光源氏を惜しむ気持が表されているので、薄雲巻で抱いた思いを引き摺っていることは確かである。つまり、賢帝にふさわしく、実父への思いと、天変が収まっても不義の子が帝位にあることに疑念を抱く、その変わらぬ姿勢が、天の咎めを受け止めるとともに、天の許しを得てそれを継続するものであったと言えよう。

おわりに

薄雲巻の天変地異は、冷泉帝の帝位存続を問うような、重大な凶兆を示した。源氏物語成立時までの平安朝の社会では、天変地異などの理解には、まだ中国の天文関連の書物の内容に負うしかなかったと言えよう。天変の凶兆に善処することなく始皇帝と一族が滅びた反面、孝文帝親子のように攘災に意を尽くし、善政を

心がけることによって安定した御代を保持した「史記」の事例や、天変やそれによって導かれた災害や人の死等の不幸を表す「晋書」天文志などの例示が、平安朝社会の常識ともなっていた。薄雲巻の天変は、夜居の僧都の密奏により、一人冷泉帝が善処する方途を取った。天文密奏により、事態にいかに対処するかは、帝が若ければ当然、大臣や蔵人頭らの進言等により、例えば恩赦や改元その他の行動を起こすわけだが、いかに十四歳といえ、両親の不義の問題ゆえ決して相談することができるはずもなかった。天文密奏を内覧していたはずの光源氏でさえ、静観するしかなかった。ここで、冷泉帝の見識と器量が試されたと言ってもよい。光源氏への譲位を決断した冷泉帝は、儒教的な孝の精神だけでそう考えたわけではなかった。自分が退位することが世の平安を保つことという判断をしたと言うべきであろう。この前後の過程は、冷泉帝が賢帝であることを証した。光源氏への譲位の思いはかなり執拗に引き摺られていく。この帝の善処は天の許しを得たと言ってよい。薄雲巻の時点で、いつの間にか天変地異は収束された。藤壺、太政大臣、式部卿の宮の薨去という払った犠牲は大きかったが、この天変は、十四歳の帝一人の、内外の学問への没頭と熟考の果てに退位の決断を導き、天の照覧により許しを得たといった趣と言えよう。「史記」等の事例を踏まえているようでいて、その実、冷泉帝のこの対応やその後の物語展開は、決して前例のない独自な世界を築き上げたのである。

注

＊1　拙著『源氏物語の表現と史実』（二〇一二年）第二編　第三章「御霊信仰と源氏物語」第八章「霊による夢告の特性」など。

＊2　拙著『源氏物語の想像力』（一九九四年）第三篇　第二章「天変地異、占・祓等」
＊3　浅尾広良『源氏物語の准拠と系譜』（二〇〇四年）序章「『准拠』研究の可能性」Ⅰ章3「薄雲巻の天変」
＊4　田中隆昭『源氏物語　歴史と虚構』（一九九三年）第四章「源氏物語と史記」
＊5　藤村潔『源氏物語の研究』（一九八〇年）「源氏物語の準拠と天変」
＊6　『晋書』（一九七四年　北京：中華書局）巻十二　志第二　天文中　三二三頁。一部表記を改めた。特に読点に当たる「，」は「、」に改めた。
＊7　藪内清編『中国の科学』（一九七九年）の「晋書天文志」の訳を参考にした（以下、同じ）。
＊8　斉藤国治『星の古記録』（一九八二年）五四頁。
＊9　以下の事例は『諸道勘文』（「群書類従」二十六輯）による。
＊10　天文勘文の具体例は、『諸道勘文』や『安倍泰親朝臣記』等に出ている。また、細井浩志『古代の天文異変と史書』（二〇〇七年）Ⅰ章　五「『日本紀略』後篇と『新国史』」に、宇多天皇～後一条天皇の簡略だが膨大な天文記事（天文密奏を含む）が提示されている。
＊11　＊4に同じ。
＊12　新訂増補故実叢書本『西宮記』巻十五による。
＊13　『御堂関白記』寛弘四年十二月二十二日条では、天文博士・安倍吉昌が持参した地震奏を、道長が内覧している。
＊14　＊1の拙著の第一編　第七章「光源氏の官職」による。
＊15　儒教的な孝・不孝の問題は、＊1の拙著の第一編　第八章「源氏物語における親に先立つ子・逆縁をめぐって」でその一面を扱った。
＊16　田中徳定「不孝とその罪をめぐって―『源氏物語』にみえる「不孝」とその罪の思想的背景―」（「駒澤国文」三二号一九九五年二月）
＊17　新釈漢文大系（第三十九巻）『史記』孝文帝本紀第十（一九七三年）による。

＊18　＊4でこの前後の展開を詳述している。

＊19　新編古典全集本「源氏物語　二」の「漢籍・史書・仏典引用一覧」や、「源氏物語の鑑賞と基礎知識」（薄雲・朝顔）一〇二頁。

＊20　＊4など。

描かれた須磨の暴風雨

水野僚子

はじめに

言葉で語られる出来事や人物を、ビジュアルで観たいという欲求は尽きない。特に時間や空間、そして魅力ある登場人物達が織りなす「物語」ならば、なおさらである。物語を絵画化することは、物語の発生とほぼ時を同じくして起こったと考えられ、「つくり物語」が書写された平安時代には、「絵ものがたり」ということばが示すように、物語は絵とともに楽しまれていたと考えられる。

このような物語絵の中でも、比較的早くから、また数多く描かれたのが『源氏物語』を題材とした「源氏絵」であった。源氏物語の絵画化は、十一世紀初頭に紫式部が『源氏物語』を著してからほどなく始まったと考えられ、それ以降源氏絵は、冊子、絵巻、画帖、扇面、屏風など諸々の形態を通して描き続けられ、物語内容に加え、色彩の豊かさや華美な雰囲気から、雅な世界を象徴するものとして広く愛好された。

このように、源氏絵には多くの作例があるものの、主人公達が直面する天変地異を描くものは、思いのほか少ない。これは源氏絵の多くが、「晴」の場を演出する「調度」として享受されてきた歴史と少なからず関わっていよう。『源氏物語』で語られる、宮廷や貴族たちの美麗な暮らしの様子とその中で繰り広げられる様々な男女の恋愛は、物語の読み手に、雅な王朝幻想とロマンティックな恋愛幻想を大いに抱かせるものであった。特に江戸時代の婚礼調度の多くに、『源氏物語』を主題とした絵画やデザインが採用されていることからも、そのイメージが婚儀という「晴」の場に相応しいと考えられていたことが理解される。華麗な王朝の世界に観者を誘う源氏絵は、婚礼を「吉事」と位置づけ、理想的な「幸福」を視覚的に創出する吉祥の装置として、「晴」の儀式を彩る調度に取り入れられていたのである。

だが、多くの作り物語がそうであるように、『源氏物語』もまた、幸福で雅な出来事ばかりが語られている訳ではない。物語には、源氏の身に起こる様々な事件とそれに対する苦悩も語られており、そこには源氏の周辺や都で起こった天変地異や災異の逸話も含まれている。

そこで本小論では、あまり絵画化されることのなかった、天変地異を題材とした源氏絵を取り上げ、それがどのように描かれ、作品の中でいかなる意味をもつのか、画面の分析を通して、若干の考察を試みたい。

1 「源氏物語」で語られる天変地異と絵画

『源氏物語』で語られる天変地異の中で、最も重要で大きな事件として語られるのは、源氏が都を離れ籠居した須磨で見舞われた暴風雨である。上巳の祓の時、源氏が天に向けて自らの無罪を訴える一首の歌を詠んだところ、突如激しい風雨雷電が起こり、源氏たちを襲った。この世の終わりを告げるような激しい暴風雨は十三日間も続き、源氏たちを死の恐怖に陥れた。この須磨での天変地異は、源氏の最大の危機であるとともに、源氏の運命を転換する舞台の背景をなすものでもある。

従来指摘されているように、須磨への流離は、源氏の失脚つまり「死」を意味するものであり、「死」を迎えた源氏は、この嵐を契機として明石の入道や明石の君と出会い、その出会いを通じて「再生」し、遂には都への帰還を果たす。[*1] このような「源氏の死と再生」という物語において、「須磨の暴風雨」は象徴的な意味をもつ。この劇的な暴風雨は、源氏の復活をドラマティックに演出するものだからである。この暴風雨という天変地異が、無罪を訴える源氏に神が感応したものであるのか、源氏の罪に対する天罰であるのか、あるいは多義的な意味をもつものと捉えるべきか、テキスト解釈においてさまざまな論が重ねられているが、少なくともその後の源氏の運命を転換する重要な事柄として語られていることは明らかである。

一方、薄雲巻では、藤壺逝去の前後に数々の異変が起こったことが述べられている。太政大臣の死という出来事を発端に、「その年、おほかた世の中騒がしくて、朝廷ざまに、もののさとししげく、のどかならで、天つ空にも、例に違へる月日星の光見え、雲のたたずまひあり」と、常とは異なる月・日・星の光が見え、異常な雲が棚引くといった異変が起きたことが語られる。「もののさとし」と捉えられたこれらの天異は、その後の藤壺の死によって、不吉な予兆として意味づけられている。さらに、冷泉帝は護持僧によって自らの出生の秘密をほのめかされ、それを隠してきたことが「天変しきりにさとし、世の中静かならぬ」ことの要因であると伝えられる。冷泉帝が自身の出自を知らないことが天の怒りを買い、様々な天変地異が起きたというのである。ここでは天変地異が、一種の「天罰」として語られているといえる。

また、人智の及ばぬところで人に災いを与えるものとしては、野分（台風）も挙げられよう。野分巻において、「野分、例の年よりもおどろおどろしく、空の色変りて吹き出づ」と語り始められる野分は、これまで経験したことのない凄まじいものであり、六条院の建物が倒壊する事態にまで及ぶ。一日中続いた強い風雨は、六条院の女性たちを気味悪がらせ、ことさら不安にさせていることからも、一種の天変地異といえるであろう。

このように、『源氏物語』において天変地異は、「もののさとし」としてほのめかされながら、登場人物の運命を左右する出来事への導入として語られているものの、これらが源氏絵の一場面となることはほとんどない。暴風雨や雷、異常な雲といった天の異変は、その後の奇跡を劇的に語りだすプロットともなることから、社寺縁起絵や高僧伝絵には描かれるものである。しかし、源氏絵では多くの場合、このような場面は選択されず、別の場面が画題として採用されているのである。

例えば、場面選択のバリエーションの多さで知られる須磨巻であっても、暴風雨の場面は描かれてこそすれ、類例の少なさから、それが例外的なものであったことが理解できる。*2 同様に、薄雲巻に関しても、流星や怪しい雲は描かれず、一方、野分巻では、強風に煽られる御簾を女房達が必死で押さえる場面（**図1**）が採用されてはいるものの、その恐ろしさよりも、風に撓む草花の美しさや、裳を着けた女房たちの装束の華やかさを描写することに関心が向けられているようである。情趣豊かに描かれた野分は、貴族邸における季節の一齣であるかのように、観者の前に呈示されているのである。

源氏絵において、天変地異の絵画化が避けられてきたのは、おそらくそれらの多くが、物語の中で不吉な前兆として語られてきたことと深く関わっていよう。先に述べたように、源氏絵は、物語を楽しむための絵画という枠組みを超えて、吉祥を言祝ぐ装置として享受されていたのであり、そのために天変地異という不吉な場面は、それに相応しくないものとして避けられてきたものと考えられる。

とはいえ、『源氏物語』で語られる天変地異の中で、須磨の暴風雨という題材は例外的であったとはいえ描かれている。ではなぜ、須磨の暴風雨は絵画化されたのであろうか。またそれはどのように視覚化されているのであろうか。そこで、次に須磨の暴風雨を主題とした絵画を取り上げ、分析を行いたい。ど

図1　伝土佐光則筆「源氏物語画帖　野分」17世紀　根津美術館

のようなモティーフによって表され、またそこにはいかなる意味があるのか考察してみたい。

2 「須磨」の嵐の情景と絵画における場面選択

須磨で起こった暴風雨に関しては、『源氏物語』の須磨巻末部から明石巻初頭にかけて詳細に語られる。出来事の発端は、三月上巳の日、穏やかな海辺で御祓をしていた源氏が「八百よろづ神もあはれと思ふらむ犯せる罪のそれとなければ」という歌を詠んだことにあった。すると一転暴風雨となり、雷や高潮を引き起こした。源氏たちは御祓も終えぬまま、辛うじて家まで辿り着く。雷鳴は止まず雨脚もさらに強くなる中、経験したことのない天の変異に「この世の終わり」と従者が騒然とする中、源氏は読経する。明け方、源氏は海竜王から「なぜ宮のお召しがあるのに都へ行かないのか」との夢告を受ける。この出来事を源氏は気味悪く思い、住まいにも耐えがたくなる。（以上須磨巻、以下明石巻）雨風も雷鳴も止まぬまま数日が経過したある日、二条院から紫上の使者が到着し、京でも激しい風雨が何日も続いていること、この異常な事態は「あやしきもののさとし」として、朝廷が仁王会を計画するほどであることが源氏に伝えられる。政治機能も停止し、強い雹まで降るという尋常ならぬありさまを聞くにつれ、源氏は京への想いを募らせる。

翌日から暴風雨はさらに強まり、高潮まで引き起こす。岩や山をも砕くような波の轟音と鳴り止まぬ雷鳴と雷電に、源氏も従者も死を覚悟する。そこで源氏は、住吉明神や龍王をはじめ八百万の神々に願を立て、従者とともに加護を祈る。するとますます雷鳴が激しく轟き、遂に廊に落雷し炎上してしまう。源氏たちは、生きた心地もしないまま大炊殿へと移った。夜半、次第に風が弱まり星も見えるようになると、源氏は念誦を唱えつつ慌ただしい一日を振り返り、未だ波の荒い海を眺めながら思いをめぐらす。海の神に感謝の歌を捧げた源氏がついうとうとすると、今度は夢に亡き父桐壺院が現れ、住吉明神の導きのままに須磨を去るよう告げ、自らは内裏に奏上しなければいけないことがあるとして、すぐ立ち去ってしまった。

　この暴風雨にまつわる一連の語りでは、源氏が神に無罪を訴えると、直後に激しい暴風雷雨が巻き起こるという話型が繰り返されている。そもそも暴風雨の発端となったのは、自らの無罪を八百万の神に訴えた源氏の「歌」であり、落雷を引き起こした二度目の激しい暴風雨の契機となったのもまた、住吉明神や龍神、そして八百万の神に向けた源氏の「声」であった。この時源氏は嵐の沈静と助命を願うだけでなく、自らの無実を神へ切実に訴えている。つまり、天の神々に無罪を愁訴した源氏の歌や声が、暴風雨と雷電を招いたのである。

　天の異変が音と深く関係することは、若菜下巻で琴の音が「天地を揺るがし、鬼神の心を柔らげ」るものであり、「空の月星を動かし、時ならぬ霜雪を降らせ、雲、雷を騒がしたる」例が過去にあったという記述にも表れている。[*3] ここでは琴の音だが、そもそも古来、詩歌も天地を動かし鬼神に働きかけるものと考えられていた。[*4] 須磨の暴風雨も、源氏の和歌や声に誘われた神々が、このような変異を起こしたと考えられる。[*5]

　興味深いのは、須磨の暴風雨と同時期に、都でも「あやしき物のさとし」と思われる暴風雨が続き、「雷も静まらぬ」様子であったと語られることである。都で起こった暴風雨は、ここで須磨の暴風雨と関連づけられ、それが神威によるものとほのめかされることとなる。須磨から飛び火したかのように語られる京の異変は、さらに菅原道真の祟りと重ねられ、[*6] 朝廷を脅かすのである。

　この後、物語は急展開を迎える。神と明石入道の導きにより、源氏は明石へ移り、入道の娘である明石の君と結ばれる。一方、京では太政大臣の薨去、弘徽殿大后の大病など不吉な出来事が相次ぐ中、さらに朱雀帝までも故桐壺帝に叱責される夢を見て眼病を患う。朱雀帝はこれを天の諭とみて源氏の召還を決意し、遂に源氏は京への帰還を果たす。京に戻った源氏は、参議右大臣に復官、さらに権大納言に昇進する。

以上のことからもわかるように、『源氏物語』における須磨の暴風雨は、源氏の運命を大きく転換する重要な出来事として語られている。しかしそれに対して、源氏絵に描かれた須磨の場面は、侘び住まいにおいて源氏が海上の雁（舟・月）を眺める場面（**図2**）や、山荘の馬が稲を喰む様子を源氏と三位中将が珍しげに眺める場面（**図3**）といった、しみじみとした情趣を感じさせる場面であることが多い。このように美しく景趣ある場面は、鄙びた土地へ退去せざるを得なかった源氏の悲劇性を浮き彫りにし、源氏の無念さや尽きることのない都への想いを、観者に強く印象付けるものである。つまりここでは、須磨という土地の景観に、源氏の政治的失脚という悲劇が重ね合わされているのである。このような情景が多くの源氏絵で選択されたのは、おそらく「須磨」という地名から連想される、土地のイメージが深く関わっていると考えられる。

図2　土佐光吉筆「源氏物語手鑑　須磨一」慶長17年（1612）　和泉市久保惣記念美術館

図3　「源氏物語扇面散屏風　須磨」室町時代　浄土寺

周知の通り「須磨」は、古来歌枕として知られ、[*7]「須磨の関」や「須磨の浦」が詠まれた歌により、情趣豊かな土地として広く認識されていた。しかも歌の中には、京を追われた在原行平や源高明が須磨で詠んだ歌もあり、[*8]須磨は「罪」や「流離」「流謫」というイメージとも深く結びついた土地であった。近世以前の注釈書がこぞって、源氏の須磨下向の準拠を、行平や高明、道真の故事に求めていることも、それを裏付けている。特に高明の歌は、『源氏物語』の「沖より舟どもうたひののしりて漕ぎ行く」という表現に影響を与えた可能性があり、[*9]これは**図2**のようなイメージの形成や定型化にも少なからず影響を与えていたと考えられる。もちろん須磨巻自体が、流離的イメージの強い物語内容であることは、先学が指摘する通りである。[*10]源氏の無念を強調するように、須磨という土地の侘しさや卑俗さが繰り返し語られるとともに、源氏と似た境遇にあった先人―いわれのない罪により左遷された人々―の姿が土地の記憶として語られているのである。

源氏絵における須磨の場面は、情趣豊かな場面であるが、鄙びた土地で生活せざるを得ない源氏の境遇、つまり逆境を描いたものにほかならない。ところが、同じ逆境を描くものでも、歌に詠まれた情景を深々と味わうような場面ではなく、主人公たちに突然降りかかった天災――暴風雨という天変地異――を描いた作品も存在する。これらは、定型化されたイメージから逸脱したイメージであるといえよう。

そこで次の章では、定型から逸脱したイメージ、つまり暴風雨を須磨の画題とした作品や場面を取り上げ、具体的に分析を行いたい。取り上げるのは、福井県立美術館所蔵の「源氏物語・須磨図」、出光美術館所蔵の岩佐勝友筆「源氏物語図屛風」、京都国立博物館所蔵の「源氏物語図」屛風の三作品である。異本ともいえるこれらの絵は、どのようなモティーフによって構成され、いかなるイメージを映しだしているのであろうか。

（一）岩佐又兵衛筆「源氏物語・須磨図」（「和漢故事説話図」の内）、福井県立美術館蔵

福井県立美術館所蔵の「和漢故事説話図」には、源氏物語の須磨巻の一場面を描いたと考えられる一図がある（**図4**、以下福井本）。岡山藩主池田家伝来の本図は、画風と印章（「勝以」印）から、岩佐又兵衛（一五七八～一六五〇）が描いた作品と考えられている。現在は掛幅装であるが、もとは源氏物語の「夕霧図」「浮舟図」や「伊勢物語図（七段）」など十一枚の絵と一具になった一巻の画巻であった[11]。残存する各図を見ると、和漢の古典に親しんだ又兵衛ならではの、気品に満ちた特別な画巻であったことがうかがわれる。

本図は、松の茂枝や桜の花弁、装束や御簾に濃彩をほどこすものの、墨を基調に淡彩で仕上げられており、金銀泥で表された霞と相まって、全体に瀟洒な雰囲気を醸し出している。御簾や雨は、金泥や墨による直線を丁寧に引き重ねて描き出し、また逆巻く波や竹葉、桜花は、細部に至るまで繊細に描きこまれており、緊張感とともに豊かな情趣を画面に与えている[12]。

画面の主人公は、暴風雨と荒れ狂う海原を、邸内から眺める源氏の姿である。冠直衣姿で部屋の角に立つ源氏は、御簾を少し押し開いて外の様子をうかがっている。荒れ狂う波や暴風雨のありさまとは反して、源

図4　岩佐又兵衛筆「源氏物語・須磨図」　17世紀　福井県立美術館

氏の表情は、柔和で気品に満ち、しかも穏やかである。須磨を暗示する、浜辺の「塩焼小屋」や「沖行く舟」等のモティーフは見られないが、海に近い場所に建つ簡素な建物と嵐が組み合わされていることから、この場所は須磨における源氏の侘び住まいであり、場面は、須磨巻から明石巻にかけて語られる、十三日間も続いた暴風雨の出来事を描いたものと考えられる。

源氏がいるのは板葺きの簡素な建物ではあるが、広めの縁を廻らし、沓脱も設け、さらに茅葺きの建物が続く立派な住居である。物語において、屋根は茅葺きで間口から奥までが一目で見通せるほどの広さの母屋に、廊のような建物が付属し、また庭には前栽があり、粗末ではあるが貴族的な風情があると語られる住居の様子と、母屋の屋根が板葺きに変更されている以外は、ほぼ合致している。三位中将が「言はむかたなく唐めいたり」といった唐風の隠者のイメージは画面には感じられないものの、あまり見ることのない奇妙な形状をした茅葺きの垣根が、そういった風情を表しているものと思われる。

閑居の中から海を眺めるという舞台設定自体は、前掲の**図2**や土佐光起（一六一七～九一）筆「源氏物語図屏風」（六曲一双、福岡市美術館）の須磨図（**図5**）、狩野探幽（一六〇二～七四）筆「源氏物語図屏風」（六曲一双、宮内庁三の丸尚蔵館）の須磨の場面などに見られる定型の図と似通うが、福井本において源氏が眺めるのは、のどかな海の景色ではない。源氏の視線の先に広がる海は、海面が激しく波立ち、波頭が四方に砕け散るほど荒れ狂った様子である。垣根が作り出す対角線の右上部には、激しく波立つ海面が生きているかのように蠢き、画面左下の源氏に覆い被さろうとするかのようである。凄まじい強風は、樹木が同じ方向に大きく撓む様子によって表され、しかも邸内の御簾や源氏の装束までも煽っている。さらに強い雨は、垣根と交差するように一本一本細やかに引き重ねられた鋭い直線で表され、源氏を刺すかのように降り注いでいる。なお、物語の設定では、源氏の籠居は海岸からは少し離れた奥まった所であったとされるのに対し、波が住居にまで迫りくるように描かれているのは、高潮を表現したものと思われる。*13

波や雨の荒々しい表現は、屋外で起こっている暴風雨が尋常でないことを示しているが、一方それに対する源氏の姿は、直立不動であたかもフリーズしているかのようである。しかもその表情は、縁に坐して暴風雨の様子を鋭くまなざす従者の緊迫した表情とは対照的である。このような表現は、動と静を対照的に表したものであるが、それと同時に、視覚的に御簾の内側と外側、人間と自然とを対峙させるものでもある。外と内とを隔てる御簾は、内側に静寂を作り出しており、立ちすく

図５　土佐光起筆「源氏物語図屏風」（六曲一双）のうち須磨隻　17 世紀
福岡市美術館

図６　「源氏物語図屏風　須磨」　六曲一隻　江戸時代

む源氏を取り巻くその静寂は、自然の猛威になすすべもない源氏の不安な心情を映しだしているように感じられる。直線を多用した画面に不安定さを与える、うねうねと蛇行する奇妙な垣根の造形もまた、そのような源氏の気持ちを表現したものと考えられる。

このように福井本は、自然の脅威を示しながらも、源氏の不安な心情に寄り添う叙情性の高い画面となっている。桜の花弁が風に舞い散るさまや、散った花弁が庭や縁を覆い尽くす様子も細やかで美しく、画面の叙情性を高めている。[*14] このような表現は、視覚的に「古典」をカノン化しようとしたものと考えられる。

又兵衛がこの場面を絵画化した理由は詳らかではないが、『岩佐家譜』に「新たに前人いまだ図せざる所の体を摸写し」て人物画の新機軸を打ち出したとあるように、彼ならではの場面選択であったと考えられる。しかも、このような又兵衛の場面選択が、その後も受け継がれ、大画面の屏風絵（図6）として再構成されていることは興味深い。又兵衛の作り出した新しい物語世界は、『源氏物語』の内容を熟知しながら、新しい古典のあり方を視覚的に体験することを望む観者によって享受されたのではないだろうか。

(二) 岩佐勝友筆「源氏物語図屏風」（六曲一双）出光美術館蔵

出光美術館蔵「源氏物語図屏風」（以下出光本）は、岩佐勝友[*15]による、いわゆる「五十四帖形式」の屏風である。『源氏物語』の各帖から一場面を選び出し、物語に沿って屏風の各扇に上から下へ四〜五場面を規則的に配置する。出光本の場面選択や画面構成は、五十四帖形式の画帖や屏風と多くの部分が共通することから、勝友は、源氏絵の伝統を踏まえ、古典的な趣の中に物語を視覚化しようとしたものと考えられる。出光本の制作背景は詳らかではないが、金雲に胡粉盛り上げによる紗綾紋を施し、装束や建具、牛車の細部に至るまで極彩色で精密に描くことからも、特別な誂え品であったことがうかがわれる。精緻な描写は、髪の一本一本にまで及び、古典的で優美な画趣を湛えている。また、モティーフでは、貴族以外の人物を多く登場させ、しかも動きのある仕草を加え、ドラマティックで人間味のある、新たな物語世界を創出している。

この中で特に異彩を放っているのが、右隻中央の「須磨」の場面（図7）である。先に見た福井本では、暴風雨に見舞われながら無関心であるかのように茫然と立つ源氏の姿が描かれていたが、出光本の源氏は、暴風雨と雷に怯えて逃げるという、直接的で実に人間味のある表現によって描き出されている。従者にしっかりと手を引かれ、一目散に逃げる源氏の姿（図8）は貴族らしからず、卑近で人間臭さが感じられるが、これは突然起こった暴風落雷を劇的に演出するためであると思われる。雅で静止画的に描く伝統的な源氏絵とは異なる動きのある場面は、新たな源氏絵の展開と捉えることもできよう。

勝友が描いたのは、海岸での御祓の最中、源氏が「八百万の神」に向けて歌を詠じた直後の出来事である。

> にはかに風吹き出でて、空もかき暮れぬ。御祓へもし果てず、立ち騒ぎたり。肱笠雨とか降りきて、いとあわたたしければ、みな帰りたまはむとするに、笠も取りあへず。さる心もなきに、よろづ吹き散らし、またなき風なり。波いといかめしう立ちて、人びとの足をそらなり。海の面は、衾を張りたらむやうに光り満ちて、雷鳴りひらめく。（傍線筆者）

という須磨巻の本文の傍線部と合致するように、空を覆う黒い雲、傘もささずに逃げる源氏一行、暴風により飛ばされる半蔀や御簾、浜辺に打ち寄せる激しい波、そして雷光まで描きだし、物語本文の内容を忠実に画面に再現しようとする姿勢が感じられる。しかも建物の手前には、満開の桜樹が繊細に描かれていることから、先に見た福井本と同様、勝友の物語理解もまた細部に及んでいたことが理解できる。場の設定を浜辺としたのも、御祓の直後であることを表すためであったと考えられる。

この場面の緊張感を高めているのは、黒雲に乗って現れた恐ろしい形相の雷神である（**図9**）。今まさに上空から降りてきたように、雲の先端は細く上空に伸び、雲の上の雷神は、連鼓を背負い厳めしい形相で全身を大きく躍動させている。物語本文には登場しない雷神の姿をここに描き込んだのは、激しい雷を視覚的に印象づけるためであろう。しかも赤く屈曲した線で雷光を描き、黒雲に光が反射する様子までも金泥で丁寧に表している。雷神の表現も、鋭い爪をもつ足、撥をにぎる手の指の様子、角や牙、逆立つ髪に至るまで、非常に緻密に描き出し、

図7　岩佐勝友筆「源氏物語図屏風」部分　17世紀　出光美術館

図9　同図7　部分

図8　同図7　部分

この劇的な場面を演出している。

一方、雨風の強さは、薄く斜めに引かれた墨線と吹き墨によって繊細に表され、さらにそれに重ねるように、風に撓む桜の枝や、風に舞う無数の花弁が丁寧に描き込まれている。恐ろしい場面でありながら、季節の情趣が感じられる優美な画面となっているのである。

左上から右下に向かう斜線上に、先細る雲の末端、右下に体を向ける雷神、雨の墨線、半蔀の上部が重なるように配した構図は秀逸である。それらはすべて源氏と従者たちに向かっており、そこから逃げる彼らの切実な思いが視覚的に表されているからである。しかしそのような彼らの背後の海にもまた、波頭を浜に向かって伸ばす触手のような波が描かれており、源氏たちを捕らえようとしているかのようである。

出光本では須磨の場面を、突然起きた暴風雷雨の「恐怖」と、その場からの「退去」という二つのテーマに焦点をあて、絵画化したものと考えられる。同じ主題を扱いながら、福井本とは時間も場も異なる設定で描き出した出光本の須磨の場面は、非常に説明的である。だが、雷神や人の動きによって出来事の恐ろしさを表したその作画姿勢は、「須磨の暴風雨」に関する新たな解釈を提示したものといえよう。

(三)「源氏物語図」屏風(六曲一双)京都国立博物館蔵

出光本の場面をさらにドラマティックに仕立てているのが、京都国立博物館蔵「源氏物語図」屏風(以下京博本)である。顔貌表現などから岩佐又兵衛のスタイルを継承した、十七世紀半ばの絵師によるものと推測されている。[*16] 京博本は、一双の屏風に、十九の場面のみを抽出して描いた、いわばダイジェスト版の源氏絵である。両隻とも金雲によって屏風の天地を三段に区切って横長の画面を作りだし、比較的大きくとったスペースに三~四場面が右から左へと展開する体裁は、まるで絵巻物をつなぎ合わせたようにも見える。一部判断しにくい場面があるものの、右隻上段右から「桐壺」「帚木」「澪標」、中段に「幻」「薄雲」「末摘花」「宿木」、下段に「若菜上」「紅葉賀」を、左隻上段右から「若紫」「花宴」「夢浮橋」「行幸」、中段に「葵」「夕顔」、下段に「須磨」「明石」「松風」「浮舟」の各巻を描いたものと考えられる。須磨の暴風雨の場面は、左隻の右下に三扇にわたり大きく描写されている（**図10**）。

金雲で枠取られた横長の画面は絵巻物を広げたようであり、画面右から逆巻く波が荒々しく源氏の邸を襲う様子が描かれる。触手のように表された白い波濤は、茅葺きの垣根を破壊し、今まさに邸内へとなだれ込もうとしており、門塀の上には、黒雲に乗り連鼓を打ち鳴らす雷神（**図11**）が、左方へ逃げる源氏たちを追っている。門から邸内へと続く空間には、強風に煽られ、また転びながらも必死の形相で左手の建物に逃げ込もうとする人々が描かれるが、中央に描かれた源氏を除き、人々はみな裸足である。このような姿は、まさにパニック状態であることを視覚に訴えるものであり、取る物も取らず慌てて逃げるその様子には、この災異の凄惨さが映し出されているといえよう。強風の凄まじさは、風に大きく撓む樹木、檜皮が剥がされ骨組みまで見える門塀、大きく翻る人々の衣などのモティーフによっても、具体的に表されている。しかしながら本図には、福井本や出光本に見られる雨脚や雷光は描かれず、暴風雷雨という異変は、強風の表現と雷神のモティーフのみで表されている。画面の中心に一際目立つように描かれた雷神は、背後の高波を振り返っていることからも、風・雨・雷・高波の全てを引き起こす怪物のようである。

京博本の特徴は、大勢の人々が躍動感をもって描かれていることである。物語本文では、須磨滞在の供は「ただいと近う仕うまつり馴れたかぎり、七八人ばかり」であったと語られるのに対し、画面には源氏を含め十三人もの人物がひしめくように描かれる。また、冠直衣姿で二人に手を引かれながら逃げる源氏の姿

（図12）は、先に見た出光本に通じるものの、出光本のように主人公としての存在感はなく、しかも貴族たる威厳すら感じられない。白く塗られたその顔は、従者たちと差異化されているものの、両腕を抱えられて逃げるその姿は他の人々と同列に扱われ、雅な王朝貴族のイメージとは大きく隔たっている。

このように、京博本において画面の中心をなすのは、大げさな身振りと豊かな表情で描かれる人物の「群像」である。多くの源氏絵が、物語の情趣を雅やかに描写するのに対し、本図の関心は、人物の動きや表情、そして風俗に向けられている。しかも主人公クラスの人物よりも、脇役となる無名の人物達—しかも女性よりも男性の姿—を、表情豊かに溌剌と描写することに熱心である。この須磨の暴風雨の場面は、その上部に描かれた葵巻の「車争い」の情景とともに、一隻の半分に相当する三扇に跨がり大きく描出されており、劇的で

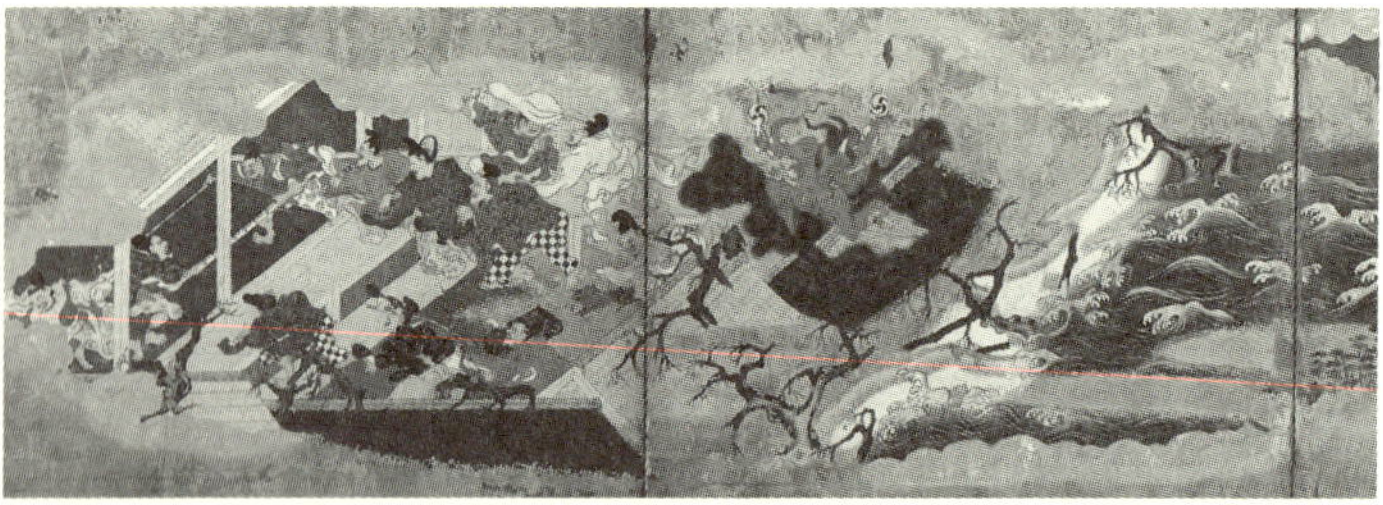

図10　「源氏物語図」（六曲一双）のうち右隻部分　17世紀　京都国立博物館

図12　同図10　部分

図11　同図10　部分

ダイナミックな様子は、屏風の中でも特に際立っている。むしろこのように迫真的で臨場感のある画面を描き出すために、暴風雨や車争いという主題が選ばれたのではないかと思われるほどである。

源氏絵の伝統は、段落式絵巻や画帖など比較的小画面に描かれ観賞される中で育まれたことから、大画面の屏風であっても、各場面を描く際には登場人物の数を絞り、数名の人物で構成することが多い。しかも人物は観賞者の感情移入を助けるために、おおよそ無表情に描かれることが常である。しかしこのような源氏絵の伝統に反するように、京博本は、群像表現や動きのある人物表現を多用しており、より劇的で親しみのある源氏絵を構成しようとした意図が明確である。その表現は、岩佐又兵衛やその周辺の絵師たちによる絵巻群の様式に近く、そのような造形への志向や作品の需要が、京博本の屏風の成立とも深く関わっていると思われる。人物の動きや表情だけでなく、大振りの太刀や弓といった源氏絵にはあまり描かれないモティーフを描くことも、近世の風俗画との関連を考える上で非常に興味深い。

以上、三つの作品を比較すると、「須磨の暴風雨」という共通の主題を取り上げながら、焦点化するテーマは各々異なっており、それに準じて描き方やモティーフにも差異があることがわかる。

福井本は、暴風雨とそれに伴う高潮の凄まじさを雨や波の荒々しい表現によって表し、またそれに対する不安気な源氏の様子を描き出すことによって、源氏の心情に迫る緊張感のある画面を作り出している。画面には時間を特定する要素はなく、源氏が恐怖にさいなまれた長い時を表そうとしているように感じられる。

一方、出光本では、浜辺という場が設定され、御祓の最中に暴風雨が突発し、まさに今そこから逃げ出そうとする源氏たちの姿を瞬間的に捉えている。動きを伴った源氏の姿や、風に飛ばされる半蔀や花弁の表現は、暴風雨の激しさと恐怖を臨場感をもって表現しようとするものであり、激しく連鼓を打ち鳴らす雷神の姿は、雷電や雷鳴の激しさや恐ろしさを象徴しようとしたものと考えられる。出光本では、暴風雨と雷の「恐怖」と、その場所、つまり須磨からの「退避」が主題となっているのである。

さらに京博本に至っては、パニックを起こし邸宅に逃げ込む人々の騒然とした様子を描写することに、絵師の関心は向けられている。しかも雷神は、雷電の激しさを象徴するものというよりも、死と直面するような恐怖に怯えながら逃げまどう人々を凄まじい勢いで追い、彼らを直接襲撃する怪物のように描かれているのである。

このような場面選択やモティーフ、そして描写の差異は、作品制作の際になされた、物語解釈のあり方の差異を示すものにほかならない。ここまで物語内容に沿って画面をみてきたが、視覚的イメージは、単に物語内容をそっくりそのまま映し出すものではなく、物語の枠組みを超えて、様々なイメージや意味を呼び込み、本来の物語とは離れたところで新たな物語を再生するものである。そこで次に、イメージにより紡ぎだされた視覚的な物語がいかなるものであり、どのような意味をもたらしているのかを、雷神というモティーフに注目し探ってみたい。

3　暴風雨と雷神

須磨における天変地異の絵画化が稀であることは先に述べたとおりである。しかしながら、『源氏物語絵詞』[*17]（以下『絵詞』）の記述から、室町時代には、この一連の出来事が絵画化されるものとして認識されていたことがわかる。『絵詞』には、明石巻で取り上げるべき場面として、「須磨のおましにかみなりをち、ろうにほのをもえあかりやけ、おまし難人共入こむ躰」と記されており、須磨における災異の様子が、絵画化に相応しい場面として選ばれているのである。ただし、その場面は須磨巻で語られる暴風雨ではなく、明石巻で語られる落雷の場面であることには注意が必要である。このような姿勢は、絵入り版本の『源氏物語』に受け継がれ、承応三年（一六五四）刊行の『絵入源氏物語』[18]（図13、以下『絵入源氏』）と、同時期に刊行された『十帖源氏』[19]（図14）には、明石巻の挿図として、廊が落雷炎上する場面が描かれている。[20]

　重要なのは『十帖源氏』には、さらにもう一図、浜辺における御祓の最中に見舞われた暴風雨の場面が描かれており（図15）、しかも須磨巻の図として挿入されていることである。この場面選択は、二章でみた三作品の場面選択と共通するものとして注目できよう。特に、図15は出光本の源氏一行の描写に近似しているだけでなく、図14と組み合わせると、ほぼ出光本の構図となることは、両者の間に何らかの関係があったことがうかがわれる。『十帖源氏』の挿図と出光本のいずれが先行する図様かは明らかではないが、両者には確かに図様の

図13　『絵入源氏物語』　明石巻挿図

図14　『十帖源氏』　明石巻挿図

図15　『十帖源氏』　須磨巻挿図

継承関係が認められよう。『十帖源氏』は広く流布した版本であり、出光本の他の場面（「篝木」「花宴」など）にも『十帖源氏』の挿絵と近似する図様が散見されることからも、出光本がこのような版本の図様を参照しつつ、新たな図様を創出した可能性は十分に考えられる。出光本が、二つの場面の挿図を組み合わせ、須磨の場面としたのは、源氏が何に恐れ逃げているのかという因果関係を明らかにするとともに、須磨の海岸の場面をドラマティックに演出するためであったと考えられる。

さらに重要なのは、二つの版本においても、出光本や京博本と同様、「雷」という自然現象が「雷神」の姿で表象されていることである。先述したように、『源氏物語』の本文に「雷神」の記述は見られず、そのイメージは、絵画においてのみ登場したモティーフであった。テクストに反して、あるいはテクストから発展してこうしたイメージが採用されたのは、何らかの意味や意図があったからであろう。もちろん、雷神のイメージといえば、「天神縁起」諸本に描かれた、道真の怨霊たる雷神の姿（図16）がすぐに思い浮かべられる。しかし、ここで着目すべきは、『源氏物語』とともに享受された雷神のイメージである。

図16 「松崎天神縁起」部分 鎌倉時代 防府天満宮

先に見た『絵入源氏』では、吹抜屋台の構図で、廂のある寝殿風の建物に落雷炎上させる雷神の姿が描かれている。一方、『十帖源氏』では屋外に浮遊し、茅葺きの渡廊の屋根を炎上させる雷神の姿が描かれる。屋内か屋外かは異なるものの、雲乗の姿、連太鼓を背負い両手に撥を持つことは両者に共通しており、それは一般的な雷神のイメージと通じている。しかしながら、『絵入源氏』の雷神の姿（図17）を具に見ると、天衣は着けておらず、しかも顔貌は、眼光鋭く、嘴と大きな耳をもつ、異形の姿であることがわかる。つまり、二つの版本には、二つの異なる雷神のイメージが映しだされているのである。

雷神が鳥のような嘴をもつことは、中国の『山海経』の記述に見られるが、[*21] こうした雷神の姿は、遺品を見る限り、日本では流布しなかったようである。むしろ『絵入源氏』に描かれたイメージは、鎌倉時代の「天狗草紙」（図18）や「春日権現験記絵」（巻四）等に登場する天狗、特に鳥類の化けた「烏天狗」に近いものといえる。ではなぜ『絵入源氏』の雷神の姿は、天狗のように描かれたのであろうか。

古来天狗とは、人を化かし、人に取り憑き、人に災いをもたらすものと考えられていた。また「天狗草紙」（三井寺巻）の画中詞には、天狗が好むものとして、「おもしろきもの、はれ、はたたかみ（激しい雷）・いなつま・にわかせうまう（俄焼亡）・つしかせ（辻風）・やふれたる御くわんし（御願寺）・人はなれのふるたう（古堂）」と記されており、同様の内容は、南北朝時代に書かれた『秋夜長物語』にも見られることから、[*22] 雷や稲妻、辻風（突風）といった災異が、天狗と結び付けて考えられていたことがわかる。

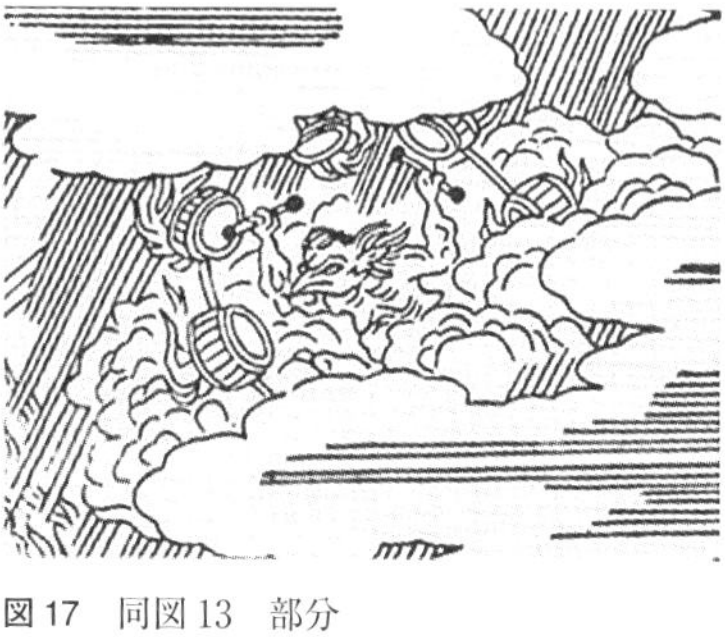

図17　同図13　部分

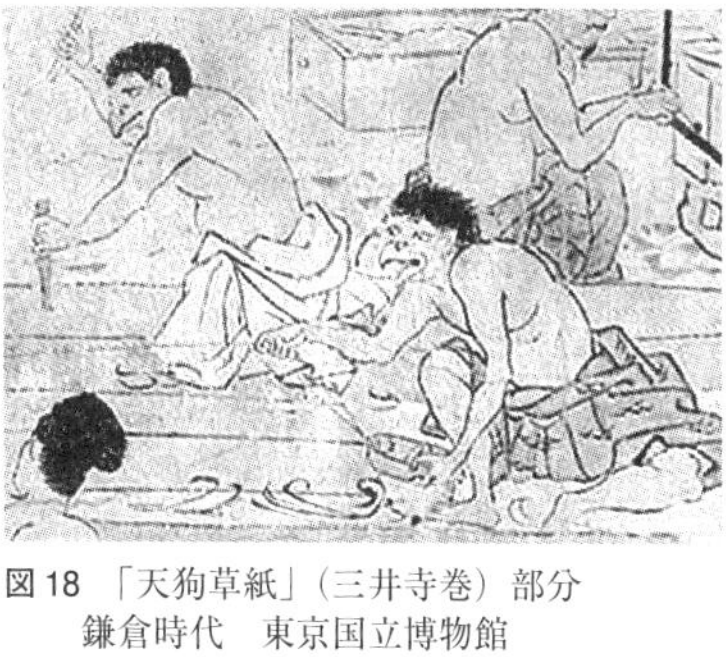

図18　「天狗草紙」（三井寺巻）部分
鎌倉時代　東京国立博物館

一方、天狗は、怨霊的な存在としても捉えられていた。[*23]『太平記』には、崇徳院が愛宕山に住む天狗として描写され、また『保元物語』においても、崇徳院は生きながらにして天狗の姿となったと記されている。つまり十三世紀中頃には、天狗とは、この世に怨恨を残したことにより、天下に災異をもたらす存在と認識されていたのである。なお、天狗となった崇徳院の姿は、海北友雪（一五九八～一六七七）筆「太平記絵巻」（スペンサー本B）に嘴をもつ金の鵄として描かれていることから[*24]（図19）、その視覚的なイメージは、近世に至るまで受容されていたと考えられる。

しかも怨霊と雷は、菅原道真の例を挙げるまでもなく、密接に結びついていた。『平治物語』において、源義朝の長男悪源太義平が死に際に、「死ては大魔縁となるか、しからずは雷と成ツて、清盛をはじめ汝に至まで、一々に蹴殺さんずるぞ」と言い残すことからも、それは明らかである。『絵入源氏』の雷神の姿は、天狗と怨霊、怨霊と雷、そして天狗と雷というイメージの連鎖によってなされたものと考えられる。

図19　「太平記絵巻」（スペンサー本B）部分　17世紀　ニューヨーク・パブリックライブラリー

つまり『絵入源氏』に描かれているのは、自らの恨みを晴らすために現れた怨霊が、雷電によって、源氏たちに死に至る程の災いをもたらそうとしている場面であると解釈できる。しかも場の設定に注目するならば、寝殿造風の建物や貴族たちの姿が京を想起させることから、この場面は須磨と京で同時に起きた落雷をダブルイメージとして呈示しようとした可能性も考えられる。京を襲い、また朱雀院を悩ませたのは、父桐壺院の亡霊であり、桐壺院が朱雀院の前に再び姿を現したのは遺恨があったためである。これらを考え合わせると、天狗の姿で描かれた雷神は、桐壺院の霊を怨霊として描き出したものと解釈することも可能ではないだろうか。

これに対し、『十帖源氏』の雷神の姿は、雲や天衣、連鼓、裸に褌姿といった、我々がよく知る雷神のイメージである。このようなイメージは「天神縁起」に見られるように、菅原道真の怨霊と雷が結びついたものであり、神として祀られ、信仰の対象となったイメージであった。『絵入源氏』の天狗の姿をした雷神が、恐れられ調伏されるべき怨霊のイメージを内包するのに対し、道真の怨霊が化した雷神は、落雷や雨をもたらす善神なのである。そしてこうしたイメージは、全国の天神社に伝わる「天神縁起絵」によって広まり、雷神の造形としても定着した。このような雷神の図像は、伝俵屋宗達筆「伊勢物語色紙」の「芥川」に受け継がれていることからも、雷の表象として認識されていたことがわかる。[*25]

以上のように、二つの絵入り版本の雷神の図像を比較すると、ほぼ同時期に異なる物語解釈がなされていた可能性が指摘できる。それは、一つは源氏に落雷という天罰が下されるというもの、もう一つは、源氏の願が天に通じ神威が示されたというものである。こういった解釈の相違は、古注釈書にもみられるものであり、[*26]須磨の暴風雨という物語が、様々な解釈を引き出すものであったことがわかる。ではこれらを踏まえた上で、雷神が描かれた出光本と京博本の須磨の場面は、どのように読み解くことができるであろうか。

出光本は、先述したように、『十帖源氏』の異なる二つの巻の挿絵が組み合わされた可能性が考えられるが、特に明石巻のイメージが須磨巻のものとして再構成されたことに大きな意味があると思われる。恐ろしい雷神の姿は、源氏たちが海岸から逃げ出す理由を明確にするものであり、彼らが感じた「恐怖」をより一層強調するものである。源氏一行は、まさにこれらの「恐怖」から「退避」する姿として映しだされているが、彼らの行く先、つまり須磨の場面の下には、穏やかな明石の景色が展開している（**図20**）。明石の場面へと自然に導くように工夫された画面構成は、源氏たちの明石への「退避」あるいは「移動」というものを有機的に表すものである。出光本における須磨の暴風雨は、明石へと移るための序章であり、雷神に追い立てられるように明石へと移る源氏の姿は、神に導かれて明石へと移り、そして穏やかな海を眺めるという視覚的物語を紡ぎだしているものと考えられる。

一方、京博本では、雷神は恐ろしい形相で直接的に人々を襲撃するように描かれている。しかも雷神に追われた源氏たちが逃げまどうのが、邸内であることは重要である。しかもその邸宅は、大きな門や廊が付属する立派な建物として描かれており、物語本文で語られる須磨の籠居のイメージとは大きく異なっている。特に檜皮葺の建物は、貴族の邸宅を想起させるものであり、そのような場所で人々が雷神に襲われるイメージは、「天神縁起」の清涼殿落雷のイメージにも通じる。つまり、この場面は、源氏が天罰を受けている場面として描こうとしたものと考えられる。もちろん「天神縁起」における天罰の対象は政敵であり、物語内

図20　同図7　部分「須磨」および「明石」

容は異なるものの、視覚的に示されたイメージでは、明らかに源氏が災難を被っているように描かれている。この天罰が何によるものかは示されておらず定かではないが、源氏の犯した数々の罪（藤壺との密通と桐壺帝への裏切り、朧月夜との密通と朱雀院への裏切りなど）に対するものと想定することも可能であろう。だが、むしろここではその判断、つまり罪が何かという判断は、絵の観者に委ねられており、解釈の可能性が開かれているものと考えたい。

以上、出光本と京博本の須磨の場面を、物語内容から離れ改めて分析すると、描かれたイメージと『源氏物語』で語られる物語内容との間には、落差を感じざるをえない。物語では、白居易・周公旦・屈原・在原行平・菅原道真など和漢人物の流謫の故事を引用して、源氏の流離をいわれのない不幸な出来事として印象づけようとしているのに対し、描かれたイメージは決して源氏に同情的ではない。このようなイメージには、源氏のように優雅でしかも誰もが認める有能な人物であったとしても、天の諫めからは逃れることができず、また罪を犯せば罰を受けざるを得ないという因果応報の教訓が込められているのかもしれない。

それに加えさらに重要なのは、須磨の場面が明石の場面と連続して描かれていることである。出光本は上下に、京博本は左右[*27]に二つの場面が連続することには注目すべきであろう。連続する場面は、連続する物語として視覚的に呈示されているのであり、故にそれらが織りなす物語の意味についても、目を向ける必要があるからである。須磨の暴風雨の後に展開するのは、穏やかな海岸の景観とそこを行き過ぎようとする男性群像である。このような明石の情景は、繰り返し指摘されるように、伊勢物語絵の「東下り」と共通するイメージで形作られている。「東下り」はまさに流謫のイメージを代表するものであり、そのようなイメージが暴風雨という天変地異の直後に展開することには、重要な意味があると思われる。

先に述べたように、源氏にとって須磨の暴風雨は命を失いかけた大きな災難であったが、それを乗り越えたことにより、源氏の運命は拓かれた。もとより明石巻は、源氏の新たな人生への導入部を担っており、明石の場面に描かれた男性貴族の旅姿にもまた、災難を乗り越え新たな舞台へと旅立つ男性貴族というイメージが投影されていると考えられる。明石へと下る源氏の姿は、須磨の惨劇のイメージと結びつくことによって、流謫という悲観的なものではなく、困難を乗り越え再出発を成し遂げた晴れがましいイメージへと変容しているのである。しかもそのイメージが男性群像として描かれていることも重要である。ここには、困難を共に克服した男性同士の絆や連帯が視覚的に表されているからである。もちろん定型化された須磨の画面においても、源氏をめぐる男性同士の絆は視覚化されているが、その連帯は、友や従者と侘しさや悲しみを共感しあうことによって結ばれるものであり、実に感傷的であった。しかもそこに描かれたのは、京を追われることにより、政治的にも社会的にも男性性を剥奪された源氏の姿だったのである。それに対し、出光本や京博本において連続して語られる視覚的物語は、死を覚悟するほどの危機を乗り越えることによって生み出された新たな連帯の物語であり、それは男性同士の絆を単に視覚化するだけでなく、男性性を回復する物語としても機能していたのではないかと考えられる。

暴風雨という天変地異を描いた場面から明石へと続く場面には、恋愛というパラダイムでは語りきれない、男性達のある種の幻想が投影されていると思われる。それは、いわれなき罪に問われ、流謫という憂き目にあったとしても、その先には復活やさらなる飛躍が待っているというファンタジーである。とするならば、明石の場面に描かれた源氏の姿は、理想的な男性像と解釈することも可能ではないだろうか。

おわりに

本稿では、須磨の暴風雨という一つの物語に焦点をあて、それがどのように絵画化され、またその場面は作品の中でいかなる意味をもつのか考察を試みた。

物語というテクストがある物語絵の場合、テクストのどの部分をどう絵画化しているのかということに目が向きがちであるが、ある場面は描かれるのに対し、なぜ別の場面は描かれなかったのか考えることもまた重要である。本稿で取り上げた須磨の暴風雨の場面のように、定型とはならなかったものをあえて描くことに、重要な意味を見出すことも可能だからである。場面選択や視覚的イメージが、制作者（注文主や絵師）の物語解釈を示すものであることはいうまでもない。絵所絵師をはじめさまざまな絵師が描いた源氏絵の伝統に対し、あえてそこから逸脱するイメージを創造しようとしたことには、制作者の意図や強い意思があったはずである。このようなイメージの分析は、物語解釈の多様なありかたを探る試みでもあるのである。

具体的な形や色で表されたイメージは、言葉と同じくらい、あるいはそれよりも時に饒舌である。視覚的イメージは、観る者に一目で多くの情報を与えるだけでなく、様々な仕掛けによって、物語の世界を増幅させる。物語とイメージ双方の記憶を辿りながら味わう物語絵には、観者の数と同じだけ、解釈の奥行きも広がっており、しかもイメージの記憶は、いとも簡単に物語を超えてしまう。[*28] だからこそ、物語絵を読み解くためには、物語を視覚的に形作る要素を、モティーフ、色、構図、またそれらの組み合わせに至るまで、さまざまなレベルで分析し、さらにイメージの連関や変容までも考察の対象としなければならない。時には物語の内容から離れることも必要である。なぜなら、イメージは、物語のコンテクストとは無関係のところで、様々に引用され、新たな物語を形作るものだからである。

注

*1　鈴木日出男「源氏物語の死と再生」『文学』一九八七年十月。

*2　田口榮一氏の分類では、須磨巻の場面選択はおおよそ八つに分けられるが、中でも暴風雨の場面は類例が少ない。田口榮一編「源氏絵帖別場面一覧」秋山虔・田口榮一監修『豪華［源氏絵］の世界　源氏物語』学習研究社、一九八八年。

*3　『源氏物語』の注釈書である『花鳥余情』は、準拠として『琴書』の「楽書云、琴は天地を動かし、鬼神を感ぜしむ」（原漢文）を挙げる（伊井春樹編『源氏物語古注集成一　花鳥余情　松永本』桜楓社、一九七八年）。同様の記述は『うつほ物語』にもあり、琴の響きによる天の異変（奇瑞）として、天地を揺るがし、季節はずれの霰が降り、星が騒ぎ、瑞雲が棚引いたと語られる。井上正「『源氏物語』の音楽思想」『帝京大学文学部教育学科紀要』三六、二〇一一年三月。

*4　『詩経大序』には「天地を動かし、鬼神を感ぜしむるは、詩より近きはなし」（原漢文）とあり、『古今和歌集』「仮名序」には「ちからをもいれずしてあめつちをうごかし、めにみえぬおにかみをもあはれとおもはせ」とある。

*5　神々が登場し、神への呼びかけと暴風雨の有様が呼応するという話型は、暴風雨が神の神意によるものであることを示している（武原弘「光源氏の須磨流謫について―宿世意識の深化の課程―」『日本文学研究』三二、一九九六年一月）。ただし、これを源氏の訴えに対する神仏の感応とみるか、天の怒りをかった結果とみるかは、解釈が二分されている。

*6　後藤祥子『源氏物語の史的空間』東京大学出版会、一九八六年。

*7　須磨は、「海人」「塩焼く」の語と結びついて、多くの和歌に詠まれた歌名所であった。

*8　在原行平は「わくらばに問ふ人あらば須磨の浦に藻塩たれつつわぶと答えよ」という歌を、源高明は「須磨のあまの浦こぐ船の後もなくみぬ人恋ふる我やなになる」という歌を残している。なお、両者は光源氏の準拠とみなされている。

*9　寺本直彦「須磨の侘び住まい」『講座源氏物語の世界』第三集、有斐閣、一九八一年。

*10　仁平道明「光源氏の罪と罰」（『源氏物語の展望』三弥井書店、二〇〇三年）。仁平氏は、源氏の須磨へ下向に対する解

釈の変遷を歴史的に概観している。議論の中心となってきたのは、源氏の須磨への下向を、「流罪」とみるか、それとも自主的退去とみるべきかという点であったが、現在もこの議論は続いており、解釈が分かれている。

＊11　画巻には、「伊勢物語・七段」「源氏物語・須磨」「平家物語・鵜川の軍」「唐土故事図」「弁慶安宅の関」「平家物語・額打」「平治物語・悪源太雷電となる」「平家物語・祇王」「源氏物語・夕霧」「源氏物語・浮舟」「琴棋書画」「布袋寿老人の酒宴」の順で収められていた。辻惟雄『日本の美術二五九　岩佐又兵衛』至文堂、一九八七年十二月。

＊12　このような細密描写は、又兵衛の古典主題の絵画に共通する。多くの古典絵画を学んだ又兵衛は、図様だけでなく、古典絵画に共通する精緻な描写までも、自らの作品に取り入れようとしたことがうかがわれる。

＊13　高潮が起きたことは、「須磨における、波に引かれて入りぬべかりけり」「高潮といふものになむ、とりあへず人そこなはるるとは聞けど、いと、かかることは、まだ知らず」という源氏の従者たちの会話によって示されている。

＊14　桜花が散ることは物語本文では述べられないが、源氏の住居に桜が植えられていたことは「須磨には年返りて日長くつれづれなるに、植ゑし若木の桜ほのかに咲き初めて」という記述に示されており、このような細部の記述にも、又兵衛は注意を払っていたことがわかる。

＊15　勝友という人物の詳細は明らかではないが、画風に岩佐又兵衛の影響が少なからず認められ、またその名に又兵衛の字である「勝以」の「勝」を用いていることから、又兵衛の弟子あるいは近親の絵師であったと考えられる。『伝説の浮世絵開祖　岩佐又兵衛』展図録（千葉市美術館、二〇〇四年）、『源氏物語―千年の輝き―』展図録（国文学研究資料館、二〇〇八年）等。

＊16　『源氏物語千年紀』展図録（京都文化博物館、二〇〇八年）図版解説。

＊17　『源氏物語』の各巻から絵になりやすい場面を数カ所ずつ選んで本文を抜き出すとともに、その絵の内容を細かく指示したもので、室町時代末の成立とされる。片桐洋一編『源氏物語絵詞―翻刻と解説―』大学堂書店、一九八三年。

＊18　『源氏物語』五十四帖の本文に挿絵を加えた最初の版本。蒔絵師で歌人の山本春正（一六一〇～八二）の絵と本文校訂により出版された。慶安三年（一六五〇）以来、何度か形を変え出版されたが、承応三年版が最も流布したといわれる。

＊19　十巻からなる絵入り版本の『源氏物語』の梗概書。平易に俗訳した文章とともに、野々口立圃（一五九五～一六六九）による一三〇図の挿絵が備わる。承応三年ごろの成立とみられ、万治四年（一六六一）付の荒木利兵衛による刊記を伴う版本が存在する。なお立圃は、本書の内容を更に簡略にした『おさな源氏』も著している。
＊20　両者とも『絵入源氏物語考』（三巻、日本書誌学大系五十三、一九八七年）を参照した。なお『絵入源氏』は最も流布した承応三年版を参照した。
＊21　戦国時代から秦・漢頃成立の『山海経』には、人頭ながら嘴のようなものをもち、龍の形をした雷神のことが記されているという。脇坂淳「風神・雷神の図像的系譜と宗達風神雷神図」『大阪市立美術館紀要』四、一九八四年三月。
＊22　『秋夜長物語』には、「焼亡・辻風・小喧嘩・論ノ相撲ニ事出シ・白川のホコノ空印地・山門南都ノ御輿振・五山ノ僧ノ門徒立」と記される。
＊23　山田雄司『崇徳院怨霊の研究』思文閣出版、二〇〇一年。
＊24　「雲景未来記事」の場面には、金の鳶の姿をした崇徳院を中心に、政争の渦中に恨みをのんで死んだ天皇や皇族が集まり、天下を乱す評定をする様子が描かれる。また「宮方怨霊会六本杉事付医師評定事」の場面でも、天狗の姿をした後醍醐天皇らの怨霊が描かれており、天皇・皇族の怨霊と天狗がイメージとして結びついていた可能性を示唆する。埼玉県立博物館編『図録太平記絵巻』埼玉新聞社、一九九七年。
＊25　宗達は「芥川」の場面を赤い身体の雷神のみで象徴的に描き出すが、『伊勢物語』第六段では、「神（かみなり）さえいといみじうなり」とあるのみで、雷神に関する記述はない。しかし例えば「異本伊勢物語絵」（原本は中世、和泉市久保惣記念美術館）の第三巻「芥川図」には、黒雲に雷光が閃く場面に続いて赤鬼の姿が描かれており、雷と赤鬼のイメージが視覚的に結びついていた可能性が指摘できる。なお、赤い身体の雷神は、天神縁起諸本、出光本、京博本にも共通している。
＊26　例えば『珉江入楚』は、源氏の無実を訴えた歌に天が感応して突然の風雨を起こし、都まで吹かし、源氏の召還を実現させることになったとし、道真の故事を引きつつ、源氏の無実が天に聞き届けられたという解釈を示す。一方『河海

抄』は、『金光明経』の一節を参照しつつ、暴風雨の要因は王が善事を修めないことにあるとし、嵐は朱雀帝を諫めるものと解釈する。さらに周公旦の故事を引き、暴風雨は、光源氏の無実を証明し、朱雀帝を戒める意味をもつという解釈も示す。日向一雅「鑑賞欄　暴風雨」(『源氏物語の鑑賞と基礎知識　2須磨』至文堂、一九九八年十一月)。

＊27　特に京博本右隻下段には、海や河といった水の情景が連続しており、水を媒介とした物語を並列する趣向がみられる。

＊28　異なる物語絵間のイメージの相関は繰り返し指摘されており、特に源氏絵では「寝覚物語絵巻」や伊勢物語絵に関して具体的な指摘がなされている。佐野みどり「絵巻の表現―話法・イメージ・構図―」(同『風流　造形　物語―日本美術の構造と様態』スカイドア、一九九七年)、千野香織『日本の美術三〇一　絵巻＝伊勢物語絵』(至文堂、一九九一年)、廣海伸彦「物語絵の往還―近世初期の源氏絵と伊勢絵を中心に」(『出光美術館研究紀要』十七、二〇一二年一月)など。

〔付記〕　作品調査・図版掲載にあたり、出光美術館・同学芸員出光佐知子氏・廣海伸彦氏、京都国立博物館、和泉市久保惣記念美術館・同館長河田昌之氏・同学芸員後藤健一郎氏に格別のご高配ご教示を賜りました。ここに深謝申し上げます。

〔図版出典〕

図1・3　秋山虔・田口榮一監修『豪華［源氏絵］の世界　源氏物語』学習研究社、一九八八年

図2　和泉市久保惣記念美術館デジタルミュージアム

図4　京都文化博物館編『源氏物語千年紀』展図録、二〇〇八年

図5・6　堺市博物館編『源氏物語の絵画』展図録、一九八一年

図13〜15、17『絵入源氏物語考　中』(日本書誌学大系五十三)、青裳堂書店、一九八七年

図16『続日本絵巻物大成十六　松崎天神縁起』中央公論社、一九八三年

図19　埼玉県立博物館編『図録太平記絵巻』埼玉新聞社、一九九七年

〈荒ましき〉川音

―平安貴族における危険感受性の一面―

北條勝貴

はじめに

歴史学は、良くも悪くも時代・社会のありようと深く関わり、それを反映する学問である。例えば一九五〇〜七〇年代には、マルクス主義に基く唯物史観が全盛であったが、東ヨーロッパの共産主義諸国、ソビエト連邦が崩壊してゆくなかで衰えた。一九八〇年代には、支配者の歴史、国家の歴史を相対化する社会史が盛んになったが、世紀の更新を経て過去のものとされつつある。また、環境問題が深刻化する昨今では、その淵源を探り解決の道筋を展望する環境史に注目が集まり、多くの関連書籍も出版されている。かかる流行り廃りには、一方ではアクチュアルな問題と向き合おうする真摯さ・誠実さがうかがえるが、もう一方では、学界におけるヘゲモニー獲得競争という醜い実態が垣間みえる。

そして、二〇一一年の東日本大震災以降は、これまで極めて周縁的な領域にすぎなかった災害史への関心が、急激な高まりをみせている。従来災害になど言及すらしてこなかった研究者が口を揃えてその重要性を訴え、過去の災害経験や防災・減災対策の掘り起こし、災害からいかに文化財を守るかをテーマにした学術大会、シンポジウムが繰り返し開催された。このような動きは、災害への危機感を風化させないためにも意味があるが[*1]、逆に、対象を消費し空洞化させてゆく危険性も孕む。また、激甚災害の爪跡が生々しい時期に危機感、警戒感を強く抱いて対象に臨むと、ともすれば、当時の社会や国家全体を揺るがせた地震、津波などの大規模災害へ注意が偏り、日常生活の些細な事件・事故にも同じような畏れや痛みを感じていた、等身大の人間の姿を見失ってしまいがちになる。それは必ずしも、防災・減災に対する貢献には繋がらないのではなかろうか。

本稿では、以上のような点を意識しつつ、『源氏物語』宇治十帖（以下、「宇治十帖」と略記）を手がかりに、平安貴族の培っていた危険感受性の一端について考えてゆきたい。それは、川の流れから届く微細な水音の変化に、洪水発生の危険を察知する感性の世界である。[*2]

1　宇治十帖に刻まれた川音

飯村弘佳・小泉隆・鈴木信宏三氏の基礎的なデータ整理によると、『源氏物語』全編を通じた水音記述の対象は、全九四件のうち川が四七、続いて海が二五、遣水が一二となっており、川が最も多い。そしてその形容は、ほぼすべて（水音の形容自体は二〇件、うち川は一〇件）が「恐ろしい」「騒がしい」といった否定的な表現であるという。[*3] かかる事例の大半は、いうまでもなく宇治十帖に含まれるが、使用される品詞は限られており、形式的・常套的であるとの印象は拭えない。しかし注意してみてみると、そこには文脈に応じた微細な意味付けの相違があり、個々の登場人物の深層を浮かび上がらせる主題的役割をなしている。[*4] よって、その喚起されるところは聞く主体ごとに相違することになるが、多少乱暴ながらあえて類型化すると、概ね次の二つに大別できるように思われる。ひとつは、(イ)気に障る騒がしさを伝えるもので、宇治の代名詞ともいうべき網代に砕ける波音から、立ち働く漁民の喧噪までを含むもの。またもうひとつは、(ロ)逆に寂寥感や不安感を掻き立てるような表現である。以下、特徴的な部分を参照して考えてみたい。

(イ)　気に障る騒がしさを伝える表現

まずは橋姫巻の冒頭近く、八の宮が自邸の火災によって転居してきた宇治の山荘の様子を描写するくだりに、「網代のけはひ近く、耳かしがましき川のわたりにて、静かなる思ひにかなはぬ方もあれど、いかがはせん」との記述がある。八の宮は、仏道修行に入る決意をした矢先に京を離れることになり、静穏に生活できる場所を求めて宇治に至ったものだろうが、山荘の周辺は意外にも雑多な世俗の音に満ちていた。網代は大化前代より続く贄人が氷魚を獲る仕掛けで、『延喜式』内膳司に「山城国・近江国氷魚網代各一処。其の氷魚、九月より始め十二月卅日にいたるまで貢ず」[*5]とあり、宇治における秋冬の風物詩として、早く『万葉集』段階から歌材に採られてきた。また、十世紀までには蔵人所の管轄下に組み入れられ、氷魚使の派遣や御網代司も設置をみるなど、単なる生業を超えた準官司的な性格も帯びている。[*6]八の宮の感じた「耳かしがまし」さは、そのまま宮廷社会における世俗的煩わしさに通じていると考えられる。また、仏教へのベクトルに拘って読むならば、後の時代になるが、度々の殺生禁断令によってその活動が抑制され、破却されるに至っていること（例えば、『中右記』永久二年〈一一一四年〉九月十四日条）も勘案すべきかもしれない。感受の主体は異なるが、九月、八の宮邸を初めて訪れた薫が大君と歌の贈答をしつつ、「「網代は人騒がしげなり。されど氷魚も寄らぬにやあらん、すさまじげなるけしきなり」と、御供の人々見知りて言ふ。あやしき舟どもに柴刈り積み、おのおの何となき世の営みどもに行きかふさまどもの、はかなき水の上に浮かびたる、誰も思へば同じごとなる世の常なさなり。我は浮かばず、玉の台に静けき身と思ふべき世かはと思ひつづけらる」と想像を巡らすのは、その象徴するところを幾分具体的に表現していよう。氷魚もなかなか獲れないなか、宇治川の流れに身を浮かべて騒々しく立ち働く漁人の姿に、世の無常と自らのありようを重ね合わせているのである。同年の晩秋における、「四季にあててしたまふ御念仏を、この川面は網代の波もこのごろはいとど耳かしがましく静かならぬをとて」といったくだりなども、この種の記述とみられよう。

総角巻では、八の宮の喪中に恋情を打ち明けてきた薫に対し、煩わしく不快に思う大君の心情が、「げに、ながらへば心の外にかくあるまじきことも見るべきわざにこそはと、もののみ悲しくて、水の音に流れそふ心地したまふ」と述べられる。今井源衛氏は傍点部分について、『和漢朗詠集』巻下「王昭君」の大江朝綱による第三句「隴水流れ添ふ夜の涙行」を引用したものと解釈し、「川瀬の音につれて涙がとめどなく流れ添う心地」と現代語訳しているが、[*7]周知のとおり万葉歌でも、宇治川の波の行方に自らの人生を重ね合わせる作歌が行われている（後述）。水音を世俗的騒々しさを喚起するものと捉えれば、「流れそふ心地」はそれに絡め取られてゆく自分を表し、また(ロ)で扱うように不安の表象と捉えれば、どこへ向かうか分からない危うさを実感するものと考えられる。いまひとつどちらとも分類しがたいが、心中のざわめきと相関関係を持つ音像であることは間違いない。大君に拒まれた薫が、「うちもまどろまず、いとどしき水の音に目も覚めて、夜半の嵐に、山鳥の心地して明かしかね」たその水音のニュアンスも、これに近いものだろう。

(ロ)　寂寥感や不安感を掻き立てる表現

橋姫巻にて、八の宮邸の佇まいを初めてみた薫は、「同じき山里といへど、さる方にて心とまりぬべくのどやかなるもあるを、いと荒ましき水の音、波の響きに、もの忘れうちし、夜など心とけて夢をだに見るべきほどもなげに、すごく吹きはらひたり」との印象を抱く。心の静穏を破る騒々しさという点では(イ)とよく似ているが、それが人間社会の喧噪に淵源するのに対し、こちらは自然あるいは野生の破壊力に由来しているようである。一ヶ月後の訪問の際にも、夜中に一睡もできなかった薫が屋外の物音に耳を傾け、「川風のいと荒ましきに、木の葉の散りかふ音、水の響きなど、あはれも過ぎて、もの恐ろしく心細き所のさまなり」と、より一層精神的な圧迫を受け、単なる煩わしさではなく不安や恐怖を呼び起こされている。総角巻で中の君と一夜を共にした匂宮が、夜明けの河辺の風景を眺めながら、「水の音なひなつかしからず、宇治橋のいともの古りて見えわたさるるなど、霧晴れゆけば、いとど荒ましき岸のわたりを、「かかる所にいかで年を経たまふらむ」など、うち涙ぐまれたまへる」ことなども、すでに多くの指摘があるように、文化の極致である都に対し、自然・野生に近い「鄙」「田舎」という文脈で宇治を位置づけた表現と考えられる。*8 八の宮の姫君たちの琴の音について、「川波ばかりや打ち合はすらん」（橋姫）、「水の音もてはやして物の音澄みまさる心地にて」（椎本）と形容されるのも、その延長上にあるとみてよい。

こうした認識は、浮舟巻における母君と侍従たち女房の会話に、より具体的に表れている。薫と匂宮との間で懊悩し、入水さえ考える浮舟の傍らで、女たちは次のように語り合う。

> ……この水の音の恐ろしげに響きて行くを、「かからぬ流れもありかし。世に似ず荒ましき所に、年月を過ぐしたまふを、あはれと思うしぬべきわざになむ」など、母君したり顔に言ひゐたり。昔よりこの川のはやく恐ろしきことを言ひて、「先つころ、渡守が孫の童、棹さしはづして落ち入りはべりにける。すべていたづらになる人多かる水にはべり」と、人々も言ひあへり。……

渡守の孫が流れに落ちて死んだといったエピソードは、当時現実の事故として起きていたものか、あるいは噂として囁かれていたものだろうか。宇治川の荒々しさとは、人の命を容易に呑み込んでしまう野生の凶暴さであり、それゆえに恐怖まで喚起するのである。なお、ここでいう野生とは、精怪や鬼神の蠢く世界をも含意している。手習巻で語られるように、死霊に憑依され入水する直前の浮舟は、「風ははげしう、川波も荒う聞こえしを、独りもの恐ろしかりしかば、来し方行く末もおぼえで」いるが、この川音は、人の死を呼び込むがゆえに死霊を招来するのであろう。「来し方行く末」なる言葉が示されるのは、浮舟がすでに流れに呑み込まれつつあることの暗喩なのかもしれない。

後に侍従は、蜻蛉巻において、「世づかぬ川の音も、うれしき瀬もやあると頼みしほどこそ慰めけれ、心憂くいみじくもの恐ろしくのみおぼえて」と回想しており、普段からの怖れを幸運の到来を頼みに耐えていたとする。同じ表現は、侍従たちが川音に浮舟の入水を想う場面（「川の方を見やりつつ、響きののしる水の音を聞くにも疎ましく悲しと思ひつつ」）、入水を知った母君が呆然とする場面（「このいと荒ましと思ふ川に流れ亡せたまひにけりと思ふに」）などで繰り返される。「いみじううき水の契りかなと、この川の疎ましう思さるることいと深し。年ごろ、あはれと思ひそめてし方にて、荒き山路を行き帰りしも、今は、心憂くて、この里の名をだにえ聞くまじき心地したまふ」という薫の宇治に対する忌避感も、その根底には野生に対する畏怖があるように考えられる。「水の音の聞こゆるかぎりは心のみ騒ぎたまひて」と、それは音声の形で人を追いかけ、束縛するのである。出家して小野の草庵に住むようになった浮舟も、「昔の山里よりは水の音もなごやかなり」（手習）と、宇治との相違を水音を基準に認識している。

　以上のとおり、宇治十帖に描かれる宇治川の水音は、概ね登場人物の心をかき乱し、責め立てるような不快さをもって描かれている。しかし、近年岡林隆敏・花原正基・足立圭太郎三氏の行った、長崎県の一級河川本明川における河川音場空間の調査では、河川環境音は上流から中流に至る地形変化に左右されず、概ね人間に対して快適な音場を形成するとの結果が出ている。[*9] 列島社会における遊動生活から定住生活への移行が水辺において生じたこと[*10]を考えても、この土地で培われた感性が、必要以上に川音を忌避するようになるとは思えない。もちろん、個人が音声から受ける印象は、その属する時代や社会の考え方、自身の経験によって大きく異なる。対象となる河川と人間との関係、すなわち河川の規模や性質、辿ってきた歴史と人間社会におけるその共有の度合いによっても、川音をめぐる感性・心性はさまざまに変化することになろう。

宇治十帖の水音描写は意図的に構成されたものではあるが、その効果は、解釈共同体との緊張関係において成り立つはずである。ならば、同書における宇治川への不快感の根底には、その物語世界を支える平安貴族独特の環境認識が、顔を覗かせているように思われる。その点を明らかにするため、次節では、宇治川の歴史について概観しておこう。

2 宇治川における洪水の諸相

宇治十帖の舞台となる宇治の地域は、琵琶湖から喜撰山・大峰山を縫うように走ってきた宇治川の奔流が、笠取川や志津川の水を集め、それらの形成した扇状地を越えて沖積低地へ迸り出る場所に当たる。[*11] かかる地形が、古来洪水の困難に晒されていたことは、幾つかの神話や伝承から推測できる。例えば『古事記』上巻の八岐大蛇神話は、斐伊川と流域の山谷を形象化した大蛇（峡〈ヲ〉＋ノ＋霊〈チ〉、尾根の精霊の意）が、足名椎・手名椎（足／手＋撫〈ナヅ〉＋霊〈チ〉、手足の労働によって慈しみ育むことの精霊化）に育てられた奇稲田媛（奇〈クシ〉＋稲田〈イナダ〉＋媛〈ヒメ〉、神に供えられる霊妙な稲田の擬人＝女性化）を襲うという構造になっているが、これは、斐伊川の形成した肥沃な扇状地が、その土壌を運搬する洪水と表裏一体の関係にあったこと（それゆえにヲロチに供犠を行い、豊穣の保証を祈願していたこと）を示唆する。[*12] 宇治川においても、同様の情況が想定できよう。琵琶湖を水源とする同川の水量は概ね厖大な状態を維持し、琵琶湖／宇治の標高差が七〇メートルにも及ぶことから、極めて急激な流れを生み出した。大化二年（六四六）の紀年を持つ「宇治橋断碑」は、架橋はもちろん、渡渉も困難を極めた七世紀の情況を如実に物語っている（とくに傍線(a)を参照）。

(a)浼浼たる横流は　其の疾きこと箭の如し　修修たる征人は　騎を停めて市を成す　重深に赴かむと欲

すれば　人馬命を亡ひ　古より今に至るまで　航竿を知ること莫し　(b)世に釈子有り　名づけて道登と
曰ふ　山尻より出づ　慧満の家なり　大化二年　丙午の歳　此の橋を構立し　人畜を済度す　即ち微善
に因りて　爰に大願を発す　因を此の橋に結び　果を彼の岸に成す　法界の衆生　普く此の願を同じく
し　夢を空中に裹み　其の昔縁を導かむことを[*13]

傍線(b)によれば、架橋事業の主導者は山背国出身の道登（『日本書紀』大化元年八月癸卯条に、僧旻らとともに十師に任じられたことがみえる）とのことだが、『続日本紀』文武天皇四年（七〇〇）三月己未条の道昭卒伝には、「後に天下を周り遊びて、路の傍に井を穿ち、諸の津済の処に、船を儲け橋を造りぬ。乃ち山背国宇治橋は、和尚の創造りしものなり」[*14]とあって食い違う。寛政初年に破損した実碑の上部が発見され、『帝王編年記』大化二年丙午条所載の石銘全文がほぼ原文どおりと確認されて以降も、議論の絶えないところである。しかしこれはどちらか一方が間違っているというわけではなく、恐らくは宇治川の奔流によって破壊され、宇治橋は何度も架設・修築を繰り返してきたものだろう。道登も道昭も、ともにその一端を担ったのだと考えられる。[*15]

宇治川の水勢という点でいえば、同川を詠んだ万葉歌のほとんどに、「もののふ」という枕詞、「八十」という数字が冠され、序詞を形成している点が注意される。例えば『万葉集』巻第三には、柿本人麻呂が近江からの帰途に宇治川の川辺で詠んだ、「もののふの　八十氏河の　網代木に　いさよふ波の　行く方知らずも」（二六四）[*16]との歌がみえる。「もののふ」とは「物部」で、王権に奉仕する文武の官＝氏族共同体を指し、多くのウヂすなわち「八十氏」を導き出す。その「氏」が「宇治」に掛けられるわけだが、そもそもなぜ宇治川に好んで結びつけられたかについては、まさに八岐大蛇のごとく、同川が幾多に分岐した支流を持つためであろうか。人麻呂の作風に倣った巻第一「藤原宮の役民の作る歌」（五〇）は、やはり「もののふの　八十氏河」にて、造宮のための檜の角材が筏に組まれ、多くの役民たちによって運搬される様子を伝えている。上流の田上山周辺では、藤原京造営以降長期にわたり大規模伐採の繰り返されてきたことが知られており、とくに多雨の季節においては、その点が水量の増大にも影響を与えていたものかもしれない。例えば天平宝字六年（七六二）七月、「宇治麻呂」なる人物が、川道に詳しい桴工や年魚の貢進を担うなかで、「比日の間川水甚だ太く、此の河に鵜甘住まず、又網代を作らず。仍りて東西に走り求むると雖も、都て彼の実を得ず」[*17]と上申している。当時は石山寺の造営が盛んに進められており、南近江・南山城の各山作所でも木材生産が活発に行われていた。「宇治麻呂」は、天平宝字五年十一月二日「矢田部造麻呂家地売券」に自署のある、「大国郷戸主従八位上宇治連麻呂」と同一人物と思われる[*18]。宇治連は郡司を輩出する宇治地域の在地豪族だが、宇治川の物流や物産を管理しつつ、環境の変化に頭を悩ませていたのかもしれない。ちなみに、五〇番歌の「もののふの八十」が現御神天皇の新たな朝廷のイメージを喚起するのに対し、近江荒都歌に関係するとされる二六四番歌の「もののふの八十」は、滅び去ってしまった大津宮へ奉仕した「昔の人」を彷彿とさせる[*19]。網代の杭木に阻まれる川波が、人麻呂においては、前代の宮廷人の運命と自らの未来とを媒介する役割を果たしているのである。前節で挙げた宇治十帖の水音表現にも通底するものがあり、宇治川の流れが連想させるものとして注目される。

ここまで述べてきただけでも、宇治川が盛んに洪水を起こしたことは想像に難くない。宇治が貴族の別荘地として注目を集める以前は直接的記録は少ないが、京畿を大規模な水害が襲った際には相応の被害が生じていたものと考えてよかろう。六国史の記事としては、『日本後紀』延暦十六年（七九七）五月癸巳条に「弾正弼文室波多麻呂を遣して、宇治橋を造らしむ[*20]」、『続日本後紀』嘉祥元年（八四八）八月辛卯条に「洪水浩々たり、人畜流損す。河陽橋断絶し、僅かに六間を残す。宇治橋傾損し、茨田堤往々にして潰絶す。故老僉曰はく、「大同元年の水に倍すること、四五尺ばかり」といふ」とあるくらいだろうか（「大同元年の水」は、『日本後紀』大同元年〈八一〇〉八月是月条の「霖雨止まず、洪流汎濫す。天下諸国、多く其の害を被る」に対応するものとみられる）。やはり、洪水により度々橋が流損するも、可能な限り修築していたらしいことがうかがえる。

やや時代は降るが、古記録類のうち比較的早い事例は、宇治と極めて関わりの深い藤原忠実の『殿暦』、永久元年（一一一三）八月二十一日の記事だろう。「宇治橋流破し了ぬと云々、十五間と云々、鳥羽殿人々宿所・御堂等築垣破壊すと云々、河辺荘園皆な悉く損すと云々」[*21]との簡単な内容だが、被害の大きさは想像できる。宇治橋は濁流に破壊されて一五間も流され、鳥羽殿の院近臣宿所・御堂・築垣のほか[*22]、恐らくは巨椋池に至る東岸の岡屋・木幡、西岸の宇治・小倉地域を指すと思われる沿岸の荘園も、大規模に損壊されたらしい。同書によると、この月は上旬から激しい降雨があり、平安京でも桂川の増水などが心配されたが、二十日には「尤も甚し」とされる風雨に晒され、「京中の水、術無し」との状態に陥った。このとき、伊勢神宮では瑞垣御門が転倒し（『殿暦』同年九月六日甲申条・『長秋記』同日条・『百錬抄』同日条）、平野社でも境内の巨樹が社殿に倒れかかる事態が生じている（『長秋記』同年九月廿日条）。時季的に考えて、かなり勢力の強い台風が襲来したものだろう。宇治と藤原氏との関わりというと、道長、頼通ばかりに注目が集まるが、鳳凰堂を全面瓦葺の現在の姿へ改修し、周辺を都市として整備したのが忠実であったことは、近年の研究によって明らかにされている（なお平等院は、河原と連続した庭園を持つ河岸段丘下面の〈野〉に当たる部分と、著名な経蔵などが置かれた段丘上面の〈山〉に当たる部分の二重構造を持っており、すでに頼通段階から、宇治川の洪水を意識して設計されていたと考えられる）[*23]。忠実は、祖父師実の葬儀を終えた康和三年（一一〇一）四月に平等院の改修を命じて以来、摂関への就任中はほとんど宇治へ赴かなかったようだが、永久二年に頼通の冨家殿や師実の池殿を修築すると、次第に同地を日常の生活圏に組み入れるようになる。元木泰雄氏はこの理由について、(イ)興福寺や鳥羽院・藤原顕隆らとの対立による身心の疲労の回復を企図した、(ロ)子息忠通へ摂関を譲渡し大殿として宇治で生活することを考え始めた、との二点を挙げている。[*24] 後に忠実の籠居の場となる冨家殿については、岡屋の五ヶ庄村付近に存在したと考えられているが、同地は北部の沖積低地に当たり、前年の洪水の際に被害に遭っていた可能性が高い。冨家殿などの修築が忠実の宇治への関心を強めたとするなら、その原因を作った永久元年の台風こそ、同地を都市へと展開させるそもそもの契機であったともいえよう。

忠実の宇治への注目によって宮廷社会の認識も変化したものか、その後は、宇治川の水害の記録も諸書に散見するようになる。藤原宗忠の『中右記』長承元年（一一三二）八月廿五日条には、「抑も終日宇治に在り。田畝渺々、河水茫々たり。眺望極まり無く、幽奇勝絶す。終日雨下る」[*25]とあり、一見漢詩の定型に当てはめ田園風景を賛美しているだけのようだが、同年十月十五日条には、前日夜半から降り続く雨が「終日雨脚留らず、雲集りて晴るること無し。宇治河の水いよいよ以て茫々たり」と記されている。双方ともに降り止まぬ雨を受けての河水「茫々」であり、その言裏には洪水への不安を読み取るべきだろう（ただし、八月廿五日条の宗忠には、非日常の危機を孕んでいるがゆえに抱かれる美意識を認めることができるかもしれない）。このほか、藤原通憲撰『本朝世紀』仁平元年（一一五一）七月八日丙午条に、「雨止み、終日大風ふく。今暁洪水山を壊し陵に襄る、近年殆ど此の類無しと云々。宇治橋流れ了ぬ」（「壊山襄陵」は『書経』〈真古文尚書〉堯典よりの引用）、平信範の『兵範記』嘉応元年（一一六九）九月廿日癸酉条に、「摂政殿一昨日宇治殿に入御し、未だ還御せず。大水に依るか」[*26]とあるなど、概ね七月から十月頃、秋から初冬の時季に水害の記載を認めることができる。やはり大半が、台風や秋雨によるものであろう。前節における宇治十帖の水音表現も、概ねこの季節に当てて書かれている。夏を中心としたかかる水害の季節性は、平安京・京都においては通時代的に一貫して認められ、他のあらゆる災害の根底をなすものである。[*27]

『源氏物語』成立の前後に当たる、一〇～一一世紀における宇治川の記録をもう少し詳しくみてみよう。前述のとおり、この時期には同川の洪水を直接的に示す記事は見受けられないのだが、逆に、一貫して豊かな水量を誇っていたその流れが涸渇したという記載がみえる。『日本紀略』長元五年（一〇三二）六月条には、「去ぬる二月より今月に至るまで、大に旱す。山崎、摂津大江渡、宇治川等、歩行往還す」とあり、四ヶ月の間ほとんど雨が降らなかったために、淀川や宇治川の水が極端に少なくなり、各渡場などでは徒歩で渡渉できるようになったというのである。近年の古気候研究によると、八～一三世紀は概ね温暖期に当たると考えられているが、それだけで説明がつく現象ではなかろう。これ以前には唯一、『続日本紀』天平十五年（七四三）六月癸巳条掲載の山背国司の報告に、「今月廿四日酉より戌に至るまで、宇治河の水涸竭れて、行く人掲渉す」とある限りだが、この年も三月から五月まで雨が降らなかったらしい。数ヶ月の渇水によっては起こりうる事態だったのかもしれないが、わずか二時間ほどの出来事であった点を考慮すると、何か局所的な要因が作用したことも想定できる。時代は降るが、例えば、法隆寺の『嘉元記』延文四年（一三五九）七月二十三日条には、「夜大風吹。其時宇治河橋ヨリ上、石塔ヨリナヲ上、河中ニ分量モ不レ知大石往古以来在レ之、此風中ニ俄ニ失了。其石ノ跡ニ流水流レ入テ、三時瀬絶シテ、往還之人、橋ヲモ不レ渡、河中ヲカチワタリニス。依レ之、ヨド河モ三時水絶テ、魚多ク被レ取了。三時之後、如レ元、水流云々。件石由来ヲ不レ知、在所を不レ知。或ハ尼崎ノヲキニ始令出来、或瀬多ヲコヘテ水海入、何事ノ珍事ト不レ知レ之。世間普聞之上、宇治ヨリ来人、京ヨリ下人、実事ト申」[28]、『延文四年記』七月廿四日条には、「同暁、宇治河の水悉く旱す。但し河橋の水上に一大石の方八丈なるあり、毎年祭る石なり。而して俄に隠没す、希代の事なり」[29]との不可思議な記事がみえる。平等院前の中ノ島（塔ノ島）よりさらに上流に、毎年祭祀の対象となっていた方八丈（一辺約二六メートル）にも及ぶ巨石があり、大風の夜にそれが突如消え失せ、跡地に空いた大穴へ水が流れ込んだために、淀川にも及ぶような水量低下が生じたというのである。両記事とも恐らくは伝聞であり、石の由来・行方に至っては怪異とも呼ぶべきもので、どこまでが正確な事実か測りがたい。しかし宇治は地下水が豊富な地域であり（近年の発掘成果では、平等院の阿字池も、宇治川ではなく地下水より取水していたと判明している）、渇水による地盤沈下などが誇張されて伝わったものかもしれない。また、さらに時代を降るが、九条尚経の『後慈眼院殿御記』明応三年（一四九四）八月五日条によると、五月以来の旱魃によって琵琶湖の水位が「三四丈」（九〜一二メートル程度）も下がり、その結果、宇治川でも塔ノ島まで歩いて渡ることができるようになったらしい。しかし同条には、「又宇治河の水少き故、諸人塔ノ島に参る。彼の島の由来、橋寺の本願鱗介を化導せんが為、石塔十三を立てらるる石処なり。則ち其の塔に詣る。然るに神変有り、参詣の輩の中、「渭水漫々と湛へ行き難し」とて迷ひ倒るる者数十人なりと云々。又桂河沽渇す。宇治と云ひ桂と云ひ、近国の大河此の如き事、重事の至極なり」[30]と述べられ、水が枯渇しているはずの川辺で、「渭水のように満々と水流があるため渡りがたい」（あるいは、宇治川自体を渭水と呼んだものか）と昏倒する者が多くあったという。殺生禁断に関わる塔ノ島の記述からすれば、鵜飼等で捕らえられる魚貝の祟りと認識されたか、あるいは殺生功徳論の語り出される契機をなすようにも見受けられる。いずれにしろ後世に至るまで、宇治川の水が涸れるということは怪異に近い現象であり、裏返せば、通常の川水の流れがいかに豊かであったかを暗示するものと考えられる。

これと関連するが、藤原道綱母『蜻蛉日記』、菅原孝標女『更級日記』には、ともに初瀬参詣の途上に位置する、宇治の渡の情況が詳しく描かれている。『蜻蛉日記』上には安和元年（九六八）、中には天禄二年（九七一）頃の渡河点の様子がみえるが、牛車を載せられる舟が存在したことや、網代・鵜飼などの景物とともに記されるのが特徴だろうか。安和の記載においては、宇治まで迎えに訪れた兼家との心の隔たりを川・渡を用いて表現していること、天禄のそれにおいては、激しい風雨を押して参詣する過程の景観描写も注目される。とくに後者では、宮廷社会に属する貴族たちと、郊外の山野に生活する人々の感覚の相違を示す記述が散見されて興味深い。例えば往路の宇治の描写では、「こうじにたるに風はいはらふように吹きて、頭さへいたきまであれば、風隠れつくりて見出したるに、くらくなりぬれば鵜舟どんかゞり火さしともしつゝ、ひと川さはぎたり」[*31]と、頭痛がするほどの激しい風に辟易する道綱母に対し、川では鵜飼たちが篝火を灯し盛んに漁をしている。また復路では、増水した木津川を前に宇治から連れて来られた「舟の上手」が、一行に「はる〴〵と下る心ち、いとらうあり。楫取よりはじめうたひのゝしる」という、寛いだ情況を許すほどの川下りの技をみせる。道綱母が敏感に反応するやや怖ろし気な自然の姿も、在地の人々にとっては未だ許容範囲だったのだろう。この問題は、宇治十帖において川音に緊張する貴族たちと、その山荘や荘園に奉仕する「山がつ」、網代の漁民たちとの関係にも該当しよう。一方『更級日記』からは、永承元年（一〇四六）十月の宇治の渡の情況を知ることができる。往路では、出発を待つ行列を気にする風もなく、楫取たちが一向に舟を出さないのんびりした様子が描かれる。彼らは貴族たちをわざと困らせているのか、それとも何か特別な理由があるのか、いずれにしろ在地の人間固有の論理で動いているのであり、その点は『蜻蛉日記』の記述に共通している。復路では、風の強い日に有名な網代のすぐ近くを渡った感慨が述べられ、「をとにのみき丶わたりこし宇治河の網代の浪もけふぞかぞふる」[*32]との歌が詠まれている。「をとにのみ」は伝聞で知るだけであったとの意味であろうが、「網代の浪」に収斂してゆく構成は水音を意識しているものとも読める。

これら二書の記述からは、一〇世紀半ば頃には宇治橋は流損し、舟による渡渉が定着していたようにみえる。杉本宏氏は、慶延撰『醍醐雑事記』にみえる康平六年（一〇六三）の宇治橋修造完了記事などを引き、かつて中ノ島を挟む上流部に架けられていた宇治橋はちょうど流失しており、平等院の造営に伴って、その設計思想や土地利用における制約から下流部（現宇治橋付近）へ再建されたと推測している。[*33]しかし前節でみたように、『源氏物語』では、舟による渡河を多用しつつも宇治橋は厳然と存在しており、しかもその「いといたう古りて見えわたさるる」様子が「荒ましき岸のわたり」と一体化して認識されている（総角）。「宇治橋の長きちぎりは朽ちせじをあやぶむかたに心さわぐな」「絶え間のみ世にはあやふき宇治橋を朽ちせぬものとなほたのめとや」（ともに浮舟）と、断絶／永存の緊張に満ちた比喩に使用されるように、宇治川の増水や洪水により何度も流損した宇治橋は、恐らく回収された部材を再利用して折々に修築されていたのだろう。しかしその姿はむしろ宇治川の「荒ましさ」を象徴する記号となっており、文化に対する野生の側へ組み込まれ認識されていたと考えられる。

以上のように、宇治川は時代を通じ概ね豊かな水量を湛えた急流であり、『源氏物語』成立期の平安貴族たちにも、山々に囲まれた清浄な景観が愛好される一方、洪水を繰り返す危険な河川と認識されていたとみてよかろう。宇治十帖が宇治川の水音を主に不安の表象として用いるのは、作者の紫式部を含む解釈共同体が、その表現を介して集合的な水災の記憶を喚起されるからだろう。登場人物の心理における水音／恐怖の恣意的な結びつきは、宮廷貴族たちの共有する危険感受性に基づくものであり、『源氏物語』の文学表現も、これを自覚的に利用することで成り立っていると考えられる。

3　洪水をめぐる平安貴族の危険感受性

水災の集合的記憶に支えられた危険感受性は、それでは、具体的にどう構築されていったのだろうか。物語の内外を問わず、宇治で発揮された感受性が、必ずしも宇治における洪水の記憶によって培われたものとは限らない。『源氏物語』の水音表現にしても、平安京で毎年のように頻繁に起きていた、鴨川や桂川の洪水に関する経験、諸情報が核をなしていたとも考えられる。鴨川や桂川は、その流域面積の三～五割を山中の上流部が占め、平野部では山地に遠くない地点から都市が展開している。よって、山中の降雨が水量を増大させると、その奔流が分散せずに一気に都市へ押し寄せ、大きな被害をもたらすのである。北村優季氏は、遷都から院政期に至る平安京の災害数を統計し、洪水については九世紀に集中しているとする。[*34] その原因としては、もともとの地形的要因（前述の要素のほか、氾濫原と河床の高度差など）[*35]や気候条件のほかに、かつて山尾幸久氏が指摘したように、京の造営・維持に伴う木材拠出のため河川上流部の山林が荒廃し保水力を失っていたこと、京自体の都市としての発展、人口の集中や居住地域の拡大が挙げられよう。[*36] 災〈害〉とは、あくまで人間に対するものだからである。『源氏物語』が成立した年代に近く、水災の感受性を考えるうえで豊かな内容を持つものを、幾つか掲げて検討してみよう。

a　『扶桑略記』裡書／延喜十八年（九一八）八月十六日丙辰条
　遅明より十七日暁に至るまで、風雨猛烈にして、樹木・舎屋摧損す。淀河の水海の如く[(a)]、牛馬・人物漂没するもの尤も多し。雨ふること数日を経ずして、忽に此の災を成す。鴨河の水、車馬通じず、溺死する者又多しと云々。

b 『日本紀略』後篇一／延喜十八年八月十七日丁巳条

暁、(a)淀河の水海の如くして岸流る、人は屋と共に流れ死に、獣は溺れ斃る。其の日、山崎橋南端水に入ること二間許。

c 『扶桑略記』延長七年（九二九）七月廿六日条

午後に大風・暴雨あり、終夜殊に烈しく、(b)京中損壊すること勝（あ）げて計（かぞ）ふべからず。鴨河・葛川の辺り、人物流れ亡ぬ。鴨河の堤潰断し、末は東京に流る。舎屋の類溺損すること尤多く、山崎橋は六間断壊し了ぬ。……夜、大風雨宵を通じ、川流れ水溢る。天下多く風水の損を被り、民烟・人畜・穀稼、損害甚だ多し。

d 『日本紀略』後篇一／延長七年八月十五日条

終朝暴雨あり、夜中に洪水汎溢す。東西の京七条以下、車馬通じず。(a)皇城以南の田畝は海の如し。穀種流漂し、溺死する者多し。

e 『貞信公記』天慶元年（九三八）六月廿日条

鴨河の水京中に入り、多く人・屋舎・雑物を損ふ。(a)西堀河以西は海の如く、往還する能はず。是れ左右看督便等申すところなり。*37

f 『日本紀略』後篇四／康保三年（九六七）閏八月十九日庚辰条

使を遣して洪水を巡検せしむるに、或は屋烟を流失し、或は資儲を漂没す。又西獄の垣、水が為に五六条を破衝す。及び西河渺々として海の如し。

g 『日本紀略』後篇九／永祚元年（九八九）八月十三日辛酉条

酉・戌の刻、大風あり、宮城の門舎多く以て顛倒す。承明門東西廊、建礼門、弓場殿、左近陣前の軒廊、日華門御与宿、朝集堂、応天門東西廊卅間、会昌門・同東西廊卅七間、儀鸞門・同東西廊卅間、豊楽殿東西廊十四間、美福・朱雀・皇嘉・偉鑑門、達智門、真言院并びに諸司の雑舎、左右京の人家、顛倒破壊すること、勝げて計ふべからず。又鴨河の堤所々流損す。賀茂上下社の御殿并びに雑舎、石清水御殿東西廊顛倒す。又祇園天神堂も同じく以て顛倒す。一条北辺の堂舎、東西の山寺、皆以て顛倒す。又洪水・高潮あり。畿内の海浜・川辺の民烟、人畜・田畝、之が為に皆没し、死亡・損害す。天下の大災にして、古今に比ぶもの無し。

h 『扶桑略記』永祚元年八月十三日辛酉条

夜、天下大風あり。宮城闕門・楼閣、堂舎・殿廊、及び諸司の舎屋・垣門、万人の家宅、諸寺・諸社、皆以て顛倒し、一舎も立つるもの無く、樹を抜き山を頽す。又洪水・高潮有り。畿内の海浜・河辺の民烟・畜田、之が為に皆没し、死亡・損害す。天下の大災にして、古今に双ぶもの無し。平城京薬師寺の金堂上層重閣、大風が為に吹かれて落つ。

i 『帝王編年記』永祚元年八月十三日辛酉条

亥の時以後丑の時に至るまで、大風・洪水・火災あり。宮城の内闕門、楼閣、堂舎、殿府及び諸司の舎屋、垣門、京中の万人の屋所、諸寺・諸社等、過半は顛倒す。皆悉く破壊し、樹を折り山を頽し、人多く圧死す。又畿内の河畔・海浜に、洪水・高潮、忽ち以て騰るに堪ふ。民の畑田之が為に損害し、畜類・人侶・田以て没死す。天下の大災にして、古今に比ぶもの無し。

j 『小右記』永祚元年八月十三日・十四日条

……酉の時許より大風あり、子に及びて終止む。此の間、雨脚更に飛び、万人失神す。……諸司・諸衛所々、東西京の上下の人家、仏神の寺顛倒し、破損すること勝げて計ふべからず。*38

k 『百錬抄』永祚元年八月十三日辛酉条

夜に大風あり。宮城の殿舎・門楼、諸司、左右京の人家、悉く以て顛倒し、木を抜き山を頽す。又洪水有り、人畜多く没死す。天下の大災にして、古今に未だ曾て有らず。

l 『伏見宮御記録』長徳四年（九九八）九月朔日条

霖雨に依りて、一条の堤壊す。鴨河横流し、府に入ること海の如し。示されて云はく、「霖雨の事、御祈有るべし。又防鴨河使勤め無きの由、誡め仰せらるるべきか。件の堤の事、宣旨下りて後、修固を被らず。今年春より災害連々として、民庶患ひ疲み、万事を棄て忌むる間、自然に懈怠するなり。然して動かざる由、誡めざるべからず……」とのたまふ。*39

m 『権記』長保二年（一〇〇〇）八月十六日条

夜来大雨あり、鴨河の堤絶す。河水洛に入り、京極以西、人宅多く以て流損す。就中、左相府は庭と池と別ならず。汎溢すること海の如し……。*40

n 『小右記』長和四年（一〇一五）七月十五日壬戌条

……今日、京中殊に雨ふらず。而して紙屋河・堀河・東院大路河等、水大に盈ち溢れ、人輙く渡らずと云々。是れ河上に大雨ふるかと疑ふ。

o 『小右記』寛仁元年（一〇一七）七月二日戊戌条
『大雨・洪水の事』昨より大雨あり、災と謂ふべきか。年来未だ三日二夜甚しく雨ふるを見ず。……一条以北の堤、只今水が為に破られ、鴨河の水俄かに入り来り、……[d]年来の大水、今日に如くは非ず、天災熟するかと云々。疫疾、飢餓、洪水の災、尤も愁ふべし。

p 『左経記』寛仁元年七月二日戊戌条
終日甚しく雨ふる。去ぬる夕より、鴨河汎溢す。[a]富小路以東已に海の如しと云々。伝へ聞くに、悲田の病者三百余人、洪水にて流失すと云々。……*41

q 『日本紀略』万寿五年（一〇二八）三月二十三日条
是の日に、天地四方皆雲霞の如し。謡に言はく、「高潮上るべき徴なり」といふ。

r 『小右記』長元元年（一〇二八）九月三日甲午条
『大風・洪水の事』……信武云はく、「豊楽院豊楽・儀鸞・不老等の門顛倒す、穀倉院新造倉一宇同じく顛倒す」といふ。顕輔云はく、「払暁、関白法成寺に向かはる。[a]河の水堤を突き壊し、東大門より入り、寺中海の如し。一家の卿相参じ会ひ、民部卿斉信卿相会ふ。塔三尺許巽に傾く。……」といふ。式光云はく、「法成寺司某法師関白殿に参りていはく、「鴨川の水寺中に入る」てへれば、驚き乍ら馬に乗り移り馳せ向かはるるに、頗る以て軽々なり。関白、内府門前小一条第を過ぎて、云はれて案内を入れ、亦馬に乗り移りて馳せ到る。河の水艮の垣を突き壊し寺中に入る、亦東門・北門より入る、亦中河の水西門より入る、水已に四方より入り防ぎ留むるべからず、……

s 『春記』長暦四年（一〇四〇）八月三日条

……大雨止まず、終夜霶霔たり。若しや事有るか、恐々とす。人云はく、「此の雨災雨なり、世に尤も愁有るを為す」と云々。又、「六月大凬あり、田畠皆損害す。今年更に術計無かるべし」と云々。貧しき者はいよいよ以て術計無かり了りぬ。乱代の此の如き、術計無きなり。……[*42]

t 『殿暦』長治二年(一一〇五)五月十一日丁未条

天陰り、雨甚しく降る。申の時許、検非違使時真を以て河原を見に遣す。帰り来りて云はく、「御堂の方、水近く罷り寄る」といふ。又一条北方の堤破れ了りぬ、余行き向ひて水を見る。……

u 『中右記』長治二年五月十四日条

……此の暁、雨脚大に下り、衆人憂ひを成す。数日霖雨あり、一天憂ふるか。宮庭池に変じ、道路川と成る。往反の者、事に於て煩ひ有り。就中、院御所鳥羽、洪水殊に甚し。鴨河・桂河共に以て泛溢し、已に御倉に及び、御物頗る以て湿損すと云々。午後以後、天間に晴を得たり。

v 『中右記』長承三年(一一三四)五月十七日条

今朝、雨脚殊に甚し、庭前水を湛ふ。晩景に雨止む。甚しく雨降るに依りて定を延引し、明後日行ふべき由、外記許に仰せ了ぬ。世間河の水大に出で、河原の小屋皆以て流損す。京中の堀河・西洞院、河の水大に出で、流死する者有りと云々。近き代、此の如き洪水、未だ曾て有らずと云々。鴨川・桂河汜々たり、人全く渡らざるなり。

w 『本朝世紀』康治元年(一一四二)六月十八日己卯条

権大納言藤伊通卿左仗に参り、宮城使・防鴨河使の除目を行はる。右大弁源俊雅朝臣之を書す。抑も防河の事、近年絶えて修復すること無し。貴賤の輩、悉く居宅を占む。鴨水の東に於ては、各堤防を東岸に築く。此の如きの間、京洛殆ど魚鼈の害を為すか。

x 『台記』康治元年九月二日辛卯条

今暁、大風雨あり、屋を発し人魚と為る。水は板敷に昇り、因りて桟敷を屋に渡す。(a)鳥羽・朱雀大路大河の如し、築垣悉く崩る。父老云はく、「(d)此の如きこと、年来の間三つなり(脱アルカ)」といふ。*43

y 『百錬抄』康治二年五月五日条

洪水あり。禁裏并びに摂政近衛第、(a)江海の如し。

z 『本朝世紀』康治二年五月五日辛酉条

今朝、鴨河の水俄に汎溢す。禁裏に入り、北陣より始まりて、清涼殿東庭を通じ、南殿の馳道を満す。(c)蒼波渺たり。

まず気づくのは、洪水の諸事象を伝える文章表現の形式性、画一性である。もちろん、同一の事象について語っているものについては、資料の共有や相互の記述への依拠も想定されるが、しかし右に掲げた事例のすべてを通じ(すなわち史書・日記などの相違にかかわらず)、類似の文章が多くみられることは否定できない。古代の宮廷貴族にとって、災害の記述は一定の形式に則って行われるものであり、使用できる語彙は驚くほど限られていたのである。人・家宅・家畜などの流損、車馬の通行困難が同じように語られることはやむをえないが、(a)河水が一定地域に汎溢している状態を「海の如し」「川と成る」と喩えること、(b)被害の甚大さを伝える「勝げて計ふべからず」、(c)漢籍に頻出する「渺々たり」「渺茫たり」との形容、(e)風雨の強さを示す「木を抜き山を頽す」などは、常套的な修辞として踏襲されているといえるだろう。さらに、(d)被害の大規模さを「古今に双ぶもの無し」「未だ曾て有らず」などと表現することは、語り手の時代認識とともに、多くの人間が持つ〈時代を分節する欲望〉のありかをも示していよう。[*44] 歴史意識との関連でいえば、g～kに挙げた永祚元年八月の台風が、後の時代にも繰り返し語られ、現前する災害と比較される点は注意される。例えば『左経記』長元七年八月十二日己巳条では、「諸司所々、京畿の人宅、諸山・神社、仏寺・衆木、或は其の材を露はし顛じ破れ、或は其の根を抜きて折り倒ると云々」と常套的な形で被害を列挙した後、「風勢永祚に劣ると雖も、物損多く彼の年に勝りたりと云々」と記す。すなわち、明確な記述としては現れないが（あるいは記述形式の限定性ゆえに豊かな情報を伝えられていないが）、過去の大規模災害は種々の面で情報（多分に印象論的なものも含む）として語り継がれており、現前する災害の危険度を測る基準として機能していたと考えられる。

しかし、類似した文章のなかでも、記述者の文体には一定の個性がうかがえる。例えばrにみるように、『小右記』は事象のプロセスを詳しく記すのが特徴であり、藤原実資の性格ゆえか、中川（京極川）や紙屋川など京内の中小河川の情況も細かく記録されている。w・x（・z）のとおり、『本朝世紀』や『台記』は藤原通憲・頼長の知識を反映するように、「魚鼈の害」「人魚と為る」などの漢籍的比喩を用いる。先例としては、例えば『類聚三代格』赦除事／仁和四年（八八八）五月廿八日詔が、同三年七月三十日の地震、八月二十日の台風・洪水について、「前後重害に遭ふ者卅有余国、或は海水泛溢し、人民魚鼈の国に帰し、或は邑野陥没し、廨宇蛟龍の家に変ず」と述べている。『梁書』巻五〇列伝第四四／文学下に引く劉峻撰『弁命論』には、「空桑の里、変じて洪川と成り、歴陽の都、化して魚鼈と為る」との文言があるが、もともとの典拠はこのあたりだろうか。「空桑の里……」は、『呂氏春秋』孝行覧／本味などに記載のある伝説で、母が洪水のなか空桑に変じて胎児を生きのびさせたという、殷・湯王を補佐して克夏を実現した伊尹の出生譚に当たる。「歴陽の都……」は、前漢・劉安撰『淮南子』巻二俶真訓に、「夫れ歴陽の都、一夕にして反りて湖と為れば、勇力聖知も罷怯不肖なる者と命を同じくす」と語られることに対応するが、後漢・高誘の『淮南鴻烈解』巻二は、同部分を注釈して次のような伝承を載せている。

歴陽は淮南国の県名なり。昔、老嫗有り、常に仁義を行ふ。二諸生有り、之を過るに謂ひて曰はく、「此の国当に没みて湖と為るべし」といふ。嫗に謂はく、「東城門の閫に血有るを視れば、便ち北山に走り上り、顧ること勿かれ」といふ。此れより嫗、便ち往きて門の閫を視る。閽者之を問ふに、嫗対へて曰はく、「是の如し」といふ。其の暮、門吏故に鶏を殺し、血を門の閫に塗る。明旦、嫗早く往きて門を視るに、血見る。便ち北山に上るに、国没みて湖と為る。門吏と其の事を言りて、適か一宿なるのみ。一夕旦にして湖と為るなり。……[45]

これとよく似た伝承は、晋・干宝撰『捜神記』、梁・任昉撰『述異記』などにみられるが、頼長のいう〈人が魚に変わる〉ニュアンスは、左に掲げた『捜神記』巻一三―三二六などが念頭にあるのかもしれない。

由拳県は、秦の時の長水県なり。始皇の時、童謡に曰く、「城門に血有らば、城当に陥没して湖と為るべし」といふ。嫗有り、之を聞き、朝朝往きて窺ふ。門将之を縛せんと欲するに、嫗其の故を言す。後に門将、犬の血を以て門に塗る。嫗血を見て、便ち走り去る。忽ち大水有り、県を没さんとす。主簿令幹入りて令に白す。令曰く、「何ぞ忽ち魚と作るや」といふ。幹曰く、「明府も亦魚と作れり」とまうす。遂に淪みて湖と為る。[46]

洪水を記録する漢文の世界は言説的に豊かであるとはいいがたいが、いずれにしろ、平安京が遷都以来頻繁に洪水に見舞われ、宮城や上級貴族の邸宅まで浸水被害に遭っていたことは明らかである。史書や法制書はもちろん日記類に至るまで明確には書かれていないが、洪水の危険を察知する具体的基準は、降雨の多い時季の生活知として、自身の経験や伝聞情報により確実に培われていたものと推測される。本稿では未だ充分な探究ができていないが、右に掲げた事例からうかがえる限りで考えてみると、まず第一はいうまでもなく降雨の量である。sで藤原資房は、夜通し続く大雨に何か起きるのではないかと「恐々」としている。tでは忠実が、降雨の激しさから察して検非違使に川の様子をみに行かせ、その報告を受けたうえで自らも足を運んでいる。どのくらいの雨が降れば鴨川や桂川、その他京内の堀川などが氾濫するかは、平安京で生活する貴族たちにとって、ある程度推測することは可能であったと思われる。nでは実資が、京に降雨はなかったにもかかわらず紙屋川・堀川・東院大路川などが増水していたことを訝しみ、上流で降雨があったのかと疑っている。これも当然のことではあるが、河川の増水のメカニズムはもちろん、どのような情況を受けてどのくらいの増水が生じるのかも、ある程度認識されていたということだろう。とくにoの「只今?……」といった記述からは、大納言という要職にあった実資が、洪水が起きた場合への対処のため、刻一刻と変化する堤防の状態を、緊張感を持って注視していたことが分かる。『源氏物語』須磨巻の末尾では、三月上巳祓の斎行を襲った突風について、源氏の供人の一人が「風などは、吹くも気色づきてこそあれ」と述べているが、天候が変わる気配をよく知る者の言葉だろうか。それがどこまで一般性を持ちうるかどうかは別として、個人的経験に基づく気象知識を有する人間は少なくなかったと思われる。

二つ目は、民俗知もしくは漢籍起源の災害予兆が多様な形で共有され、利用されていたと考えられることである。qでは、天地四方に雲霞の発生したことを高潮の予兆と捉えている。怪異な現象を挙げて童謡の流行を示し、その意味を推測してゆく中国史書の伝統的形式であるが、典拠となる占文は、図書寮などの史書編纂機関や陰陽寮が把握していた。例えば、八世紀に伝来した雑占関係の諸書を安倍氏が再構成したらしい『雑卦法』巻一には、七四条「黒星昼見るること有らば、三年を出でずして大水、浩く降る」、八五条「月に四（年）（行字カ）耳ありて暈まば、大水あり」（耳＝珥は、日月の周囲に出現する円形青赤色の小さな気）、一一七—三条「三月、月、光明を見ざれば、水、大に出で、諸百性（姓）苦しむなり」、一五七条「彗星南行して其の国を指さば、大に旱す。又一に云ふ、大水ありと」、一五九条「彗星北行し南に向きて指さば、天下に大水あり。城社（郭カ）没し、池（地カ）涌崩る。又云ふ、大火起ると」といった、いずれも天文観察に基づく洪水予兆の占文をみることができる。[*47] 山下克明氏によれば、これらは、中国とは異なる方向へ展開した列島の陰陽道のなかで、あまり顧みられない知識になってゆく。[*48] しかし、かかる占卜書や緯書の文章は、陰陽書はもちろん類書や医書への引用を通じて、一般貴族の知るところともなっていた。紙幅の関係もあり詳しくは論じられないが、これらは紆余曲折を経て、近世の『東方朔秘伝置文』『大雑書』などの天候予兆の世界に接続してくると考えられる。[*49]

三つ目が、本稿でこれまでも言及してきた水音である。後世の記録になるが、万里小路時房の『建内記』嘉吉元年（一四四一）九月六日条に、「終夜大に雨ふる、鴨川の水声鳳闕に達すればなり」[*50]とあり、土御門内裏へは増水した鴨川の水音が届き、宮廷の不安をかき立てた様子がうかがえる。平安期の古記録にはこの種の記事を見出せないが、右に掲げたm・u・y・zなどによると、洪水によって御所や上級貴族の邸宅まで浸水することは少なくなく、街路を走る水の音は京内に響き渡ったものと考えられる。水音に繊細な感性を持っていた平安貴族たちには、まさに「荒ましき」ものと認識されたに違いない。しかし、水音への感性は情況によって大きく変わる。平安京で培われた災害への感受性は、他の場所で発揮されるとずれが生じ、また他の環境で醸成されたそれとも乖離する。先に述べたように、『蜻蛉日記』にみえる道綱母の危険感受性は、宇治に暮らす鵜飼や楫取からすれば神経質なだけであった。また、『中右記』天仁二年（一一〇九）十月廿一日条には、「此の所の躯為るは、里は林中に在り、宅は海浜に占む。浪響鼓動し、松声混同す。嶺嵐大に報じ、終夜耳を驚かす。京都の人、未だ此の如き事を聞かず」とあり、熊野参詣の途上で千里浜の民家に宿泊した宗忠が、紀伊半島西岸に打ち吹き寄せる波風の音について、宮廷貴族たる自らの耳にかつてない驚きをもたらしたことを語っている。河川水害をいくら経験していても、轟々と鳴り響く海の浪風には圧倒されざるをえなかったのだろう。宇治十帖における水音描写にも通じるものがあるが、宇治と千里浜とは、都との隔絶性・野生との近接性において、同一のカテゴリーに含まれたのだと考えられる。『源氏物語』宿木巻には、増水した木津川を渡渉する際の恐怖感が、「東国路を思へば、いづこか恐ろしからん」と、鄙の極致である東国によって相対化される描写もある。しかし『蜻蛉日記』をみると、宇治を通過してさらなる〈野生の奥地〉たる初瀬へ至ると、水音をめぐる記述からは不安がすっぽりと抜け落ちてしまう。六五段における、安和元年（九六八）七～九月の初瀬参詣をみよう。

……それより立ちて、行きもて行けば、なでうことなき道も、山ふかき心ちすればいとあはれに、水のこゑも例に似ず、霧は道まで立ちわたり、木の葉はいろ〳〵に見えたり。水は石がちなる中よりわきかへりゆく。夕日のさしたるさまなどお見るに（ママ）、涙もとゞまらず。……

初瀬川を上流へと遡り、水勢は速く激しくなったが、川幅も狭まり、身の危険を感じなくなったものだろうか。尋常ではないという水の音も、ただ神々しい清浄感を演出するのみとなっている。一三二段における天禄二年（九七一）七月の再参詣でも、ほぼ同じような表現がみられる。

……からうして椿市にいたりて、例のごととかくして出で立つほどに、日も暮はてぬ。雨や風猶やまず、火ともしたれどふき消ちていみじくくらければ、夢の路の心地していとゆゝしく、いかなるにかとまで思ひまどふ。からうして祓殿にいたりつきけれど、雨もしらずたゞ水のこゑのいとはげしきをぞ、さいりと聞く。……

こちらは雨の降りしきる夜間の描写だが、大変激しい水音にも大きな不安は抱かず、「そうでもあろう」と肯定する記述になっている。野生の力は、神仏というメディアを通じてその暴力性を転換し、主体を抱擁する回向の力に再編されると考えられたものだろうか。宇治はあくまで参詣の途上に過ぎず、少なくとも道綱母の認識においては、未だ神仏に抱かれる領域には含まれていなかったのだろう。あるいは、熊野へ至る参詣路の険しさが一種の修行でもあったように、宇治や木津では不安をこそ感じるべきだと認識されていたのかもしれない。『更級日記』には、永承元年（一〇四六）から天喜二年（一〇五四）頃に至る数度の石山詣でが語られているが、とある冬の参詣に際し、激しい風雨のなかの大津からの舟路を不安に満ちた筆致で綴っている。

……冬になりて、のぼるに、大津といふ浦に舟にのりたるに、その夜、雨風、岩もうごく許ふりふゞきて、神さへ鳴りてとゞろくに、浪のたちくるをとなひ、風のふきまどひたるさま、おそろしげなることと、いのちかぎりつ、と思まどはる。……

また別の参詣について書かれたくだりには、やはり激しく雨の降る情況に不安を覚えながら、それが谷川の水の音と知ると、すぐに感動と作歌の対象に変わってしまうという象徴的な一文がある。これこそ、自然の野生の力が神仏の慈悲の力へ転換する瞬間を書き留めたものかもしれない。*51

……二年ばかりありて、又石山にこもりたれば、よもすがら、雨ぞいみじくふる。旅居は雨いとむつかしき物、とき〳〵て、蔀をおしあげて見れば、ありあけの月の、谷の底さへくもりなくすみわたり、雨ときこえつるは、木の根より水のながるゝをと也。
谷河の流は雨ときこゆれどほかよりけなる在明の月……

おわりに

以上、『源氏物語』宇治十帖における宇治川の水音の描写を手がかりに、平安貴族の持つ災害認識の一端を、洪水に対する危険感受性の側面から考察してきた。本稿では、事例の限定性から〈宮廷社会〉という曖昧な集合体を対象とせざるをえず、作者である紫式部自身の危険感受性が、どのような具体相をもって構築されたのかについては筆が及ばなかった。式部が生きた時代にも平安京は度々洪水に襲われているし、例えば洪水・高潮を伴った永祚元年の大風は、後世にしばしば言及されることを考えても、『源氏物語』須磨巻に記される大風雨の素材となった可能性は高い。宇治川の水害についても、現在我々の知る以上の情報を、(八の宮の家に多くの山人が出入りし、宇治殿に宿る貴族たちのために鵜漁が行われていたように) さまざまな階層から入手していたとも考えられる。[*52] それらは式部自身の災害経験と結びつき、宇治川の水音に対する微細な描写となって、物語のなかに刻み込まれたものだろう。その表現に垣間みられる不安や恐れは、具体的な事件を指し示してはいなくとも、繰り返し人々を襲い、ともに生きることを余儀なくさせた災害の記憶を伝えているのである。

なお、本稿が引用した事例でも度々描かれていたように、宇治川の水音描写は風音 (例えば宿木巻に、「荒ましかりし山おろし」とある) とも密接な関係がある。これについては、いずれ稿をあらためて論じたい。

注

＊1　この間の歴史学等の成果としては、例えば、歴史学研究会編『震災・核災害の時代と歴史学』（青木書店、二〇一二年）、国立歴史民俗博物館編『被災地の博物館に聞く―東日本大震災と歴史・文化資料―』（吉川弘文館、二〇一二年）、渡邊明義編『地域と文化財―ボランティア活動と文化財保護―』（勉誠出版、二〇一三年）などを参照。

＊2　古代人の水に対する感性・心性がいかに複雑なものであるか、両義的なものであるかは、幾つかの拙稿で触れた（「ヒトを引き寄せる〈穴〉―東アジアにおける聖地の形式とその構築―」〈『古代文学』四九、二〇一〇年〉・「神禍をめぐる歴史語りの形成過程―納西族〈祭署〉と人類再生型洪水神話―」〈『アジア民族文化研究』一一、二〇一二年〉・「過去の供犠―ホモ・ナランスの防衛機制―」〈『日本文学』六一―四、二〇一二年〉など）。水に対する感性の歴史は、かつてアラン・コルバンによって提唱され（コルバン／小倉孝誠訳「水に関する歴史の考察」〈同『空と海』藤原書店、二〇〇七年、原著二〇〇五年〉）、狭義の歴史学の領域ではないが、日本にもみるべき著作が散見される（例えば、鳥越皓之『水と日本人』岩波書店、二〇一二年）。また、近年の結城正美『水の音の記憶―エコクリティシズムの試み―』（水声社、二〇一〇年）では、水音を介した自然との感応の回路に胎児への回帰、胎児の記憶の想起を掲げており（三九～四四頁）、本稿の観点からも注目される。いちはやくサウンドスケープ論を歴史的に展開してみせた中川真『平安京 音の宇宙』（平凡社、一九九二年）、直接的先行研究となる三田村雅子「〈音（こえ）〉を聞く人々―宇治十帖の方法―」（同『源氏物語 感覚の論理』有精堂出版、一九九六年、初出一九八六年）にも敬意を表しておきたい。なお、以下『源氏物語』の引用は、新編日本古典文学全集（阿部秋生・秋山虔・今井源衛・鈴木日出男訳注、小学館、一九九四～一九九八年）より行う。

＊3　飯村・小泉・鈴木「源氏物語にみる水音とその環境の効果」（『日本建築学会学術講演梗概集（北海道）』一九九五、一九九五年）。

＊4　宇治十帖における〈音〉の主題的意義、正篇との位置づけ方の相違などについては、三田村注＊2論文参照。

＊5　引用は、新訂増補国史大系より行った（以下、六国史などとくに注記しない場合は、やはり国史大系を使用する）。

なお漢文の引用については、原則として書き下し文に改めた。

＊6　網代については、浅井峯治「平安文学に現われた「網代」について」（中京大学学術研究会『文学部紀要』七―二、一九七二年）、網野善彦「宇治川の網代」（同『日本中世の非農業民と天皇』岩波書店、一九八四年）、保立道久「宇治橋と鱸漁―ウナギ請と網代村君―」（『海洋』号外四八、二〇〇八年）などを参照。

＊7　今井「漢籍・史書・仏典使用一覧」（新編日本古典文学全集本五）、五二一頁。

＊8　「田舎」が平安京の変容と対になって成立することについては、木村茂光「王朝文学にみられる「田舎」について」（紫式部学会編、古代文学論叢一九『源氏物語の環境 研究と資料』武蔵野書院、二〇一一年）参照。

＊9　岡林・花原・足立「河川環境音による河川音場空間の表現」（『長崎大学工学部研究報告』三三―六〇、二〇〇三年）。

＊10　瀬口眞司「景観の選択から景観の創出へ―琵琶湖周辺地域における新石器文化の過程―」（内山純蔵、カティ・リンドストロム編『東アジア内海文化圏の景観史と環境』一／水辺の多様性、昭和堂、二〇一〇年）。拙稿注＊2論文（「過去の供犠」）も参照。

＊11　宇治地域の自然環境については、とりあえず、水山高幸「自然的基礎」（林屋辰三郎・藤岡謙二郎責任編集『宇治市史』一／古代の歴史と景観、同市役所、一九七三年）を参照。このほか、文化景観も含めた研究としては、林屋辰三郎・吉村亨・若原英弌『宇治川』（光村推古書院、一九八〇年）、大軒史子「源氏物語「宇治」の風土」（『青山学院女子短期大学総合文化研究所年報』二、一九九四年）、杉本宏『（日本の遺跡六）宇治遺跡群―藤原氏が残した平安王朝遺跡―』（同成社、二〇〇六年）、鈴木康久・西野由紀編『京都宇治川探訪―絵図でよみとく文化と景観―』（人文書院、二〇〇七年）などがある。

＊12　拙稿「災害と環境」（北原糸子編『日本災害史』吉川弘文館、二〇〇六年）、一七～一九頁。

＊13　引用は、国立歴史民俗博物館編『企画展示 古代の碑』（同館、一九九七年）より行い、私見により一部字句の訂正を行った。

＊14　引用は、新日本古典文学大系（青木和夫・稲岡耕二・笹山晴生・白藤禮幸校注、岩波書店、一九八九～一九九八年）

より行った。
＊15　秋山元秀『宇治橋―歴史と地理のかけはし―』（宇治市歴史資料館・宇治市教育委員会、一九九四年）に、主要な学説が整理されている（六七～七六頁）。
＊16　引用は、日本古典文学大系（高木市之助・五味智英・大野晋校注、岩波書店、一九五七～一九六二年）より行った。
＊17　『大日本古文書』五、二五二～二五三頁。なお、同書はいかなる根拠によるものか、「宇治麻呂」を「阿刀宇治麻呂」としている。
＊18　『大日本古文書』一五、一二八頁。
＊19　窪田空穂『万葉集評釈』（東京堂、一九四八年）、土橋寛『万葉集―作品と批評―』（創元社、一九五六年）。なお近江荒都歌・関連近江歌の研究史については、坂本勝「近江荒都歌・近江歌」（橋本達雄編『柿本人麻呂《全》』笠間書院、二〇〇〇年）を参照。
＊20　引用は、訳注日本史料（黒板伸夫・森田悌編、集英社、二〇〇三年）より行った。
＊21　引用は、大日本古記録より行った。
＊22　鳥羽殿の構造に関する研究成果については、鋤柄俊夫「鳥羽院殿の歴史空間情報的研究・緒論」（『文化情報学』二―一、二〇〇七年）を参照。
＊23　杉本注＊11書、四九～五四頁。
＊24　元木『藤原忠実』（吉川弘文館、二〇〇〇年）、七四～七八頁。
＊25　引用は、増補史料大成より行った。
＊26　引用は、増補史料大成より行った。
＊27　片平博文・吉越昭久・赤石直美・塚本章宏・麻生将・荒木まみ・飯田将悟・大塚夏子・小畑貴博・北利史・柴山礼子・福島康之・藤野真挙・森田美晴「京都における歴史時代の災害とその季節性」（『京都歴史災害研究』六、二〇〇六年）を参照。

＊28　引用は、法隆寺昭和資財帳編纂所編、法隆寺史料集成五『嘉元記』（ワコー美術出版、一九八四年）より行い、『改訂史籍集覧』二四を参照した。
＊29　引用は、『続群書類従』二九下／雑部一八より行った。
＊30　引用は、図書寮叢刊『九条家歴世記録』二より行った。
＊31　引用は、新日本古典文学大系（今西祐一郎校注、岩波書店、一九八九年）より行った。
＊32　引用は、新日本古典文学大系（吉岡曠校注、岩波書店、一九八九年）より行った。
＊33　杉本注＊11書、一五一〜一五五頁。
＊34　北村『平安京の災害史―都市の危機と再生―』（吉川弘文館、二〇一二年）、四〇〜四八頁。
＊35　河角龍典「歴史時代における京都の洪水と氾濫原の地形変化」（『京都歴史災害研究』一、二〇〇四年）。
＊36　山尾「右京区概説〔古代〕」（京都市編『史料京都の歴史』一四／右京区、平凡社、一九九四年）、二四頁。拙稿「山背嵯峨野の基層信仰と広隆寺仏教の発生」（『日本宗教文化史研究』三―一、一九九九年）、一八〜二〇頁も参照。
＊37　引用は、大日本古記録より行った。
＊38　引用は、大日本古記録より行った。
＊39　引用は、『大日本史料』二―三、八三八頁より行った。
＊40　引用は、増補史料大成より行った。
＊41　引用は、増補史料大成より行った。
＊42　引用は、増補史料大成より行った。
＊43　傍線部について、増補史料大成は、史料大観を複写し「人異と為す」と記載しているが、史料纂集は、内閣文庫蔵坊城本に従って「人魚と為る」と校訂している。本稿では後者に従った。
＊44　この点は、東日本大震災をめぐる現代の言説情況にも通じている。拙稿注＊2論文（「過去の供犠」）参照。
＊45　引用は、何寧撰『淮南子集釈』（新編諸子集成、中華書局）より行った。

＊46　話数は二〇巻本のそれを記したが、原文は、李剣国輯校『新輯捜神記・新輯捜神後記』（中華書局、二〇〇七年）に拠った。

＊47　引用は、小林春樹・山下克明編『「若杉家文書」中国天文・五行占資料の研究』（大東文化大学東洋研究所、二〇〇七年）より行った。

＊48　山下「若杉家文書『雑卦法』の考察」（小林・山下編注＊47書）参照。

＊49　とりあえず、小池淳一『陰陽道の歴史民俗学的研究』（角川学芸出版、二〇一一年）所収の諸論考を参照。

＊50　引用は、大日本古記録より行った。

＊51　しかしやはり、この認識にも感受情況の差異や個人差の影響するところが大きい。『枕草子』一本の二七段では、疲れ果てて長谷寺に辿り着いた清少納言が、「いみじき心おこしてまゐりしに、川の音などのおそろしう、くれ階をのぼるほどなど、おぼろげならず困じて、いつしか仏の御前をとく見たてまつらむと思ふに」と、聖域の川音にも忌避感を覚えている。なお、引用は新編日本古典文学全集（松尾聰・永井和子訳注、小学館、一九九七年）より行った。

＊52　「紫式部は宇治へ行ったことがあるのだろうか。宇治十帖の世界は、宇治を知らずして描けるものであろうか」との問いに発する藤本勝義「木幡山から宇治へ―宇治十帖の風土―」（紫式部学会編注＊8書）の試みは、現地踏査に基づくなど、本稿の観点からも注目される。

〈天変地異〉を読むための文献ガイド

麻生裕貴

◉『源氏物語』と「天変地異」

『源氏物語』における天変地異といえば、それが特徴的に現れるいくつかの巻が思い浮かぶところであろう。まずはそういった巻を個別に取り上げた文献を挙げ、次にその他の巻や『源氏物語』全体について論じたものを紹介する。なお、論集や雑誌の巻・号の表記は省略し、例えば二八巻一一号であれば二八（一一）のように記した。

◆須磨巻・明石巻

高崎正秀「『禊ぎ』文学の展開―源氏物語の底流として―」、『国語と国文学』二八（一一）、一九五一年一一月
池田龜鑑「暴風雨の須磨」、『国文学』一（二）、一九五六年六月
西村亨「歌の霊験」、『折口博士記念会紀要』一、一九五九年七月
清水好子「須磨退居と周公東遷」、『源氏物語論』塙書房、一九六六年
深沢三千男「光源氏の運命」、『国語と国文学』四五（九）、一九六八年九月
柳井滋「源氏物語と霊験譚の交渉」、『古代文学論叢 第一輯 源氏物語研究と資料』紫式部学会、一九六九年
今井源衛「菅公と源氏物語」、『語文研究』三一・三二、一九七一年一〇月
重松信弘『源氏物語の思想』風間書房、一九七一年
関根賢司「表現機構論への試み―須磨明石前後―」、『国文学』二二（一）、一九七七年一月
深沢三千男「明石巻とところどころ」、『神戸商科大学人文論集』一三（三）・（四）、一九七八年三月
林田孝和「須磨のあらし」、『野州国文学』二二、一九七八年一〇月
林田孝和「源氏物語の自然観―須磨・明石巻の天変をめぐって―」、『源氏物語研究』七、一九七九年五月

石原祐子「源氏物語における雷—須磨のあらしを中心に—」、『物語文学論究』四、一九七九年一二月
長谷川政春「須磨から明石へ」、『解釈と鑑賞』四五(五)、一九八〇年五月
柳井滋「宿世と霊験」、『講座源氏物語の世界 第三集 葵巻~明石巻』有斐閣、一九八一年
広田収「源氏物語作中和歌の一機能—須磨巻「八百よろづ神」の歌をめぐって—」、『同志社国文学』一八、一九八一年六月
柴藤誠也「源氏物語の豊かさ—須磨から明石へ—」、『神戸女子大学紀要』一五、一九八三年二月
後藤祥子「帝都召還の論理—明石巻と菅公説話」、『源氏物語の史的空間』東京大学出版、一九八六年
中川竫梵「須磨・明石の暴風雨の意味」、『紫明』四、一九八七年一二月
豊島秀範「須磨・明石巻における信仰と文学の基層—『住吉大社神代記』をめぐって—」、『源氏物語の探究 第一二輯』風間書房、一九八七年
東原伸明「源氏物語と〈明石〉の力—外部・龍宮・六条院—」、『物語研究』二、一九八八年八月
阿部秋臣「源氏物語の朱雀院を考える—序章・王権を越えるもの—」、『日本文学』三八、一九八九年三月
三谷邦明「須磨流離の表現構造」、『物語文学の方法Ⅱ』有精堂、一九八九年
三田村雅子「物語空間論—〈風〉の圏域—異界の風・異界の響き—」、『国文学』三五(一)、一九九〇年一月
白田靖男「「須磨の嵐」再考」、『物語文学論究』一〇、一九九二年三月
山田利博「須磨の嵐—反転するテクストの構造」、『文学・語学』一四一、一九九四年三月
韓正美「須磨・明石巻に見られる住吉信仰」、『解釈と鑑賞』六〇(一二)、一九九五年七月
郭潔梅「『源氏物語』須磨・明石巻と唐代龍女伝・水神説話を巡って」、『甲南国文』四二、一九九五年三月
根本智治「須磨の嵐の両義性」、『信州短期大学研究紀要』八(一)・(二)一九九六年一二月
河添房江「須磨から明石へ」、『源氏物語表現史』翰林書房、一九九八年

多田一臣「須磨・明石の根底―住吉信仰をめぐって―」、『文学史上の「源氏物語」』おうふう、一九九八年
今井源衛「須磨巻の三月上巳の異変―「王範妾」と「大学鄭生」のこと―」、『解釈と鑑賞』六五（一二）、二〇〇〇年一二月
藤井由紀子「須磨の暴風雨―『源氏物語』における神々の諸相―」、『語文』七七、二〇〇一年一二月
望月郁子「末世の聖帝桐壺の意思と須磨・明石巻の天変」、『二松』一六、二〇〇二年三月
播摩光寿「『源氏物語』探訪（十）―須磨から明石への移動」、『滝川国文』二〇、二〇〇四年三月
市川祐樹「風で読む「須磨」巻」、『平安文学研究生成』笠間叢書、二〇〇五年
沼尻利通「「御階の下」の桐壺院」、『國學院大學大学院研究叢書 文学研究科17 平安文学の発想と生成』國學院大學大学院、二〇〇七年
金秀美「異郷と境界と物語空間―須磨の暴風雨の場面分析から―」、『源氏物語の空間表現論』武蔵野書院、二〇〇八年
藤本勝義「源氏物語の霊・夢―須磨・明石巻の雨と故院の霊」、『文学・語学』一九三、二〇〇九年三月
岩原真代「須磨の嵐考―光源氏の「願文」から」、『国学院大学大学院平安文学研究』一、二〇〇九年九月
袴田光康「光源氏の流離と天神信仰」、『源氏物語を考える―越境の時空』武蔵野書院、二〇一一年
早乙女利光「明石巻の表現方法―住吉神と桐壺院の機能―」、『『源氏物語』の表現技法―表現・語り・引用』武蔵野書院、二〇一二年

◆薄雲巻

藤村潔「源氏物語の準拠と天変」、『国語と国文学』五二（七）、一九七五年七月
藤井貞和「タブーと結婚―光源氏物語の構造―」、『国語と国文学』五五（一〇）、一九七八年一〇月
深沢三千男「光源氏と冷泉院―秘事奏上」、『講座源氏物語の世界 第四集 澪標〜朝顔巻』有斐閣、一九八〇年
齊藤暁子「薄雲巻における冷泉帝の罪をめぐって」、『古代文学論叢 第八輯 源氏物語と和歌研究と資料Ⅱ』武蔵野書

院、一九八二年
国枝久美子「冷泉帝とその背景」、『国文鶴見』一八、一九八三年一二月
姥澤隆司「〈宿世の罪〉のゆくえ　薄雲巻の光源氏と冷泉帝」、『帯広大谷短期大学紀要』二二（一）、一九八五年三月
藤本勝義「源氏物語「薄雲」巻論—栄華と悲傷の構造—」、『源氏物語の探究　第十輯』、一九八五年
鬼束隆昭「天変と源氏物語と史記」、『日本文学ノート（宮城学院女子大学）』二二、一九八七年一月
藤村潔「藤壺宮の崩御　薄雲・朝顔」、『国文学』三二（一三）、一九八七年一一月
田中隆昭「源氏物語と史記」、『源氏物語歴史と虚構』勉誠出版、一九九三年
浅尾広良「薄雲巻の天変—「もののさとし」終息の論理」、『大谷女子大国文』二六、一九九六年三月
望月郁子「薄雲巻の天変—桐壺院の遺言不履行のゆくえ」、『二松学舎大学人文論叢』六九、二〇〇二年一〇月
石井公成「『源氏物語』における顔之推作品の利用—『顔氏家訓』と『冤魂志』「王範妾」—」、『駒澤短期大学儒教論集』九、二〇〇三年一〇月
大内英範「源氏物語の「天」」、『源氏物語の鑑賞と基礎知識（三三）薄雲・朝顔』至文堂、二〇〇四年

◆野分巻

窪田空穂「「野分」の自然と人事の交渉」、『窪田空穂全集』九、一九四二年六月
伊藤博「『野分』の後—源氏物語第二部への胎動」、『文学』三五（八）、一九六七年八月
河内山清彦「光源氏の変貌　「野分」の巻を支点とした源氏物語試論」、『青山学院女子短期大学紀要』二一、一九六七年一一月
久米庸孝「『源氏』の台風」、『科学随筆全集　続　第四　地球との対話』学生社、一九六八年
石田穣二「野分の巻頭について」、『学苑』三六一、一九七〇年一月

三谷邦明「夕霧垣間見」、『講座源氏物語の世界　第五集　少女巻〜真木柱巻』有斐閣、一九八一年
原田敦子「野分の美」、『講座源氏物語の世界　第五集　少女巻〜真木柱巻』有斐閣、一九八一年
紫藤誠也「源氏物語『野分』の巻考」、『神戸女子大学紀要（文学部篇）』二〇（一）、一九八七年三月
三木麻子「歌語「野分」の考察―『源氏物語』との接点」、『帝塚山学院大学日本文学研究』二九、一九九八年二月
三田村雅子「源氏物語に吹く風」、『新潮』九九（一〇）、二〇〇二年一〇月
佐藤瞳「『源氏物語』「野分」巻の〈野分〉をめぐって―夕霧の〈脚〉と物語の「時間」」、『湘南文学』四一、二〇〇七年三月

◆その他

石原祐子「『源氏物語』における雷―密会露見場面を中心に―」、『物語文学論究』五、一九八〇年一二月
高橋和夫「源氏物語の台風と嵐」、『日本文学と気象』中央公論、一九七八年
林田孝和「源氏物語の天変の構造」、『源氏物語研究』七、一九七九年一二月
前嶋美津江「源氏物語における「物のさとし」をめぐって」、『物語文学論究』八、一九八三年一二月
藤本勝義「源氏物語と陰陽道信仰―天変地異、占・祓等をめぐって」、『青山学院女子短期大学紀要』四一、一九八七年一一月
深町健一郎「『源氏物語』の陰翳―隠ろへ事、物のさとしの事など」、『亜細亜大学教養部紀要』四六、一九九二年一一月
藤井由紀子「『源氏物語』第一部の構造―〈もののさとし〉の機能をめぐって」、『詞林』二三、一九九八年四月
中島和歌子「源氏物語の道教・陰陽道・宿曜道」、増田繁夫・伊井春樹・鈴木日出男編『源氏物語研究集成六　源氏物語の思想』風間書房、二〇〇一年
増淵勝一「『源氏物語』の仕掛け―雷・火災」『湘南文学』一五、二〇〇二年一月

◉『竹取物語』と「天変地異」

平安文学作品には、『源氏物語』以外にも天変地異が重要な役割を担う作品がある。その中でも特に時代が早いのが『竹取物語』だ。『竹取物語』では、求婚者の一人である大納言大伴御行が龍の首の珠を得ようと船出するも、暴風雨にあって難破してしまう。この難題譚を扱ったものを中心に、『竹取物語』の天変地異について論じた文献を紹介する。

網谷厚子「竹取物語の諸問題」、『平安朝文学の構造と解釈―竹取・うつほ・栄花―』教育出版センター、一九九二年一二月

山下絵美「『竹取物語』の難題物考―幣帛と依代、二つの機能をめぐって」、『湘南文学』四一、二〇〇七年三月

河添房江「『竹取物語』と東アジア世界―難題求婚譚を中心に」、『源氏物語へ 源氏物語から』笠間書院、二〇〇七年九月

保立道久『かぐや姫と王権神話『竹取物語』・天皇・火山神話』、歴史新書、二〇一〇年

◉『うつほ物語』と「天変地異」

『源氏物語』以外の作品で天変地異の研究が多く行われているのは、なんといっても『うつほ物語』である。『うつほ物語』の天変地異は、琴の弾奏の問題と関わって重要な位置を占めているからだ。以下に、『うつほ物語』の天変地異について論じた文献を挙げる。

野口元大「「楼の上」の世界」、『宇津保物語論集』古典文庫刊、一九七三年一二月

日向一雅「先祖と霊験―宇津保物語・源氏物語の基底―」、『短大論叢』五四、一九七五年一〇月
網谷厚子「うつほ物語の自然」、『平安文学研究』七八、一九八五年六月
上田洋子『宇津保物語』研究 琴を中心として」、『山口女子大国文』七、一九八六年二月
三上満「宇津保物語「楼の上」の巻の構造と思想」、『日本文学』三九（一〇）、一九九〇年一〇月
坂本信道「「楼の上」巻名試論―『宇津保物語』の音楽」、『国語国文』六〇（六）、一九九一年六月
西本香子「『うつほ物語』の女性弾琴」、『年刊日本の文学』一、一九九二年一二月
西本香子「俊蔭女と予言の行方―「楼の上」下巻・波斯風弾琴をめぐって」、『中古文学』四九、一九九二年六月
田中隆昭「うつほ物語 俊蔭の波斯国からの旅」、『アジア遊学』三、一九九九年四月
正道寺康子「『うつほ物語』における七夕―琴（こと）との関係を中心に」、『現代社会文化研究』一、一九九四年一二月
野口元大「霊異と栄誉―「楼の上」の主題」、『講座平安文学論究 第一二輯』風間書房、一九九七年九月
三上満「宇津保物語の思惟―音楽の力」、『講座平安文学論究 第一二輯』風間書房、一九九七年九月
椎名亮輔「鬼神のための音楽―西洋音楽との通路」、『国文学』四七（八）、二〇〇二年七月
大井田晴彦「『うつほ物語』の俊蔭漂流譚」、『王朝文学と交通（平安文学と隣接諸学七）』竹林舎、二〇〇九年五月

◉その他の平安文学作品と「天変地異」

『竹取物語』・『うつほ物語』意外にも、歌枕「末の松山」や『枕草子』の野分などについて論じた文献もある。以下にそれらを挙げる。

堀川喜美子「枕草子「野分のまたの日こそ」」、『月刊国語教育』一〇（一〇）、一九九〇年一二月
津本信博「為尊親王薨去の真相—天変異状説」、『講座平安文学論究 第一一輯』、一九九六年四月
河野幸夫「歌枕『末の松山』と海底考古学」、『国文学』五二（一六）、二〇〇七年一二月
伊藤守幸「平安文学に描かれた天変地異——「末の松山」と貞観の大津波」、『東日本大震災 興を期して—知の交響』東京書籍、二〇一一年
徳原茂実「末の松山を越す波」、『武庫川国文』七五、二〇一一年一一月
石井正己「巻頭言 震災と百人一首」、『学芸古典文学』五、二〇一二年三月

●菅原道真と天神信仰

平安文学における天変地異を考える上でもう一つ忘れてはならないのが、菅原道真の問題であろう。以下に、天神信仰の対象としての菅原道真について扱った文献を紹介する。なお、菅原道真と『源氏物語』の天変地異の関わりを論じたものは「『源氏物語』と「天変地異」」の項に挙げている。また、さらに多くの文献に当たりたい場合には、和漢比較文学会編『菅原道真論集』勉誠出版、二〇〇三年二月の「菅原道真・天神信仰研究文献目録」が役に立つので参照されたい。

主丸男『菅原道真と天神信仰』林洋文堂、一九六五年
太宰府天満宮文化研究所編『菅原道真と太宰府天満宮上巻・下巻』吉川弘文館、一九七五年
村山修一編『民族宗教史叢書 第四巻 天神信仰』雄山閣出版、一九八三年

真壁俊信『天神信仰の基礎的研究』日本古典籍注釈研究会、一九八四年
真壁俊信『天神信仰史の研究』続群書類従完成会、一九九四年
味酒安則「天神信仰の誕生と変遷」、『筑紫古典文学の世界上代・中古』おうふう、一九九七年
「特集・学問の神様・菅原道真―没後一一〇〇年」、『解釈と鑑賞』六七（四）、二〇〇二年四月
河音能平『天神信仰の成立―日本における古代から中世への移行』塙書房、二〇〇三年
和漢比較文学会編『菅原道真論集』勉誠出版、二〇〇三年
竹居明男編『天神信仰編年史料集成　平安時代・鎌倉時代前期篇』国書刊行会、二〇〇三年一月
真壁俊信『天神信仰と先哲』太宰府顕彰会、二〇〇五年
竹居明男「『天神信仰編年史料集成　平安時代・鎌倉時代前期篇』訂正増補（稿）」、『人文学』一八二、二〇〇八年
竹居明男編『北野天神縁起を読む』吉川弘文館、二〇〇八年
武田佐知子編『太子信仰と天神信仰　信仰と表現の位相』思文閣出版、二〇一〇年

◉総論としての「天変地異」

平安文学と天変地異について扱った文献の中には、もちろん個別の作品にとどまらずに論じているものもある。以下に、そのような文献を挙げる。

益田勝実「火山列島の思想―日本的固有神の性格―」、『文学』三三（五）、一九六五年五月
吉海直人氏「平安文学と火事―文学に黙殺された内裏焼亡―」、『日本文学の原風景』三弥井選書、一九九二年

神尾登喜子「天皇の都と天変・地変―伝承と歴史の理念」、『古代都市文学論 書紀・萬葉・源氏物語の世界』翰林書房、一九九四年

益田勝実「天変地異―伝承と陰陽五行思想のはざま」、『人々のざわめき（古代文学講座六）』勉誠社、一九九四年

由良琢郎「なゐのやうに土動く」、『短歌研究』五二（四）、一九九五年四月

砺波護「中国の天神・雷神と日本の天神信仰」、『日本歴史』六五二、二〇〇二年九月

佐谷真木人「日本古典文学の中の雷」、『雷文化論』慶應大学出版会、二〇〇七年

植田恭代「文学にみる自然と人間―『方丈記』、『源氏物語』―」、『跡見学園女子大学人文学フォーラム』一〇、二〇一二年三月

◉物語以外の「天変地異」研究

これまでも歴史との摺り合わせの上で文学作品の天変地異を論じることはされてきたが、今後更にそれを推し進めていくことが読みの深まりにも繋がっていくだろう。史実としての天変地異が文学に与えた影響を探っていくべきである。そこで、ここでは歴史学や地質学など、文学以外の視点から平安時代の天変地異を論じた文献を紹介する。

荒川秀俊『災害の歴史』至文堂、一九六四年

宇佐見龍夫『歴史地震―古記録は語る』海洋出版、一九七六年

笠井正昭「わが国10世紀末における疫病の流行とその影響について」、『文化学年報』一四、一九六五年三月

萩原尊禮編『古地震―歴史資料と活断層からさぐる』東京大学出版会、一九八二年

早川由起夫「平安時代に起こった十和田火山最新の噴火」、『日本地質学会学術大会講演要旨』九一、一九八四年、三月
荒川秀俊・宇佐見龍夫『日本史小百科　災害』近藤出版社、一九八五年
萩原尊禮編『続古地震—実像と虚像』東京大学出版会、一九八九年
成尾英仁「平安時代に発生した開聞岳噴火について」、『日本火山学会講演予稿集』一九八九（二）、一九八九年一〇月
成尾英仁「平安時代に発生した開聞岳の噴火について」、『火山　第二集』三四（四）、一九八九年、一二月
中村重久「南日本の基本水準面変化から見た古代・中世の津波史料の評価」、『うみ』二九（三）、一九九一年一一月
太田陽子・島崎邦彦編『古地震を探る』古今書院、一九九五年
永山修一「文献から見る平安時代の開聞岳噴火」、『名古屋大学加速器質量分析計業績報告書』七、一九九六年三月
山下克明『平安時代の宗教文化と陰陽道』岩田書店、一九九六年
寒川旭『揺れる大地　日本列島の地震史』同朋舎出版、一九九七年
成尾英仁・永山修一・下山覚「開聞岳の古墳時代噴火と平安時代噴火による災害—遺跡発掘と史料からの検討」、『月刊地球』一九（四）一九九七年四月
早川由紀夫・中島秀子「史料に書かれた浅間山の噴火と災害」、『火山』三四（四）、一九九八年八月
小山真人「歴史時代の富士山噴火史の再検討」、『火山』四三（五）、一九九八年一〇月
石橋克彦「文献史料からみた東海・南海巨大地震（1）—14世紀までのまとめ—」『地学雑誌』一〇八（四）、一九九六年八月
生島佳代子・小山真人「飛鳥〜平安時代前期の自然災害記録媒体としての六国史の解析—概報および月別情報量一覧」、『歴史地震』一五、二〇〇〇年三月
早川由紀夫「日本の地震噴火が9世紀に集中するようにみえるのはなぜだろうか?」、『歴史地震』一五、二〇〇〇年三月
西山昭仁「元暦2年（1185）京都地震の被害実態」、『月刊地球』二三（二）、二〇〇一年二月

西山昭仁「元暦2年（1185）京都地震における京都周辺地域の被害実態」、『歴史地震』一六、二〇〇一年三月
安田政彦「『日本後紀』災害記事に関する若干の考察」、『ヒストリア』一七四、二〇〇一年四月
高浜信行・卜部厚志・布施智也「越後平野中部における古代・9世紀前後の液状化　新潟県における歴史地震の液状化跡その2」、『研究年報』二三、二〇〇一年一二月
橋本政良『環境歴史学の視座』岩田書院、二〇〇二年
伊藤和明『地震と噴火の日本史』岩波新書、二〇〇二年
寺内隆夫「九世紀後半の洪水災害と復興への道のり―屋代遺跡群・更埴条里遺跡の発掘調査から」、『信濃〔第三次〕』五四（八）、二〇〇二年八月
山下克明「災害・怪異と天皇」『天皇と王権を考える8　コスモロジーと身体』岩波書店、二〇〇二年
海野進「溶岩流災害―平安初期噴火の例」、『月刊地球』二四（九）、二〇〇二年九月
伊藤 和明「歴史に見る富士山の噴火」、『砂防と治水』三五（五）、二〇〇二年一二月
早川由紀夫・森田悌・中嶋田絵美【他】「『類聚国史』に書かれた818年の地震被害と赤城山の南斜面に残る9世紀の地変跡」、『歴史地震』一八、二〇〇三年三月
高橋昌明「日本史学者の見た元暦二年七月京都地震について」、『月刊地球』二七（一一）、二〇〇五年一一月
吉川國男「関東盆地中央部における開発と災害　古代・中世」、『日本地理学会発表要旨集』六九、二〇〇六年三月
北原糸子編『日本災害史』吉川工弘文館、二〇〇六年
細井浩志『古代の天文異変と史書』吉川弘文館、二〇〇七年
伊藤和明「富士火山の噴火史」、『科学』七七（一二）、二〇〇七年一二月
有富純也「摂関期の災異と天皇」、『史學雜誌』一一七（一）、二〇〇八年一月

山口えり「日本古代における災害認識の変遷」、『史観』一五八、二〇〇八年三月
川尻秋生『全集日本の歴史　第四巻　揺れ動く貴族社会』小学館、二〇〇八年
小林健彦「日本古代に於ける災害対処の文化史―新潟県域に於ける事例の検出と人々の災害観を中心として」、『新潟産業大学人文学部紀要』一九、二〇〇八年三月
伊藤和明「古典に見る富士山の噴火」、『予防時報』二三五、二〇〇八年一〇月
宮瀧交二「環境史・災害史からみた平安時代の在地社会」、『国史学』一九六、二〇〇八年一二月
今津勝紀「古代の災害と地域社会―飢饉と疫病」、『歴史科学』一九六、二〇〇九年三月
董科「平安時代前期における疫病流行の研究―「六国史」を中心に」、『千里山文学論集』八二、二〇〇九年九月
西山良平・鈴木久男編『恒久の都　平安京』吉川弘文館、二〇一〇年
有富純也「疫病と古代国家―国分寺の展開過程を中心に」、『歴史評論』七二八、二〇一〇年一二月
董科「9～10世紀日本におけるインフルエンザ流行の基礎研究―世界最古のインフルエンザ流行記録について」、『古代文化』六二（三）、二〇一〇年一二月
丸山浩治「平安時代の火山噴火に関する人的動向の考古学的考察―その方法と具体例」、『地域社会研究』四、二〇一一年三月
寒川旭『地震の日本史　大地は何を語るのか　増補版』中公新書、二〇一一年
宮瀧交二「環境と生存―日本古代の火山噴火と民衆」、『民衆史研究』八一、二〇一一年五月
小林健彦「新潟県域に於ける謎の災害―古代から中世にかけて発生した巨大地震とその被害」、『新潟産業大学経済学部紀要』三九、二〇一一年六月
福岡義隆・丸本美紀「奈良・平安時代の疫病と京内環境」、『日本生気象学会雑誌』四八（二）、二〇一一年六月
所功「平安にも激発した〝大地震（おおない）〟」、『Will』七八、二〇一一年六月

外川淳『天災と復興の日本史』東洋経済新報社、二〇一一年
早川由紀夫「平安時代に起こった八ヶ岳崩壊と千曲川洪水」、『歴史地震』二六、二〇一一年七月
保立道久「貞観津波と大地動乱の九世紀」、『東北学【第二期】』二八、二〇一一年八月
寒川旭「東日本大震災と九世紀の地震」、『東北学【第二期】』二八、二〇一一年八月
今津勝紀「古代における災害と社会変容―9世紀後半の危機を中心に」、『考古学研究』五八（二）、二〇一一年九月
平川新「東日本大震災と歴史の見方」、『歴史学研究』八八四、二〇一一年一〇月
保立道久「地震・原発と歴史環境―9世紀史研究の立場から」、『歴史学研究』八八四、二〇一一年一〇月
矢田俊文「東日本大震災と前近代史研究」、『歴史学研究』八八四、二〇一一年一〇月
寒川旭『日本人はどんな大地震を経験してきたのか　地震考古学入門』平凡社新書、二〇一一年
董科「8～9世紀日本における天然痘流行とその影響」、『史泉』一一五、二〇一二年一月
細井浩志「日本における天変と地震」、『桃山学院大学総合研究所紀要』三七（二）、二〇一二年一月
児島恭子「古代・中世の災害が影響した女性の宗教的地位に関する予備報告　今、災害と女性史研究とのかかわりを考えるにあたって」、『総合女性史研究』二九、二〇一二年三月
北村優季『平安京の災害史　都市の危機と再生』吉川弘文館、二〇一二年
保立道久『歴史のなかの大地動乱―奈良・平安の地震と天皇』岩波新書、二〇一二年
保立道久「平安時代末期の地震と龍神信仰　『方丈記』の地震記事を切り口に」、『歴史評論』七五〇、二〇一二年一〇月
安田政彦『災害復興の日本史』、吉川弘文館、二〇一三年
三宅和朗編『古代の暮らしと祈り』吉川弘文館、二〇一三年
保立道久・成田龍一監修『津波、噴火…　日本列島地震の２０００年史』朝日新聞出版、二〇一三年

◉「天変地異」の総覧・史料集・事典

史実としての天変地異について調べるためには史書、古記録、古文書等の記録を調べなければならないが、その際助けとなるのが天変地異の総覧や史料集、事典の類である。ここではそういった文献を紹介する。なお、インターネット上でも静岡大学防災総合センター「〔古代・中世〕地震・噴火史料データベースβ版」(http://sakuya.ed.shizuoka.ac.jp/erice/)や、宇都徳治「世界の被害地震の表(古代から2010年まで)」(http://iisee.kenken.go.jp/utsu/)があるので、併せて参照されたい。

震災予防調査会編『大日本地震史料』、丸善、一九〇四年
東京府社会課編『日本の天災・地変』上・下、原書房、一九三八年(復刻 一九七五年)
文部省震災予防評議会編『増訂 大日本地震史料』一～三、鳴鳳社、一九四一～四三年
武者金吉『日本地震史料』毎日新聞社、一九五一年(復刻 明石書房、一九九五年)
小鹿島果編『日本災異志』、思文閣、一九六七年
西村真琴・吉川一郎編『日本凶荒史考』有明書房、一九八三年
勝又護編『地震・火山の事典』東京堂出版、一九九三年
下鶴大輔・荒牧重雄・井田喜明編『火山の事典』朝倉書店、一九九五年
宇佐見龍夫編『わが国の歴史地震の震度分布・等震度線図』社団法人日本電気協会、一九九六年
気象庁編『日本活火山総覧 2版』大蔵省印刷局、一九九六年
東京大学地震研究所編『新収日本地震史料』一～五・別巻・補遺・続補遺、一九八一～九四年

宇津徳治・嶋悦三・吉井敏尅・山科健一郎編『地震の事典　第二版』二〇〇一年、朝倉書店
宇佐見龍夫『最新版　日本被害地震総覧』、東京大学出版会、二〇〇三年
池田正一郎『日本災変通志』新人物往来社、二〇〇四年
藤井敏嗣・纐纈一起編『地震・津波と火山の事典』、丸善、二〇〇八年
文部省震災予防評議会編『日本地震史料』一～四、明石書店、二〇一一年
北原糸子・松浦律子・北村玲欧編『日本歴史災害事典』、吉川弘文館、二〇一二年

※この文献ガイドの作成にあたっては、島本あや、岩森円花両氏の協力を得た。

1179	6月、銭病と称する疫病が流行。(百錬抄)	
1180	2月、京中大火。高辻北・万里小路西より出火。綾小路南・万里小路東より五条・京極まで焼亡。(山塊記ほか)	
	《後鳥羽(1183〜98)》	
1185	7月9日、50年来の大地震。法勝寺九重塔・蓮華王院・得長寿院・法成寺回廊など倒壊。また、京中の築垣が全壊するという。宇治橋全壊。終日地震やまず、余震も長く続く。死者多数。7月17日、再度の地震により閑院の棟柱が折れる。若狭国に津波か。(山塊記・方丈記ほか)	
1193	1月、疱瘡が流行。(百錬抄)	

1151	11月、崇徳上皇御所東八条殿が焼亡。(本朝世紀)	
1152	3月、七条坊門南・烏丸西より出火。東は東洞院に至り、西は室町を出て、北は左女牛小路をこえて焼亡。(本朝世紀)	
1153	3月、五条坊門以南・五条以北・大宮以西・櫛笥東西が焼亡。(本朝世紀ほか) 4月、五条坊門南・烏丸東より出火。南は六条、東は東洞院、西は西洞院、北は綾小路まで延焼。江家十代の文庫が焼亡。(本朝世紀ほか)	
1154	3月、河原院（六条坊門南・万里小路東）炎上。(百錬抄)	
1159	11月、六条院・因幡堂・河原院・崇親院・祇園旅所など焼亡。(百錬抄)	
	《高倉（1168～80）》	この頃『とりかへばや物語』(『今とりかへばや』)
1168	6月、疫病の流行により殿上人も御霊会を行う。(兵範記)	
1171	10月、京中で羊病と称する疫病が流行。(百錬抄) 12月、八条大宮が炎上。六条院御堂が焼失。(百錬抄)	1170『今鏡』(藤原為経（寂超)) この頃『梁塵秘抄』(後白河天皇撰)
1177	4月、京中大火(太郎焼亡)。樋口・富小路より出火。閑院内裏は類焼を免れる。大内裏・公卿の家など炎上。未曾有の火災となる。(玉葉ほか) 5月、六条・室町の中院が焼亡。近日連夜焼亡あり。(玉葉)	平安後期『堤中納言物語』 『本朝文粋』(藤原明衡編)
1178	3月、七条・高倉西より朱雀南北5、60町が焼亡。公卿の家・稲荷旅所などが焼亡。(百錬抄ほか) 4月、京中大火(次郎焼亡)。七条北・東洞院中ばかり洞院面焼亡。火は西南方に起こり北小路南北辺をかぎり、南は七条南・東洞院西角・八条坊門朱雀大路まで焼亡。(清獬眼抄)	

1105	4月、疫病による死者が川原辺に充満。(中右記)	
1107	堀川・左女牛の小屋焼亡。(中右記)	
1108	2月、左女牛烏丸・三条坊門・万里小路の小屋焼亡。(中右記) 翌日高辻南北・烏丸東の小屋焼亡。因幡堂類焼。(中右記ほか) 7月から9月にかけて浅間山噴火。火山泥流と溶岩流により山林耕地に被害。(中右記)	1108頃『讃岐典侍日記』(藤原長子)
1109	4月、疱瘡が流行。(殿暦)	
1110	閏7月、咳病が流行。(殿暦)	
1114	6月、地震により左兵衛府の北門が倒壊。(中右記)	1115頃『俊頼髄脳』(源俊頼) 1120頃『今昔物語集』
	《崇徳(1123〜64)》	
1124	閏2月、地震が8日間続く。(百錬抄)	
1125	12月、京中大火。五条坊門・油小路より出火。火は東北に広がり、油小路から四条東、二条河原に及ぶ川原以西の90余町が焼亡。公卿・朝士・大夫以下の家60余所が焼亡。六角堂も類焼。(百錬抄ほか) この月、疱瘡が流行。(醍醐雑事記)	
		1127『金葉和歌集』(源俊頼)
1132	疫病が流行。死者多数。(中右記)	
1134	2月、六条院(六条南・室町東)並びに多くの小屋が焼亡。(中右記) 10月、咳病が流行。死者多数。(中右記)	
1135	夏、疫病が流行。餓死者が道路にあふれる。(中右記)	
1138	3月、五条坊門・猪隅より出火。南殿・八条に及ぶ大火となる。(百錬抄ほか)	
1143	10月、四条南・猪隅東より出火。五条・東洞院に及び因幡堂など多く焼失。(本朝世紀)	
1150	10月、咳病が流行。死者多数。(本朝世紀)	

1020	春から夏にかけて疱瘡が流行。幼児多くこれにかかる。(紀略)	
1027	1月、中御門大路・富小路から出火。法興院・安養院等の他、家屋1000余が焼亡。(紀略)	
	《後朱雀（1036〜1045)》	この頃『大鏡』？
1044	春から夏にかけて疫病が流行。死者多数。(扶桑略記)	
	《後冷泉（1045〜1068)》	この頃『浜松中納言物語』『夜の寝覚』『狭衣物語』
1051	冬から翌年にかけて疫病が流行。(扶桑略記)	
	《後三条（1068〜72)》	
1072	5月から翌月にかけて疱瘡が流行。(諸法要略抄)	この頃『成尋阿闍梨母集』(成尋阿闍梨母)
	《白河（1072〜86)》	
1077	秋、疱瘡が流行。死者多数。(水左記)	
	《堀川（1086〜1107)》	1086『後拾遺和歌集』(藤原通俊撰)
1091	8月、地震により法成寺堂塔などが倒壊。(後二条師通記)	1092頃『栄花物語』(赤染衛門？)
	冬、疱瘡が流行。小児が多数死亡。(中右記)	
1096	11月、尾張・駿河で巨大地震。揖斐川河口地帯水没。京でも大きく揺れ、大極殿西楼が西に傾き、柱が少々東による。諸寺も損壊。(百錬抄・中右記・後二条師通記)	
	《鳥羽（1107〜23)》	
1099	1月、地震により土佐で津波。揺れは京まで達する。(後二条師通記・時範記・兼仲卿記紙背文書)	
1102	3月、藤原季仲の五条東洞院家・江州五倉が焼亡。(中右記)	
	8月、堀川・左女牛の小屋が焼亡。(中右記)	
1103	11月、五条坊門・室町より出火。五条東洞院西辺まで、4、5町の数百軒が焼亡。因幡堂・祇園大政所も焼亡。(中右記)	
1104	2月、亭子院（七条坊門南・西洞院西）焼亡。(中右記)	

948	前年に続いて疱瘡が流行。(扶桑略記)	951『後撰和歌集』(大中臣能宣・清原元輔・源順・紀時文・坂上望城撰)
955	閏9月、疫病流行により菊花宴を中止。(朝野群載)	この頃『大和物語』
959	頸腫病が流行。俗に福来病と呼ばれる。(紀略)	960頃『平中物語』
	《円融(969〜84)》	974以降『蜻蛉日記』(藤原道綱母)
975	6月、天皇、疱瘡に苦しむ。(紀略)	
976	6月、大地震により宮城諸司・諸寺・両京舎屋が多数倒壊。そのうち八省院・豊楽院・東寺・西寺・清水寺・極楽寺・円覚寺などが倒壊。(紀略ほか) 翌日地震14度。左衛門陣後庁・堀川院・閑院・民部省の建物が倒壊。(紀略)	この頃『宇津保物語』 985『往生要集』(源信)
	《一条(986〜1011)》	
994	疫病が流行。京中の死者は五位以上の貴族だけでも67人に及ぶ。(紀略・本朝世紀)	990頃『落窪物語』
995	前年に続いて疫病が大流行。(紀略)	
998	7月、赤疱瘡が流行。稲目瘡とも称す。(紀略)	
1000	冬、疫病流行。鎮西より京に至るという。(紀略)	1000頃『枕草子』(清少納言)
1001	5月、疫病流行。紫野で御霊会を行う。京中の人々が集まり、その社殿を今宮と呼ぶ。(紀略)	『和泉式部日記』(和泉式部) 『源氏物語』(紫式部)
1005	7月、衣笠山に祠を作り、御霊会を行う。(紀略)	1005頃『拾遺和歌集』
	《三条(1011〜16)》	
1011	8月、上東門大路南・陽明門大路北・洞院西大路西で火災。家屋700余に被害。(紀略)	この頃『紫式部日記』(紫式部)
1015	この年、疫病流行。8月、出雲寺(上御霊社辺)で御霊会を行う。(小右記)	1012頃『和漢朗詠集』(藤原公任)
	《後一条(1016〜36)》	
1016	7月、近江守惟憲邸より出火。上東門南・京極西・万里小路東から二条まで焼亡。土御門殿や法興院も類焼。(紀略)	

880	10月、出雲で大地震。寺社・官舎・百姓家屋の多くが倒壊。負傷者多数。余震相次ぐ。(三実) 12月、地震16回。大極殿基壇に亀裂が入り、宮城の垣や京中の民家など、多数破損。(三実)	
	《光孝(884〜87)》	
885	2月、火災により西京官衙町の家屋300余が焼亡。(日本後紀) 12月、西京二条で火災。家屋200余が焼亡。(日本後紀)	
886	8月、火災により西京官衙町の家屋200余が焼亡。(日本後紀)	
887	7月、30余国で大地震。官衙・民家など多数倒壊し圧死者多数。津波による溺死者も多数。余震は8月まで続く。(三実)	
	《醍醐(897〜930)》	900頃『竹取物語』
915	10月、疱瘡が大流行。(紀略)	901『日本三代実録』(源能有・藤原時平・菅原道真ら撰)
922	4月、京中に病厄。(園太暦)	
923	京中で咳病が流行。(紀略)	905『古今和歌集』(紀貫之・紀友則・凡河内躬恒・壬生忠岑撰)
929	3月、京畿内で疫病が大流行。死者多数。(扶桑略記)	この頃『伊勢物語』
	《朱雀(930〜46)》	
938	4月、大地震により京中の官舎・諸寺・民家が多数倒壊。(紀略) 8月、再び大地震が起こり、京中の官舎・民家が多数倒壊。(本朝世紀) 9月、京中の庶民が大小の木像を祀り、これを岐神または御霊と称する。(本朝世紀)	935『土佐日記』(紀貫之) 940頃『将門記』
	《村上(946〜67)》	
947	8月、疱瘡・赤痢が流行。京中に賜給を行う。また、この年疱瘡が大流行。(紀略)	

	《文徳（850〜58）》	
847	8月、火災により西京官衙町の家屋30余が焼亡。(日本後紀)	
850	10月、出羽で大地震。山谷が形を変え、死者多数。(文実)	
853	2月、京内外で疱瘡が大流行。(文実)	
857	洪水・雷雨・地震により多くの被害。(文実)	
	《清和（858〜76）》	
861	8月、赤痢が流行。10歳以下の男女に死者多数。(文実)	
862	秋から地震が頻繁に起こり、数ヶ月に及ぶ。(三実)	
863	1月、京畿内外で咳逆病流行。死者多数。賜給を行う。(三実) 5月、神泉苑で御霊会を行う。(三実)	
864	富士山が貞観の大噴火。周囲の山を焼き、百姓家屋も溶岩に埋没。溶岩流により青木ヶ原を形成。(三実)	
865	5月、神泉苑・七条大路・朱雀大路の東西で般若心経を読ませ、夜は佐比寺で疫神祭を修し、災厄を防がせる。(三実)	
868	7月、播磨で地震。諸国の郡の官舎倒壊。(日本被害地震総覧)	
869	5月、陸奥で大地震。多賀城倒壊。津波の被害甚大。死者1000余人。(三実)	869『続日本後紀』(藤原良房・春澄善縄撰)
872	1月、京邑で咳逆病流行、死者多数。(三実)	
	《陽成（876〜84）》	
878	9月、相模・武蔵で大地震。揺れは京にまで達する。5、6日余震が続き、地面陥没し、公私の建物は無事なものがないほど。百姓に死者多数。(三実)	
		879『日本文徳天皇実録』(藤原基経ら撰)

天変地異年表（文学史対応）

・月は和暦に従い、日は基本的に省略した。
・『日本文徳天皇実録』を「文実」、『日本三代実録』を「三実」、『日本紀略』を「紀略」と略した。
・天変地異の記事は、特に北村優季『平安京の災害史　都市の危機と再生』（吉川弘文館、2012年）と保立道久・成田龍一監修『津波、噴火…　日本列島地震の2000年史』（朝日新聞出版、2013年）を参考にしている。
・文学作品の成立年は、『日本古典文学大事典』（岩波書店）に拠った。

西暦	主な天変地異	主な文学作品
	《桓武（781〜806）》	
790	京畿内で疱瘡が流行。死者多数。（続日本紀）	
797	8月、地震と暴風により左右京坊門・百姓家屋などが多数倒壊。（類聚国史）	797『続日本紀』（藤原継縄・菅原道真ら撰）
800〜802	富士山噴火。足柄路が降灰砂で塞がれたため、箱根路を開く。（日本紀略）	
	《平城（806〜09）》	
807	12月、京中で疫病が流行。病人に賜給を行う。（類聚国史）	
	《嵯峨（809〜23）》	
808	2月、疫病を鎮めるため、大極殿で名神に祈祷。（類聚国史） 3月、火災により官衙町の家屋180が焼亡。（日本後紀）	
		814『凌雲集』（小野岑守ら撰）
818	7月、関東で大地震。死者多数。賜給を行う。（日本逸史）	818『文華秀麗集』（藤原冬嗣ら撰） この頃『日本霊異記』（景戒編）
	《淳和（823〜33）》	
827	7月、大地震により、舎屋が多数倒壊。（類聚国史）	827『経国集』（良岑安世ら撰） 840『日本後紀』（藤原緒嗣ら撰）

執筆者紹介（あいうえお順）

浅尾広良（あさお・ひろよし）一九五九年生、大阪大谷大学教授。『源氏物語の准拠と系譜』（翰林書房）、「宮廷詩宴としての花宴―『源氏物語』「桜の宴」攷―」（『大阪大谷大学紀要』第四七号）

麻生裕貴（あそう・ひろき）一九八七年生、浅野中学・高等学校教諭。「帚木巻冒頭の語り」（『学芸古典文学』四）、「紫の上との対比に見る玉鬘の呼称―特殊な視点による造形―」（『物語研究』一〇）、「薫・匂宮・中の君を描く呼称―宿木巻を中心に―」（『学芸古典文学』六）。

安藤　徹（あんどう・とおる）一九六八年生、龍谷大学教授。『源氏物語と物語社会』（森話社）、『源氏文化の時空』（共編著・森話社）、『かぐや姫と絵巻の世界』（共編・武蔵野書院）

伊藤守幸（いとう・もりゆき）一九五四年生、学習院女子大学教授。『更級日記研究』（新典社）、『うつほ物語大事典』（共著・勉誠出版）、『源氏物語へ　源氏物語から』（共著・笠間書院）

河添房江（かわぞえ・ふさえ）一九五三年生、東京学芸大学教授。『源氏物語表現史』（翰林書房）、『源氏物語時空論』（東京大学出版会）、『源氏物語と東アジア世界』（ＮＨＫブックス）、『光源氏が愛した王朝ブランド品』（角川選書）。

中島和歌子（なかじま・わかこ）一九六〇年生、北海道教育大学札幌校教授。『枕草子　創造と新生』（共著・翰林書房）、『新編　枕草子』（共著・おうふう）、「平安時代の吉方詣考」（『古代文化』45巻3号）

北條勝貴（ほうじょう・かつたか）一九七〇年生、上智大学准教授。『環境と心性の文化史』（共編著・勉誠出版）、『日本災害史』（共著・吉川弘文館）、「負債の表現」（『アジア遊学』一四三号など。

保立道久（ほたて・みちひさ）　一九四八年生、前東京大学史料編纂所教授　『歴史のなかの大地動乱』（岩波新書）、『かぐや姫と王権神話』（洋泉社新書）『黄金国家―東アジアと平安日本』（青木書店）、『物語の中世』（東大出版会）、『平安王朝』（岩波書店）、『中世の愛と従属』（平凡社）

藤本勝義（ふじもと・かつよし）一九四五年生、青山学院女子短期大学名誉教授。『源氏物語の物の怪』（笠間書院）、『源氏物語の想像力』（笠間書院）、『源氏物語の人ことば文化』（新典社）、『源氏物語の表現と史実』（笠間書院）

水野僚子（みずの・りょうこ）一九七一年生、日本女子大学准教授。「『一遍聖絵』の制作背景に関する一考察」（『美術史』一五二）、「『土蜘蛛草紙』に描かれた女性の身体―図像と解釈言説の再生産をめぐって」（『視覚表象と音楽』明石書店）

三田村雅子（みたむら・まさこ）一九四八年生、上智大学教授。『記憶の中の源氏物語』（新潮社）、『源氏物語　感覚の論理』（有精堂）、『源氏物語―物語空間を読む』（ちくま新書）、『源氏物語絵巻の謎を読み解く』（共著・角川選書）。

吉野瑞恵（よしの・みずえ）　駿河台大学教授。『王朝文学の生成―『源氏物語』の発想・「日記文学」の形態―』（笠間書院）、『三十六歌仙集（二）』和歌文学大系52巻（共著・明治書院）

源氏物語をいま読み解く❹

天変地異と源氏物語

発行日	2013年6月4日　初版第一刷
編　者	三田村雅子 河添　房江
発行人	今井　肇
発行所	翰林書房
	〒101-0051　東京都千代田区神田神保町 2-2
	電話　03-6380-9601
	FAX　03-6380-9602
	http://www.kanrin.co.jp/
	Eメール●kanrin@nifty.com
印刷・製本	㈱メデューム

落丁・乱丁本はお取替えいたします

ISBN978-4-87737-351-1

三田村雅子・河添房江［編］

源氏物語をいま読み解く1

描かれた源氏物語

四六版・二二四頁・二四〇〇円＋税

【座談会】
描かれた源氏物語—復元模写を読み解く　佐野みどり・三田村雅子・河添房江

＊

「源氏物語絵巻」と物語の《記憶》をめぐる断章　河添房江
女三宮再考　稲本万里子
『花鳥風月』における伊勢・源氏　高橋　亨
源氏物語絵巻の境界表象　立石和弘
源氏の間を覗く　メリッサ・マコーミック
光吉系色紙形源氏絵の行方　河田昌之
源氏絵の中の「天皇」　三田村雅子
松岡映丘筆「宇治の宮の姫君たち」をめぐって　片桐弥生
〈描かれた源氏物語〉のための文献ガイド　水野僚子